寰宇技術分析 256

EBTA
讓證據說話的技術分析（下）
Evidence Based Technical Analysis

大衛‧艾隆森 David Aronson / 著

黃嘉斌 / 譯

寰宇出版股份有限公司

John Wiley & Sons, Inc.

Evidence Based Technical Analysis: David R. Aronson
Published by John Wiley & Sons.Inc.,Hoboken ,New Jersey.

目 錄
Contents

謝辭　　　　　　　　　　　　　　　　　　　　4

導論　　　　　　　　　　　　　　　　　　　　6

―――――――――（上冊）―――――――――

第 I 篇　方法論―心理學―哲學―統計學的基礎

第1章　客觀法則與其評估　　　　　　　　　　20

第2章　主觀技術分析的效力錯覺　　　　　　　40

第3章　科學方法與技術分析　　　　　　　　125

第4章　統計分析　　　　　　　　　　　　　200

第5章　假設檢定與信賴區間　　　　　　　　258

附註（1～5章）　　　　　　　　　　　　　300

―――――――――（下冊）―――――――――

第6章　資料探勘偏頗：傻瓜追求的客觀技術分析　　20

第7章　非隨機價格變動的理論　　　　　　　110

第 II 篇　案例研究：S＆P 500指數的訊號法則

第8章　S＆P 500資料探勘法則案例研究　　　178

第9章　案例研究結果與技術分析未來展望　　236

附錄　　證明：抽離趨勢對等於根據部位偏頗建立的基準　　276

附註（6～9章）　　　　　　　　　　　　　278

謝 辭
Acknowledgments

　　一本書雖然標示著作者的名字，實際上卻反映很多人的貢獻。我想藉此機會感謝一些人，沒有他們的幫助，本書將不可能出版。

　　首先要感謝提姆・馬斯特博士（Dr. Timothy Masters），我很榮幸已經認識他十年了。他耐心而明智的指導我，讓我能夠站在穩定的統計基礎上。提姆不只提供很多技術方面的資訊，也負責編寫程式，跑ATR法則實驗，並針對6,400個接受測試的法則做例行性的統計檢定。提姆也設計了蒙地卡羅排列方法（Monte Carlo permutation），這可以取代懷德（White）設計的現實檢視（Reality Check）方法，用以檢定資料探勘發現之最佳法則的統計顯著性。提姆非常大方地公開他的方法供大家使用，本書則是首先運用這種方法的出版品。

　　我另外要感謝一些人提供的協助，包括史都華・奧考洛夫斯基（Stuart Okorofsky）的電腦程式設計與約翰・沃伯格博士（Dr. John Wolberg）建構的資料庫，以及現實檢視方法的創始者郝伯特・懷德博士（Dr. Halbert White），麻州大學知識發現實驗室主任大衛・簡森教授（Professor David Jensen）。

　　我也要感謝下列這些人閱讀本書草稿，並提供許多珍貴的意見：Charles Neumann, Lance Rmbar, Dr. Samuel Aronson, Dennis Katz, Mayes Martin, George Butler, Dr. John Wolberg, Jay Bono, Dr.

Andre Shlefier, Dr. John Nofsinger, Doyle Delaney, Ken Byerly, James Kunstler, Kenny Rome。

　　特別感謝John Wiley & Sons的Kevin Commins，他能體會技術分析的重要性，以及Emilie Herman對於本書編輯的協助。感謝Michael Lisk與Laura Walsh。

導　論
Introduction

　　技術分析是研究金融市場資料重複發生的型態，藉以預測未來的價格走勢[1]。技術分析包含很多方法、型態、訊號、指標與交易策略，各有其擁護者，他們都各自宣稱相關方法有效。

　　很多傳統或運用普遍的技術分析方法，其處境有些像醫學還沒有從民俗療法演變為科學之前的狀況。我們經常可以聽到這方面的生動描述與經過細心挑選的軼事，但很少看到客觀的統計證據。

　　本書的主要論述是：技術分析如果要展現其宣稱的功能，就必須被提升到嚴格的科學領域。科學方法是唯一能夠從市場資料內淬取有用知識的理性方法，也是判斷某種技術分析是否具備預測能力的唯一理性方法。我稱此為「證據為基礎的技術分析」（evidence-based technical analysis，EBTA）。透過客觀觀察與統計推論（換言之，採用科學方法），EBTA可以把神奇思考與盲目相信演變為隨機漫步的冷酷懷疑。

　　不論是技術分析或其他類似領域，要由科學角度切入，顯然不容易。科學結論往往不同於直覺觀察。過去，人們認為太陽圍繞著地球運轉，但科學資料顯示這種表面現象是錯的。憑藉著事物表象所歸納的知識，很容易發生錯誤，尤其是碰到複雜或高度隨機的現象，而此兩者正是金融市場行為的典型特色。科學方法雖然不能保證從浩瀚的市場資料內，提煉出珍貴的黃金，但不科學的方法幾乎

一定會產生虛假的結果。

　　本書的第二個論述是：技術分析所提供的一些通俗智慧，並不能被視為有效知識。

重要定義：論述與主張，信念與知識

　　我已經使用了知識（knowledge）與信念（belief）這兩個名詞，但沒有做嚴格的定義。另外，本書還會使用一些重要名詞，以下準備做一些正式的定義。

　　知識的基本建構積木是陳述（declarative statement），也就是主張（claim）或論述（proposition）。陳述句是四種句型之一，另外還有驚嘆句、疑問句與命令句。陳述句不同於其他句型，在於其蘊含著真實性質，也就是說陳述句可以是真、不真、或許真、或許不真。

　　譬如說：「某超級市場正在特賣橘子，每打5美分」就是陳述句。它主張本地市場存在的一種事件狀態。這個陳述可能真或不真。反之，驚嘆句為「太棒了，真是好價錢！」命令句為「去幫我買一打。」疑問句為「橘子是什麼？」這些都沒有所謂真或不真的問題。

　　我們對於技術分析的研究，需要關心陳述句，譬如：「法則X具有預測功能」。我們想要做的，是判斷這個陳述是否直得我們相信。

　　當我說：「我相信X」，這代表什麼意思呢？一般情況下，「相信X」代表我們預期X會發生[2]。因此，如果我相信「橘子特賣價格每打5美分」的陳述，這代表如果我去這家商店，應該可以用5

美分買到一打橘子。反之，先前談到的驚嘆句或命令句，都沒有這種預期在內。

這代表什麼？任何陳述如果要成為信念的對象，則必須「蘊含著可供預期的事件」[3]。這類陳述稱為具備認知內涵（cognitive content）——傳遞某種可供認知的東西。「如果陳述不包含可供認知的東西，自然也就沒有可供相信的對象。」[4]

所有的陳述句雖然都應該具備認知內涵，但實際上並非如此。如果缺乏認知內涵的情況很明顯，那就不至於造成問題。舉例來說，「星期二的平方根是質數」[5]。這句話顯然沒有意義。可是，某些陳述句缺乏認知內涵的情況並不明顯。若是如此，那就會造成問題，讓我們誤以為該陳述蘊含著某種可供預期的主張，實際上卻沒有這種主張。這種虛假的陳述句，本質上是沒有意義的主張或空泛的論述。

沒有意義的主張雖然不是信念的有效對象，但還是有人相信。報紙上刊載的占星預測，或是一些健康保養品的含糊承諾，往往屬於這類沒有意義的主張。那些相信這些空泛論述的人，根本不清楚這些陳述沒有可供認知的內涵。

判斷一個陳述是否具備可供認知的內涵，或是否是信念的有效對象，關鍵在於霍爾（Hall）所謂的可資辨識之差別的檢定[6]（discernible-difference test）。具有認知內涵的言論，使其主張可以是真或不真；真或不真就是一種可供判斷的差別。這也是為什麼某些言論具備可相信的內涵，有些言論則不具備這類內涵[7]。換言之，某個論述如果能夠通過可資辨識之差別的檢定，則該論述為真而產生的預期，將不同於該論述為不真而產生的預期。

這種可資辨識之差別的檢定，可以運用於具有預測意圖的陳

述。預測是有關未來知識的主張。如果預測具有認知內涵，應該可以清楚判斷其預測結果是真或不真。很多（如果不是大多數的話）技術分析從業人員提供的預測，往往不存在認知內涵。換言之，很多預測都太過含糊而不能判斷其對錯。

「橘子特賣價格每打5美分」，只要我到該市場，就能判斷這個陳述的對錯。就是這種可之辨識之差別，使得陳述得以被檢定。如同本書第3章討論的，在可之辨識之差別的基礎上檢定一項主張，這是科學方法的核心所在。

霍爾在他的著作《實際身處》（Practically Profound）內說明，在可資辨識之差別的檢定上，他為什麼認為佛洛伊德的心理分析毫無意義。

「佛洛伊德有關人類性慾發展的一些主張，往往與各種都能狀態吻合。舉例來說，我們不能有效確認或反駁『陽具嫉妒』（penis envy）或『閹割情結』（castration complex），因為解釋這些行為的正面或反面證據，並沒有可資辨識的差別。所謂的性心理壓力究竟是表達出來或受到壓抑，就會產生全然相反的行為。」「認知內涵的條件，排除了所有鬆散、不明確或妄想的（陰謀論）的陳述，如果該陳述為真或不為真之間，並不存在可資辨識之差別的話[8]。」同理，「智慧設計理論」（Intelligent Design Theory）也沒有可供認知的內涵，因為我們所觀察的生命不論具備哪種形式，都符合智慧設計者的概念[9]。

什麼是知識（knowledge）呢？知識可以定義為：有根據的真實信念（justified true belief）。因此，某個陳述如果被視為知識，不只必須是信念的對象而具有認知內涵，而且還要具備另外兩個條件。第一，必須是真的（或可能真的）。第二，該陳述必須有合理

根據。所謂「有合理根據的信念」，是指該信念是根據明確證據所做的合理推論。

　　遠古時代的人們誤以為太陽是圍繞的地球運轉。顯然地，這些人並不具備正確的知識，但即使當時有人持著相反意見而主張地球圍繞著太陽運轉。雖然這個主張本身為真，但他仍然不具備知識。他的描述雖然吻合後來天文學家的證明，但他當時並沒有合理證據支持該信念。如果不具備合理的證據，真實的信念也不能被視為知識。相關的概念，請參考圖1.1。

　　根據前一段說明顯示，如果不能滿足知識的兩個必要條件，則屬於錯誤的信念或不真的知識。所以，錯誤的信念可能是因為主張無意義，也可能是因為主張雖然有意義，但不是根據明確證據所做的有效推理。

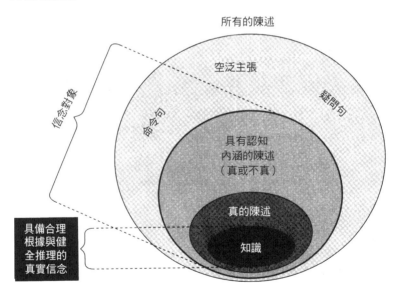

圖1.1　知識：具備合理根據的真實信念

可是，即使我們儘量避免犯錯，透過最明確的證據而採納最嚴謹的推論，最終還是可能產生錯誤的信念。換言之，我們可能在合理根據之下，相信錯誤的信念；採納在可供運用的證據，並透過符合邏輯的推理，而自以為掌握某種知識。「如果相關主張具備合理根據與嚴謹推理，則有資格說我『知道』。可是，這並不足以擔保我們真的知道[10]。」

當我們試圖透過可供觀察之證據而瞭解世界，則錯誤是不可避免的。所以，透過科學方法建構的知識，本質上是不確定、暫時的，但要比其他非正規方法取得之知識更明確一些。隨著時間經過，科學知識會演進，能夠愈來愈精確地描述事實。這是一種持續進行的程序。「證據為基礎的技術分析」（EBTA）是運用目前所能取得之證據，透過最嚴格的推理而所能夠得到的市場行為知識。

錯誤的技術分析知識：未受過嚴格訓練的代價

為了要說明一般技術分析提供的知識為何不足以信賴，首先要區分兩種型式的技術分析：主觀與客觀。這兩種處理方法都可能產生錯誤信念，但原因不同。

客觀的技術分析方法，具有非常明確而可重複進行的程序，訊號沒有模稜兩可之處。這種方法可以透過電腦運作，針對歷史資料進行測試。歷史測試結果可以接受嚴格的計量評估。

主觀的技術分析方法，則沒有明確的程序。由於內容相對含糊，有賴分析者本身的主觀解釋。因此，主觀技術分析不適合由電腦運作、也不適合做歷史測試，其績效當然也很難做客觀評估。基於這個緣故，我們很難拿出明確證據來駁斥主觀技術分析。

　　由EBTA的立場來看，主觀方法造成的問題很棘手。主觀技術分析大多提供沒有明確意義的主張，雖然沾染著認知內涵的假象。由於這類方法沒有明確說明如何運用，不同分析者根據相同一組資料所做的結論也可能大不相同。因此，這類方法提供的預測是否有用，原則上沒有辦法做判斷。傳統的圖形分析[11]、手工繪製的趨勢線、艾略特波浪理論[12]、甘氏型態……等都屬於這類範疇[13]。主觀技術分析是一種宗教，涉及信仰的問題。不論有多少經過挑選的驗證案例，都沒有辦法彌補這類方法的缺失。

　　雖然缺乏認知內涵，也不可能有明確的證據，但這類主觀方法還是不乏信徒。本書第2章解釋人類思維存在多方面瑕疵，即使沒有明確證據、甚至在明顯相反證據之下，還是可以產生堅強的信念。

　　客觀的技術分析也可能產生錯誤的信念，但架構是不同的。這些錯誤可以回溯到客觀證據的不當推論。請注意，一種客觀方法在歷史測試過程能夠提供利潤，並不足以證明該方法確實有效。歷史績效可能欺騙我們。某種預測方法的歷史測試成功，是該方法具備預測能力的必要條件，但不是充分條件。所以，歷史測試成功，並不代表未來運用就能夠獲利。

　　過去績效優異，可能是因為運氣，也可能是資料探勘造成的向上偏頗。歷史測試績效究竟是源自於運氣，或是好的方法，必須透過嚴格的統計推估來確定。這是本書第4章與第5章的討論主題。第6章將討論資料探勘偏頗的問題。關於資料探勘，如果處理正確的話，這是現代技術分析者取得知識的有效方法，但相關結果必須運用特殊的統計檢定。

EBTA爲何不同？

證據爲基礎的技術分析（EBTA）有何不同於一般技術分析呢？首先，EBTA只考慮有意義的主張——能夠根據歷史資料進行檢定的方法。其次，EBTA採用精密的統計推論技巧，藉以判斷某種方法是否確實具備獲利效力。所以，EBTA的根本目的，是尋找確實有用的客觀方法。

EBTA排除任何形式的主觀判斷。主觀的技術分析甚至不能稱爲錯誤，也就是說甚至連錯誤的資格都沒有。任何錯誤（不真）的陳述，至少必須具備能夠接受檢定的認知內涵。主觀技術分析的陳述並沒有這種內涵。乍看之下，這些陳述雖然似乎蘊含著知識，可是更進一步分析之後，將發現它們只有空泛的主張。

很多新世代產品的推銷，往往充滿這種空泛主張。他們宣稱，你只要戴上這種特殊金屬手鍊，就會調節體內的磁場，全身活力奔騰。你打高爾夫球的成績也會顯著進步，甚是可以改善愛情生活。可是，這些主張都沒有明確的內容，其宣稱的功能都不能接受檢定。換言之，我們沒有辦法利用客觀證據來證明這些主張正確或不正確。主觀的技術分析也是如此，它們不接受客觀證據的考驗。所以，它們落入信仰的範疇。

反之，有意義的主張可以接受檢定，因爲其承諾是可衡量的。這些主張必須說明高爾夫球的成績會進步多少，活力會增進多少。我們可以透過實際資料來證明或反駁前述主張。

由EBTA的立場來看，主觀方法的倡導者面臨一些選擇：或是重新建構爲客觀方法（如同某位艾略特波浪理論家建議的[14]），接受客觀資料的檢定；或者承認相關方法只能做爲信仰的對象。甘氏

線也許確實能夠提供有用的資訊；可是，就其目前的形式來說，我們拒絕承認這屬於知識範疇。

在客觀技術分析的領域裡，EBTA並不會輕易接受歷史檢定結果。相反地，任何歷史檢定都必須接受嚴格的統計評估，判斷其績效是否源自於運氣、是否存在偏頗？如同我們在第6章將討論的，很多情況下，優異的歷史測試績效只是資料探勘傻子的黃金。這可以解釋為何很多技術方法的歷史測試績效傑出，卻不適用於實際操作的原因。EBTA運用嚴謹的統計方法，儘可能資料探勘偏頗。

由傳統技術分析演變到證據為基礎的技術分析，其中也涉及專業道德意涵。對於分析師來說，不論其提供的服務形式如何，其所做的建議在道德上與法律上都應該要有合理的基礎，不該做沒有根據的主張[15]。可是，分析的合理基礎又是什麼呢？就是客觀的證據。主觀的技術分析方法不符合條件。在EBTA架構下提供的客觀技術分析，則合乎這種標準。

學術界的EBTA研究結果

證據為基礎的技術分析並不是什麼新玩意兒。過去20多年來，很多備受推崇的學術期刊[16]，曾經發表很多本書倡導之嚴格方法的技術分析論文[17]。這方面沒有一致性的結論，有些研究顯示技術分析沒用，有些則顯示有用。可是，每個研究都只就特定層面與特定資料而論，因此可能得到不同的結論。這是科學常有的現象。

以下列舉一些學術界的發現。如果由嚴格、客觀的方法處理，技術分析還是值得研究的。

• 有關實際股票價格走勢圖與隨機漫步程序所產生之價格走勢圖，

圖形分析專家沒有辦法區別兩者之間的差別[18]。

- 實際證據顯示，商品與外匯市場存在可供運用的客觀趨勢指標[19]。另外，順勢操作的投機客能夠賺取利潤，這點能夠由經濟理論解釋[20]，因為其行為使得商業交易者得以規避風險，把價格風險轉嫁給投機客。

- 簡單的技術法則不論個別使用或配合使用，如果運用於相對新公司構成的股價指數（例如：羅素2000或那斯達克綜合股價指數），可以產生統計上與經濟上顯著的利潤[21]。

- 神經網路配合簡單移動平均買-賣訊號法則而構成為非線性模型，運用於1897年到1988年的道瓊工業指數，顯示不錯的預測能力[22]。

- 簡單動能指標偵測到類股趨勢之後，相關趨勢還會持續發展而提供超額報酬[23]。

- 呈現相對強勢或相對弱勢的股票，隨後3～12個月內仍然會呈現相對強勢或相對弱勢的趨勢[24]。

- 創52週高價的美國股票，其表現優於其他股票。取當前股價與52週高價之差值作為技術指標，可以衡量未來走勢的相對表現[25]。這個指標運用在澳洲股票，其預測能力更佳[26]。

- 在外匯市場根據客觀方式檢定頭肩型態，顯示其預測能力很有限。表現甚至不如簡單的過濾法則。同樣的頭肩型態，如果運用於股票市場，並不能提供有用的資訊[27]。根據這種型態進行操作，績效類似隨機訊號。

- 對於股票交易來說，成交量數據可以提供有用的資訊[28]，能夠提高重大消息公布造成之價格大幅波動的獲利能力[29]。

- 透過電腦資料建構的模型，包括：神經網路、基因演算，以及其

他統計學習或人工智慧方法，可以找到具有獲利能力的技術指標型態[30]。

我所批判的是哪類的技術分析？

我從1960年開始研究技術分析，當時年齡是15歲。高中與大學時代，我利用圈叉圖追蹤个少股票的走勢。1973年，找開始從事股票經紀業務，從這個時候開始也由專業立場採用技術分析，隨後又進入一家軟體開發的小公司雷登研究集團（Raden Research Group Inc.，專門從事金融市場電腦人工智慧學習與資料探勘的研究），最後則進入史匹爾-里茲-開洛格（Spear, Leeds & Kellogg）擔任專業股票交易員[31]。1988年，我取得市場技術協會頒發的市場技術分析師（Chartered Market Technician）資格。我個人收集的技術分析相關書籍超過300本。在這個領域內，我曾經發表10幾篇專業論文，也經常到處演講。目前，我在紐約市立大學巴魯奇學院（Baruch Colledge）奇克林商學研究所（Zicklin School of Business）講授技術分析課程。我坦然承認自己過去所發表的論述與研究，大體上都不符合EBTA的標準，尤其是在統計顯著性與資料探勘偏頗方面。

服務於史匹爾-里茲-開洛格的5年期間內，實際操作績效讓我對於技術分析長期累積的信心開始產生懷疑。我所深信的東西，竟然會失靈到這種程度！到底是我個人的緣故，或是技術分析本身有問題？我在學術領域所受到的哲學訓練，促使我進一步思索。一直到我閱讀下列兩本書之後，終於相信自己的疑惑是有根據的：湯瑪斯‧基洛維奇（Thomas Gilovich）的《我們如何瞭解事物並非如此》（How We Know What Isn't So），以及麥可‧薛莫（Michael Shermer）

的《人們為何會相信荒誕不稽的玩意兒？》（Why People Believe Weird Things）。我的結論：包括我在內的技術分析者，知道一大堆莫名其妙的東西，相信一些荒誕不稽的玩意兒。

技術分析：藝術？科學？迷信？

技術分析圈子裡始終存在一種爭議：技術分析屬於科學或藝術？事實上，這個問題問得不好。比較適當的說法應該是：技術分析是建立在迷信或科學之上？在這個架構上，爭議就不存在了。

有些人認為，技術分析涉及太多細節與解釋，所以其知識不適合表達為可供科學檢定的格式。對於這種說法，我的回答是：不能檢定的技術分析，看起來好像是知識，實際上不然。這是屬於占星術、卜卦……等迷信的領域。

創造力與想像力是科學發展的要素。這對於技術分析也很重要。任何科學探索都起始於假說，新觀念或新想法可能源自於過去知識、經驗或單純直覺的刺激。好的科學方法應該在創造力與嚴格解析之間找到均衡點。海闊天空的想法，必須受到嚴格科學紀律的統轄，透過客觀檢定排除一些沒有價值的渣子。除非建立在現實世界上，否則新奇想法只能是人們遐想的對象，玄想將取代嚴格思索。

技術分析法則不太可能具備物理定律一樣的精確預測能力。金融市場本質上的隨機、複雜性質，使得這類的發展不太可能產生。可是，預測精確並不是科學不可缺少的必要條件。所謂科學，就是毫不妥協地認知與排除錯誤觀念。

我對於本書有四項期待。第一，我希望本書能夠刺激技術分析

者之間的對話，最終讓這方面的學問能夠建構在更堅固的智識基礎上；第二，鼓勵有志者繼續朝這個方向拓展；第三，鼓勵技術分析使用者要求這方面的產品與服務提供更多的「牛肉」；第四，鼓勵技術分析者（不論專業與否）瞭解他們在機器—人性互動關係之間扮演的重要角色，這可以加速EBTA知識的發展。

　　無疑地，某些技術分析同業可能不會贊同本書的觀念。這是很好的現象。牡蠣經過沙子的刺激，才會孕育珍珠。我想請這個領域的工作者，把精力發揮在真正的知識上，不要去防禦那些不可防禦的東西。

　　本書內容分為兩大部分。第一篇探討EBTA在方法論、哲學、心理學與統計學方面的基礎。第二篇則展示EBTA的一種處理方法：針對S＆P 500指數過去25年的歷史資料，檢定6,402種二元買—賣法則的結果。這些法則將採用一些專門處理資料探勘偏頗問題的檢定方法來做統計顯著程度的評估。

第I篇
方法論-心理學-哲學-統計學的基礎

第6章
資料探勘偏頗：
傻瓜追求的客觀技術分析

關於技術分析法則的資料探勘，就是同時把許多技術法則運用於歷史測試，然後挑選其中表現最佳者。換言之，資料探勘等於是讓許多技術法則參加績效競賽，然後挑選優勝者。可是，這種處理方式會產生問題，那些因為表現優異而被挑選出來的技術法則，其觀察績效通常都會高估未來的實際操作表現。這種系統性誤差也就是資料探勘偏頗。

即使是如此，資料探勘還是一種很有用的研究方法。在所有技術法則之中，歷史測試績效最優異的法則，也最可能是未來表現最佳者，前提是用以計算績效統計量的樣本資料必須夠多；這個結論可以透過數學方式證明[1]。換言之，資料探勘還是有功能的，雖然最佳法則的觀察績效存在正數的偏頗。本章準備解釋這方面的偏頗如何產生，推估最佳法則的未來績效時需要考慮一些什麼事項，以及如何進行這些推估。

首先，我想談一些內容稍嫌抽象的故事，其中只有一個故事與技術法則的資料探勘有關。各位不妨把這些故事看成開胃小菜，有助於消化稍候的大餐。讀者如果想直接享受「主菜」，請忽略這節，直接從「資料探勘」著手。

以下定義適用於本章的討論，列舉在此處，方便於讀者查閱。

• **期望績效**（Expected performance）：技術法則運用於可預見未來

的期望績效。這也可以稱為「法則的真正績效」，也代表技術法則的真正預測功能。

- **觀察績效**（Observed performance）：技術法則運用於歷史測試產生的報酬。

- **資料探勘偏頗**（Data-mining bias）：最佳法則觀察績效與期望績效之間的期望差異。所謂的期望差異，是實際重複衡量許多最佳法則觀察報酬與期望報酬之間的差異，然後取其長期平均值。

- **資料探勘**（Data mining）：在很大的統計資料庫內，尋找型態、模型、預測法則、…等的程序。

- **最佳法則**（Best rule）：很多技術法則運用於歷史測試，其中歷史績效表現最佳者。

- **樣本內資料**（In-sample data）：運用於資料探勘（換言之，技術法則歷史測試）的資料。

- **樣本外資料**（Out-of-smaple data）：沒有運用於資料探勘或歷史測試的資料。

- **法則母體**（Rule universe）：資料探勘程序內，運用於歷史測試的整組技術法則。

- **母體大小**（Universe size）：構成法則母體的技術法則數量。

陷阱：資料探勘偏頗的故事

　　以下故事純屬虛構。幾年前，在我認真研習統計學之前，有位舞台劇經理人來找我，要我投資一個絕對賺錢的表演節目。節目中，有隻猴子會在文書處理器的鍵盤上跳舞，如此可以寫出莎士比亞的散文。

　　這隻頗具文學修養的猴子取名為巴德，表演的時候，牠會在大型鍵盤上跳動，觀眾可以透過螢幕看到猴子寫出來的東西。當然，大家都會爭先恐後看巴德的表演，我的投資$50,000應該會有可觀的報酬。至少這位經理人是這麼說的：「萬無一失」。

　　我覺得這是很不錯的機會，但我希望先看到一些證據，顯示巴德確實能夠寫出莎士比亞的散文。我想，這是很合理的要求，任何投資人都會這麼做。我確實拿到了證據——某種證據。這是會計師所謂「聊勝於無」的證明信件。上面寫著：「我們確實檢查了巴德過去的作品，牠寫了『To be or not to be, that is the question』（譯按：《哈姆雷特》內的一句話）。可是，我們並不清楚牠是在什麼狀況下寫出這些字。」

　　我原本希望一段實地表演。不幸地，我的要求沒有辦法實現。不耐煩的經理人解釋道，這隻猴子的脾氣不好，而且有很多人抱著現金準備投資呢。於是，我拿出了$50,000。我相信鈔票很快就會滾滾而入。

　　開演當晚，卡內基會堂擠滿了觀眾，迫不及待的等著巴德寫出第一個字。大家都盯著螢幕看，第一行字終於出現了：

lkas1dlk5jf wo44iuldjs sk0ek 123pwkdzsdidip' adipjasdopiksd

　　整個情況急轉而下。觀眾怒吼著，要求退費，巴德在鍵盤上拉了一泡屎，然後快閃到舞台後面。我的投資當然也泡湯了。

　　到底是怎麼回事？這位經理人沒有告訴我一件他認為不重要的事。巴德是從1,125,385隻猴子中挑選出來的，這些猴子過去11年4個月又5天以來，每天都大型鍵盤上跳動。牠們「寫」出來的字，都會由電腦監視，然後與莎士比亞的作品比對。巴德是第一隻「寫」出莎士比亞字句的猴子。

即使我當時對於統計學完全不暸解，在我知道這些事實之後，我相信自己根本不會投資。普通常識告訴我，猴子在這種情況下寫出莎士比亞的字句，純粹是機運使然。由一大群猴子，長時間在鍵盤上跳動，會產生數兆的英文字母，某些字串勢必會與莎士比亞的某些字句相符。巴德根本談不上什麼文學素養，牠只是運氣好而已。

親愛的布魯托（Brutus），錯誤發生在那位誠心而對於統計學無知的經理人身上。他被資料探勘偏頗迷惑了，賦予資料探勘結果太大的意義。雖然遭受了損失，我還是不忍苛責這位經理人。他真以為他找到一隻了不起的猴子。他被直覺誤導，完全不知道如何藉由統計學與機率來評估問題。

順便提一點，這位經理人現在仍然把巴德當寵物養著，每天仍然允許牠在鍵盤上跳舞，希望能夠再找到奇蹟。另外，為了彌補實質上與精神上的損失，他現在也運用相同的技巧開發金融市場技術交易系統。他設計了一些猴子跳舞的技術分析法則，有些表現得很不錯，至少歷史測試績效顯示如此。

證明上帝存在的棒球統計數字

運動方面的統計數據，往往也會讓運動迷產生資料探勘偏頗。舉例來說，有個叫做諾門‧普魯恩的人，他發現棒球統計數據呈現一些不尋常而有趣的型態，能夠用以證明上帝存在。在資料庫內不斷來回搜尋之後，發現一些他相信唯有上帝存在才能解釋的型態。

其中一個型態如下：喬治‧布雷特（George Brett）是肯薩斯球隊的3壘手，他在季後賽的第3場擊出他的第3支全壘打，使得雙方比分成為3：3。布魯恩認為，有這麼多個3同時出現，必定是上

帝的傑作。另外，布魯恩還發現一個與股票市場有關的不尋常型態：道瓊工業指數在1976年13度穿越1,000點，剛好與美國在1776年剛成立的13州對應。

如同雷納‧康恩（Ronald Kahn）指出的[2]，布魯恩犯了幾個錯誤，因此而得到沒有根據的結論。首先，他顯然不瞭解隨機性質；一些看似罕見的巧合，實際上只要經過夠多的搜尋，都是很可能發生的。其次，布魯恩在搜尋之前，並沒有指定他要搜尋什麼型態。他用以判斷重要型態的準則，是事後才根據搜尋結果而決定的。換言之，布魯恩是在沒有特定目的之下，隨意搜尋許多對象，然後提出他認為有趣而罕見的型態。

隱藏在舊約聖經內的預言

甚至聖經學者也會受困於資料探勘陷阱。這些沒有惡意而缺乏統計訓練的研究者發現，很多世界重大事件都隱藏在舊約聖經的密碼內。預先知道還沒有發生的事件，這當然代表萬能的造物者存在。可是，所謂「聖經密碼」的預測，有一個小小的問題。這些密碼的發現時間，都是在所預測之事件已經發生之後。換言之，這些預測密碼有100%的後見之明[3]。

所謂的聖經密碼，是指隱藏在聖經內文的字串，這些字串是由相隔特定字母個數或距離之字母合併起來的文字。透過這種間隔相同字母個數而構成的文字，稱為ELS（equal letter sequences）。密碼專家們可以自由決定任何字母個數的間隔，也可以決定這些字串出處的適當範圍[4]。至於這些密碼究竟預測什麼，其內容也是在密碼找到之後才決定的。請注意，評估準則是界定於事實發生之後。這顯然不符合科學的根本精神。

聖經密碼專家認為，這些密碼發生的機會，在統計學上非常不可能，所以應該是「神」的安排。這種說法觸犯了一種根本錯誤——對於統計學缺乏瞭解的資料探勘者，幾乎都會犯的錯誤——他們不知道只要嘗試的次數夠多，這類型態是非常可能發生的。舉例來說，「1990」、「海珊」（Saddam Hussein）與「戰爭」（war）等字發生在特定範圍內，這是很可能發生的，完全不需要由形上學角度解釋。

可是，在1992年，當第一次伊拉克戰爭發生之後，這些字串似乎就預言了1990年的伊拉克戰爭。當然，下列字串「布希」（Bush）、「伊拉克」（Iraq）、「入侵」（invasion）、「沙漠風暴」（desert storm）也同樣構成可供預測1990年伊拉克戰爭的密碼。事實上，只要歷史事件已經發生，有太多的字串可以被認定與該事件（1990年的伊拉克戰爭）有關。

麥可・德洛斯寧（Michael Drosnin）是一位沒有受過統計學正式訓練的新聞記者，他在1997年出版《聖經密碼》（The Bible Code）一書，內容提到伊利亞胡・里普斯博士（Dr. Eliyahu Rips）的研究。里普斯博士是數學群論的專家他的專精領域與資料探勘偏頗並沒有關連。雖然德洛斯寧宣稱有很多數學家都幫聖經密碼背書，但45位統計學家評論里普斯的研究，結論是毫無根據而不可信[5]。資料探勘偏頗基本上是統計推論的謬誤問題。

統計學家並不認同聖經密碼研究者漫無限制的做搜尋。這觸犯了一種稱為「過度消耗自由度」的罪行。對於具備統計知識的人來說，這種燃燒發出來的味道實在難以消受。如同巴利・賽門博士（Dr. Barry Simon）在「質疑摩西五經密碼」（A Skeptical Look at the Torah Codes）[6]指出的，「單是構成摩西五經的14個部分之一，

如果運用ELS而字母間隔允許介於1～5,000，則大約可以產生30億個字。在這種架構下尋找值得留意的型態，無異於很多猴子在鍵盤上跳舞產生的結果。」

聖經密碼專家的這種搜尋運作，如果運用到類似結構的非聖經文字，（例如：百貨公司的商品目錄、大城市的電話簿、《大白鯨》或托爾斯泰的《戰爭與和平》，就能突顯出其愚蠢之處。在這些資料上做搜尋，同樣可以找到預測歷史事件的密碼。這意味著相關密碼是搜尋方法的副產品，而不是來自於資料本身。

德洛斯寧在稍後出版的《聖經密碼II》（The Bible Code II: The Countdown），說明密碼如何「預測」2001年9月11日的恐怖攻擊事件。可是，讀者可能會問，那他為什麼不事先警告我們？因為他根本沒有辦法。他是在悲劇已經發生之後，才發現對應的預測。德洛斯寧是資料探勘偏頗的受害者，雖然立意善良，不過沒有具備適當的知識。

新聞報導呈現的資料探勘偏頗

新聞記者也經常成為資料探勘偏頗的受害者。1980年代中期，新聞廣泛報導有關艾芙琳·亞當斯（Evelyn Admas）的故事，她在4個月之內，連續2次贏得紐澤西州樂透彩券[7]。根據報導，這種事件發生的機率為17兆分之1。事實上，連續贏得兩次樂透彩券的機率遠較為高，這個故事也沒有某些人想像的新聞價值。

亞當斯女士或任何特定個人將連續贏得2次樂透彩券的事前機率，確實是17兆分之1。可是，在所有樂透彩券玩家之內，找到任何人已經贏得2次彩券的事後機率，則遠較為高。根據哈佛大學的統計學家柏西·狄雅可尼斯（Percy Diaconis）與弗雷德利克·

摩斯泰勒（Frederick Mosteller）估計，該事件發生的機率為30分之1。

關鍵在於「事後」；這是在事件已經發生之後尋找資料。就如同任何特定猴子在將來能夠產生莎士比亞散文的機率很低，但在數以百萬計的猴子之中，存在某些猴子已經產生具有意義的文句，其發生機率顯然遠較為高。只要允許足夠的機會存在，隨機程序就可以產生一些令人嘆為觀止的事件。看起來雖然不可思議，實際上是很可能發生的。

在聯合國資料庫內探勘黃金，結果找到牛油

加州理工學院的大衛‧連韋伯（David J. Leinweber），過去曾經擔任第一計量公司（First Quandrant，退休基金管理公司）的管理合夥人，他針對資料探勘偏頗的問題，警告金融市場研究者。為了凸顯過份搜尋可能造成的問題，他檢定聯合國資料庫內的數百個經濟相關的時間序列，結果發現與S＆P 500相關性最高者為孟加拉的牛油產量，相關程度高達0.70，這在經濟預測方面已經屬於超高水準。

當然，直覺會告訴我們，孟加拉牛油產量與S＆P500之間的密切相關，顯然大有問題，但這個時間序列如果與S＆P 500之間確實存在某種合理的關連，這種情況下，直覺就不會警告我們了。如同連韋伯指出的，只要考慮的時間序列數量夠多，發現類似如孟加拉牛油產量與S＆P 500之間的相關也就不足為奇了。

總之，不論是針對運動統計數據、聖經、猴子蹦跳鍵盤、樂透彩券玩家、金融市場歷史…等做資料探勘，如果沒有把相關的偏頗考慮在內，難免會產生錯誤結論。

客觀技術分析錯誤知識造成的問題

技術分析是由兩個互斥的領域構成：主觀與客觀。容我重述先前的主張，客觀技術分析使用的方法相當明確，可以簡化為電腦化運算程式，而且能夠做歷史測試。否則，就屬於主觀技術分析。

這兩個領域都受到錯誤知識的污染，但型態不太相同。定義鬆散的主觀技術分析命題，不具備認知內涵，不能產生可供檢定的預測[8]，因此也可免於實證資料的挑戰。缺乏這種去除無意義觀念的程序，謬誤持續累積。所以，主觀技術分析稱不上是正統知識，只是一種沒有明確根據的直覺或道聽途說。

客觀技術分析具備有效知識的潛能，不過前提是其歷史測試必須考慮隨機性質（抽樣變異性）與資料探勘偏頗。由於很多技術分析者並不瞭解這方面的影響，所以這個領域也會累積謬誤觀念。

客觀技術分析的謬誤，往往展現在樣本外的場合[9]，其績效會明顯惡化；換言之，技術分析法則在歷史測試過程的表現不錯，但運用於樣本外的資料，績效明顯遜色（請參考圖6.1）。

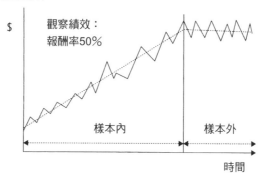

圖6.1 樣本外績效惡化

樣本外績效惡化的解釋：新與舊

樣本外績效惡化是一個普遍問題[10]。關於這點，客觀技術分析者提出一些解釋，我也有一些基於資料探勘偏頗的相對新穎解釋。

最不具說服力的解釋，莫過於把績效惡化的原因，歸咎於隨機變異性質。沒錯，對於不同的資料樣本，技術法則的表現可能因為抽樣變異而產生差異，但這種解釋並不符事實。如果是因為隨機變異，那麼樣本外績效變好與變壞的發生頻率，不該有明顯差異。可是，我們實際碰到的情況並非如此，樣本外績效通常都明顯不如歷史測試期間的表現。

另一種解釋，則是樣本外期間的市場動態結構發生變化。當然，我們有理由相信金融市場是不平穩系統[11]。可是，我們卻沒有理由假定每當技術分析法則運用於樣本外資料而失敗，就是因為市場動態結構發生變化。每當技術法則由實驗室移到真實市場，市場動態結構就立即發生變動，如果真是如此，那就未免太奇怪了，甚至是不可思議。

還有一種更微妙的解釋，也是建立在市場動態結構變動之上，但採用另一項額外假設：有太多交易者採用該技術法則而導致相關變動。根據這種說法，很多交易者採用相同技術法則而買進與賣出，使得歷史測試之所以能夠獲利的市場型態不復存在。這種說法也欠缺說服力。我們知道，可供運用的技術法則種類幾乎有無限多種，不太可能有很多交易者會同時採用某種技術法則。即使有很多交易者採用類似法則，例如很多期貨基金採用客觀的順勢交易方法，技術法則績效降低似乎是因為市場價格波動率發生變動，而後者與技術系統的運用無關[12]。

關於樣本外績效下降的理由，隨機性質是比較合理的解釋[13]。

根據這種說法，市場動態結構包含兩個成分：系統性型態行為與隨機雜訊。有效的法則可以掌握市場的系統性型態。由於系統性成分應該繼續存在於樣本外資料，所以是技術分析法則之所以能夠繼續獲利的可靠成分。反之，隨機成分沒有理由重複發生，不同樣本各有不同的隨機成分。特定技術法則的樣本內績效，有一部份屬於機運性質：技術法則訊號剛好配合市場雜訊。這部分幸運獲利不會發生於樣本外資料，因為雜訊成分不會重複發生，所以未來績效不如過去績效。這種解釋雖然不錯，但還不夠完整。隨機性質只是兇手之一。

樣本外績效之所以惡化，由資料探勘偏頗的角度來解釋會更完整一些。問題是由兩個因素共同造成的：（1）隨機性質，代表觀察績效的大部分；（2）資料探勘邏輯，所有技術法則都經過歷史測試之後，挑選表現最佳的技術法則。當這兩個因素合併在一起，導致最佳法則的觀察績效高估了未來期望績效。所以，最佳法則的未來績效，很可能會不如該法則在各種因緣際會之下產生的最佳其歷史績效。

由資料探勘偏頗角度解釋樣本外績效下降，似乎較市場動態結構發生變化更具說服力。這兩種論點都可以解釋技術法則的樣本外績效為何較差，但其中一種解釋需要假定市場動態結構發生變動，資料探勘偏頗的解釋則不需要。換言之，資料探勘偏頗解釋的關鍵是：技術分析法則的選擇，涉及歷史測試期間的巧合（隨機）因素。假定我們要尋找某現象之所以發生的解釋理由，如果同時存在多種解釋，原則上應該挑選相關假設最少的解釋。這也就是本書第3章談到的奧康剃刀單純性原則。

如同前文談論的，技術法則的觀察績效可以分解為兩個獨立成

分：隨機與預測功能。此兩者之中，隨機部分比較重要。所以，觀
察績效最好的技術法則，應該也就是受惠於運氣成分最高者。換言
之，隨機因素使得技術法則的績效顯著超過其預測功能（如果有的
話）。同樣地，對於觀察績效最差的技術法則，通常也是受到負面
運氣成分影響最大者。

如果挑選觀察績效最棒的技術法則，資料探勘者通常也會挑選
好運成分最大的法則。由於運氣成分不會重複發生，法則的樣本外
表現，很可能就會呈現預測功能該有的水準。所以，這種技術法則
的樣本外績效，將會低於它當初贏得績效競賽的水準。總之，最佳
法則的樣本外績效退化，通常是預期績效不切合實際，而不是技術
法則本身的預測功能減退。

資料探勘

資料探勘是從龐大資料庫內，抽取型態、法則、模型、關係，
或其他類似知識。一旦相關知識涉及很多變數、非線性關係、或較
高層次的雜訊，人類由於智識上的限制與偏頗，這方面的工作幾乎
不可能在沒有外力協助之下完成。所以，資料探勘必須仰賴電腦化
運算程序來抽取知識。

資料探勘運用的主要方法，有興趣的人可以參考下列相關著
述：《統計學習要素：資料探勘、推估與預測》[14]（The Elements
of Statistical Learning: Data Mining, Inference and Prediction），《預
測資料探勘：實務指南》[15]（Predictive Data Mining: A Practical
Guide），以及《資料探勘：實務機械學習工具與技術》[16]（Data
Mining: Practical Machine Learning Tools and Techniques）。

資料探勘做為一種多重比較程序

資料探勘是根據一種稱為多重比較程序[17]（multiple comparison procedure，簡稱MCP）的問題解決方法。MCP的基本觀念很單純：對於某問題，檢定多種解決辦法，然後根據某種準則挑選最佳的問題解決辦法。引用MCP有三個要素：（1）定義明確的問題，（2）解決問題的一組可能辦法，（3）某種量化函數，用以評估資料探勘可以看成是規格每種解決辦法的理想程度或分數。等到所有解決辦法的分數都評估出來之後，挑選其中分數最高者（最佳觀察績效）做為問題解決辦法。

讓我們考慮這種解決問題的典範，如何運用到技術法則的資料探勘：

1. **問題**：拿捏金融市場多、空部位的時效，試圖賺取利潤。
2. **解決問題的一組可能辦法（解法母體或解法空間）**：客觀技術分析師擬定的一組法則。
3. **評估分數**：衡量歷史測試期間內的法則績效，例如：平均報酬率、夏普率或潰瘍指數[18]。

所有技術法則的績效都透過歷史測試來衡量，然後挑選觀察績效最好的技術法則。

法則資料探勘視為規格搜尋

資料探勘可以視為是規格搜尋。換言之，尋找某技術法則可以產生最高績效的規格。這個規格是一組數學或邏輯運算因子，運用於一組或多組市場資料數列，將它們轉換為該法則建構之市場部位的時間序列。

假定下列法則為最佳績效法則：

　　如果道瓊運輸類股指數收盤價除以S&P 500收盤價的比率大於其50天移動平均，則持有S&P 500的多頭部位，否則持有空頭部位。

　　這個法則涉及兩個數學運算因子：「比率」與「移動平均」；兩個邏輯運算因子：不等號運算因子「大於」，以及條件「如果…則…否則」；單一數值常數：50；兩個資料數列：道瓊運輸指數與S&P 500指數。資料探勘發現，這組規格產生的績效優於其他接受測試的規格。

搜尋種類

　　資料搜尋可以很單純，也可以很複雜。差別可以是搜尋母體的廣泛程度。本節準備考慮三種不同定義的搜尋母體，由最窄的定義開始，然後逐漸擴大。任何資料探勘方法，由結構最簡單、母體範圍最窄者，乃至於結構最精密、範圍最廣泛者，都會受制於資料探勘偏頗。

　　參數最佳化　參數最佳化（parameter optimization）範圍最窄的資料搜尋。對於這類操作，搜尋母體侷限為只有參數值不同的相同法則。換言之，搜尋對象是某特定技術法則的最佳參數值。

　　兩條移動平均穿越法則就是一個例子。資料探勘搜尋要找到兩個參數的最佳規格：短期均線與長期均線的回顧期間。交易訊號為短期均線向上（買進）或向下（賣出）穿越長期均線。參數最佳化是要搜尋歷史測試績效最佳的兩條移動平均期間長度。

　　搜尋過程中，兩條移動平均穿越法則的最大數量，也就是兩條

均線準備接受測試之個別期間數量的乘積。如果考慮所有可能產生的組合，這類搜尋稱為竭盡（exhaustive）或原力（brute-force）搜尋。

關於參數組合的尋找，還有一些智慧型的搜尋可供運用。我們可以參考歷史測試初期階段的參數組合績效。基因演算（genetic algorithm）就是此類方法之一，這種技術運用生物演化的原則。這套方法可以相對快速地找到相當接近最佳狀態的組合，尤其適用於參數組合數量很大的情況。另外，對於受到隨機程序影響特別顯著的程序，由於一般傳統的微積分運算方法難以適用，基因演算也很有用。關於最佳化程序的相關討論，各位可以參考巴度（Pardo）的著作[19]，此類方法的評估，則可以參考凱茲（Katz）與麥克康密克（McCormick）的著作[20]，以及考夫曼（Kaufman）的著作[21]。

搜尋法則　搜尋法則是範圍稍大的資料探勘。此處，法則母體不只是參數值有別，概念也可能全然不同。舉例來說，兩條移動平均穿越的法則，只是順勢操作系統之一；除此之外，還有很多其他概念不同的順勢操作方法，譬如：通道突破、移動平均帶狀…等。在更高的層次上，除了順勢操作系統之外，還有其他例如：逆趨勢操作法則[22]（回歸均值的系統）、極端值法則、背離法則[23]、擴散法則、…等。

本書第II篇討論的資料探勘案例，就是建立在搜尋法則之上。這些案例大體上分為三大類：趨勢、極端值＆過渡，以及背離。每類都有特定的法則格式，細節定義請參考本書第8章。

透過法則搜尋而考慮許多法則格式，每種法則的複雜程度在搜尋過程中都保持不變。所謂的複雜程度，是指技術法則所需要設定的參數數量。換言之，根據此處的定義，法則搜尋不會結合簡單法

則成為複雜法則。

複雜程度可變動的法則推演 法則推演（rule induction）是最廣泛、最積極的資料探勘。搜尋過程中，技術法則的複雜程度不受限制。隨著搜尋進行，所考慮的法則也變得愈來愈複雜。複雜的法則，可以視為簡單法則透過邏輯運算因子或數學函數結合成為多變數模型。所以，法則推演的資料探勘，嘗試尋找最佳複雜程度的技術法則。

其他積極程度較低的資料探勘，搜尋之初就固定法則的複雜程度，但法則推演則透過學習程序（自動推演）尋找績效最佳的複雜程度。法則推演的執行過程，可以先測試個別法則。然後，嘗試讓法則配對，測試其績效是否超過表現最佳的個別法則。按部就班地，慢慢提升複雜程度，持續做測試與評估。原則上，法則推演在於學習如何結合法則而達到最佳績效。

最積極的資料探勘程序，採用的方法包括：基因演算（genetic algorithms）、神經網路（neural networks）、遞迴分割（recursive partitioning）、核迴歸（kernel regression）、支援向量機（support-vector machines，簡稱SVM）、提升決策樹（boosted tree）…等。關於這些方法與相關統計理論的討論，請參考哈斯帝（Hastie）、提普席蘭尼（Tibshirani）與弗雷曼（Friedman）的《統計學習原理》[24]（The Elements of Statistical Learning）。

客觀技術分析研究

客觀技術分析的目標，在於尋找將來能夠用以交易獲利的法則。研究的方法為歷史測試，藉以產生可觀察的績效數據。然後，

根據這些數據，推估母體參數與未來期望績效。所以，客觀技術分析基本上就是統計推估。

客觀技術分析者為何要進行資料探勘

　　樣本外績效退化的問題，導致某些技術分析者拒絕採納資料探勘程序。這既非明智之舉，也非可行之道。目前，技術分析者拒絕運用資料探勘技巧，就如同計程車司機還堅持採用馬車——雖然頗有懷古氣氛，但畢竟不是有效率的交通工具。有幾個因素導致資料探勘成為取得知識的有效方法。最重要者，這套方法確實有用。本章稍後討論的一些實驗顯示，在相當一般的情況下，接受測試的技術法則數量愈多，就愈可能找到理想的技術法則。

　　其次，科技已經發展到了適合採納資料探勘程序的階段。個人電腦硬體設備與歷史測試和資料探勘的軟體都已經很普遍，個人也很容易取得資料探勘所需要的歷史數據資料。大約在十年前，由於成本因素的考量，資料探勘的運用，通常只侷限於機構投資人。

　　最後，就目前的發展階段來說，技術分析缺乏理論根據而不能藉由較傳統的科學管道取得知識。對於物理學等已經屬於成熟階段的科學來說，假設可以由既定的理論推演取得，其預測也可以藉由新觀察來檢定。由於缺乏理論，所以需要採用資料探勘的處理方法，考慮與測試很多假設（技術法則）。這種「亂槍打鳥」的方法有其風險，所篩選的結果可能是湊巧符合資料的技術法則——傻瓜眼中的黃金。至於如何降低這方面的風險，本章稍後會討論。

單一法則歷史測試vs.資料探勘

　　歷史測試未必都屬於資料探勘。如果只針對單一技術法則進行

歷史測試，則沒有涉及資料探勘程序。圖6.2說明這種研究模式的情況。如果某單一技術法則的歷史測試表現令人不滿意，相關研究就結束，可以考慮其他謀生之道。

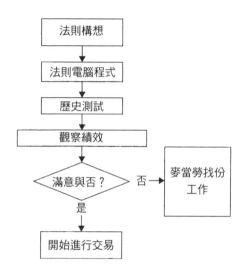

圖6.2　單一技術法則歷史測試

　　資料探勘涉及許多技術法則的歷史測試，然後挑選其中績效最佳者，相關程序請參考圖6.3。請注意，第一個法則測試的結果即使不令人滿意，也不會導致研究停止。相關技術法則會被重新定義，然後重新測試，並評估其績效。整個循環會持續進行，直到取得令人滿意的績效為止。所以，整個程序可能要測試數十個、數百個、數千個、或甚至更多的技術法則。

觀察績效的正當運用

　　此處討論的績效統計量，假定為歷史測試期間的平均報酬率。

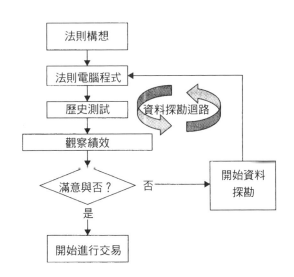

圖6.3 技術法則資料探勘

不論是單一技術法則歷史測試，或是資料探勘，觀察績效統計量都有其正當功能。首先，就單一法則的歷史測試來說，觀察績效代表未來績效的估計量。對於資料探勘，觀察績效可以作為篩選準則。可是，某些資料探勘者卻要求觀察績效同時具備兩種功能。

對於單一法則的歷史測試，測試法則的平均報酬率，可以作為該法則之未來期望報酬率的不偏估計值（unbiased estimate）。換言之，對於接受測試的法則，其未來報酬率的最佳估計量，也就是歷史測試績效。這只不過是重複本書第4章談論的抽樣結論：樣本平均數是母體平均數的不偏估計量。由於抽樣變異，利用樣本平均數估計母體平均數，可能產生誤差。樣本平均數可能大於或小於母體平均數，這兩種方向的誤差發生可能性相同。這些陳述適用於單一技術法則的歷史測試。技術法則的歷史測試績效，是其未來期望報酬的不偏估計。雖說歷史績效是未來期望績效的最佳估計

量，但實際結果可能會較高或較低，兩者的發生可能性相同（請參考圖6.4）。

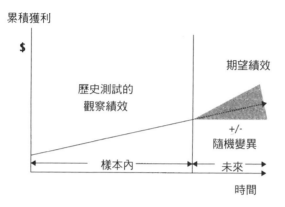

圖6.4　單一法則歷史測試的期望績效

　　至於資料探勘，歷史測試統計量扮演的功能，則截然不同於單一法則的歷史測試。對於資料探勘，歷史測試績效是作為技術法則的篩選準則。換言之，歷史測試績效只是讓我們藉以挑選最棒的法則。所有接受測試的技術法則，我們比較它們的歷史測試平均報酬率，挑選其中表現最佳者。就此而言，這也是歷史測試（觀察）績效統計量的適當運用。

　　所謂的「適當」，是指歷史測試平均報酬率最高的技術法則，其未來績效也最可能是最高者。當然，我們不敢保證實際結果確實是如此，但這是最可能發生的情況。這個陳述的數學證明，請參考懷特的著述[25]。

資料探勘者的錯誤：誤用觀察績效

　　此處重述兩個重點：對於單一技術法則的歷史測試，該法則的

歷史績效是未來期望績效的不偏估計量。對於多個法則的歷史測試（換言之，資料探勘），歷史績效只是篩選技術法則的評估基準。

　　資料探勘的最大錯誤，就是利用最佳法則的歷史測試績效，估計其未來期望績效。這並不是歷史測試績效的適當運用，因為最佳法則的歷史測試績效存在正值偏頗。換言之，技術法則之所以能夠贏得績效競爭的表現，會顯著高於該法則的未來期望績效。這也就是資料採勘偏頗，請參考圖6.5。

　　最佳法則的樣本外表現並沒有退化。樣本外表現看起來比較差，是因為這只呈現了該法則的真正預測功能，但已經不具備歷史測試期間特有的運氣成分。樣本內績效之所以特別好，除了顯示某種程度的預測能力之外（也可能完全沒有），還有很大的運氣成分。歷史測試期間內特別照顧該法則的運氣成分，現在可能照顧別的法則了。這種情況就如同我們稍早提到的猴子，公開表演並沒有讓牠喪失文學素養；事實上，表演呈現的是猴子的真正文學能力，但已經沒有稍早使牠能夠寫出莎士比亞散文的運氣成分。

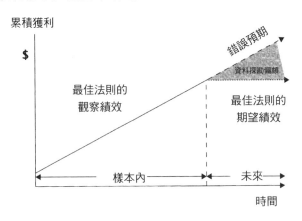

圖6.5　資料探勘最佳法則的期望績效

資料探勘與統計推估

本節準備討論資料探勘偏頗與統計推估之間的關連，主要內容包括：（1）偏頗估計量與不偏估計量之間的差別，（2）隨機誤差與系統性誤差（偏頗）之間的差別，（3）不偏估計量會呈現隨機誤差，但偏頗估計量會同時呈現隨機誤差與系統性誤差，（4）統計陳述只適用於大量觀察，譬如大量的估計值，（5）資料探勘偏頗普遍存在於資料探勘事件，所以我們不能說某特定資料探勘結果是偏頗的。

不偏誤差與系統性誤差

任何科學觀察都有誤差。誤差定義為觀察值與真實值之間的差值：

誤差＝觀察值－真實值

如果觀察值大於真實值，誤差為正數。負數誤差的情況，則剛好相反。如果磅秤顯示某人的體重為140磅，但實際重量為150磅，則誤差為負10磅。

誤差有兩種：不偏誤差與偏頗誤差（系統性誤差）。任何觀察都難免存在不偏誤差；換言之，任何衡量儀器或測量方法都不可能完美。不偏誤差的期望值為零。換言之，對於某現象（譬如：某技術法則的報酬率），如果觀察只存在不偏誤差，而且觀察數量夠多，則觀察值應該會隨機落在真正數值的周圍。當我們計算這些觀察誤差的平均數，結果約略為零，請參考圖6.6。

反之，觀察如果存在系統性誤差，則其位置會經常落在真實值的某一邊。這稱為偏頗的觀察。加總很多偏頗觀察的誤差，平均誤

差會顯著不等於零。請參考圖6.7，這個例子顯示正值的偏頗，平均誤差（誤差＝觀察值－真實值）為正數。

舉例來說，科學家觀察某化學反應的100次結果，衡量其殘留物重量。不偏誤差可能來自實驗室內濕度對於殘留物的影響；殘留物包含的水分多寡，會影響其重量。反之，如果存在系統性誤差的話，誤差可能來自衡量儀器本身，結果使得觀察重量始終低於（或高於）真實重量。

不偏與偏頗的統計量

解釋大型的樣本，通常會有困難。如同本書第4章解釋的，比

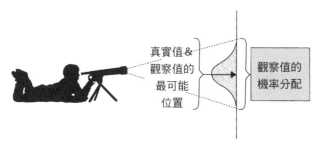

圖6.6　不偏觀察

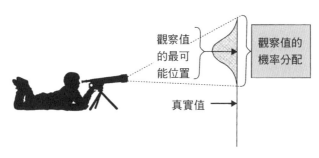

圖6.7　存在系統性誤差的觀察

較合理的作法，是先簡化資料。把龐大的衡量值，簡化為數量較少的摘要統計量：樣本平均數、樣本變異數，以及其他用以描述整體觀察的衡量值。

本書第4章也曾經提到，類似如平均數之類的樣本統計量，會存在特殊類型的隨機誤差，稱為抽樣誤差。這種誤差屬於不偏誤差。此處所謂的「誤差」，是指樣本平均數與母體平均數之間的離差。由於樣本不能完全代表母體，所以樣本平均數會在某種程度上偏離母體平均數。

回到我們的討論主題客觀技術分析，法則的歷史測試會產生很多觀察樣本：法則每天、每週或每個月的報酬率。這些資料簡化為績效統計量（譬如：年度化平均報酬率、夏普率或其他），才更容易解釋。就如同任何樣本統計量一樣，績效統計量也存在隨機誤差。」可是，除了隨機誤差之外，這種統計量還有系統性誤差或偏頗。

顯然地，歷史績效統計量沒有辦法直接存到銀行，也不能用來購買法拉利跑車。這些統計量的唯一功能，是用來推估技術法則的未來績效。技術分析者運用歷史測試績效，藉由信賴區間或假設檢定，推估技術法則的未來績效。不論採用哪種方法，推估的精確程度取決於誤差類型（不偏誤差或系統性誤差）與大小。

偏頗統計量存在系統性誤差。我們稍早曾經提到，單一技術法則的歷史測試，其平均報酬為不偏統計量。因此，如果根據歷史測試績效來推估技術法則的期望報酬，只會存在抽樣變異性的不偏誤差。

可是，前述說法顯然不適用於透過資料探勘程序取得的最佳法則。績效最佳法則的平均觀察報酬率，是一種存在正值偏頗的統計

量。因此，根據這個統計量所做的推估，將存在系統性誤差。換言之，進行假設檢定時，我們拒絕虛無假設的可能性，將超過顯著水準呈現的程度。舉例來說，對於0.05的顯著水準，我們不該拒絕而拒絕虛無假設的可能性，原本大約是每100次出現5次。可是，如果觀察績效存在正值偏頗，則我們拒絕虛無假設的可能性會提高，甚至可能顯著提高。這種情況下，技術法則將呈現不存在的預測功能。問題是：資料探勘挑選的最佳法則，究竟是什麼原因造成其歷史測試報酬高估真正的預測功能呢？

平均值vs.極大值

單一法則歷史測試與資料探勘，是兩個性質截然不同的統計量。單一技術法則的歷史測試，所觀察的是單一樣本的平均數。資料探勘則是觀察很多樣本平均數的極大值。一般人很容易忽略這是兩個完全不同的統計量。

請注意，單一技術法則的歷史測試，只有一組結果：該技術法則在歷史測試期間產生的每天報酬。這組資料可以簡化為一個績效統計量（例如：每天報酬的平均數）。至於資料探勘，則有很多技術法則同時在某歷史期間內進行測試，所以產生很多組結果，並簡化為很多績效統計量。如果資料探勘有50個不同的技術法則進行測試，將會產生50組每天報酬資料，然後簡化為50個平均報酬（績效統計量），最後挑選平均報酬最高的技術法則。

這50個平均報酬，可以視為一組觀察，然後再簡化為一個統計量。舉例來說，我們可以計算平均數的平均數，也就是50個技術法則之平均報酬率的平均數。或者，我們也可以計算這50個平均報酬率的極小值，也就是50個技術法則內表現最差者的平均報酬率。另

外，我們也可以計算平均數的極大值，也就是50個技術法則內表現最佳者的平均報酬率。

　　資料探勘者觀察的是前述50個技術法則的平均報酬極大值。請參考圖6.8，其中50個技術法則都沒有預測功能，期望報酬為零。圖形內的每個點，都分別代表某技術法則在測試期間內的平均報酬率。請注意，這50個平均報酬率之中，極大值（+37％）顯然不能代表期望報酬（0％）。極大值對應的技術法則，雖然沒有預測功能，但在歷史測試過程中運氣很好，所以呈現很高的報酬。每當很多技術法則同時接受測試，平均報酬最高者幾乎都會受惠於機運。這也是為什麼這方面歷史測試績效會高估期望績效的原因。對於不同的樣本，由於運氣不再那麼好，績效自然會下降。

　　總之，資料探勘考慮的很多技術法則之中，最佳法則的觀察績效存在正值偏頗，會高估未來的期望績效，因為其中幾乎必然蘊含著顯著的機運成分。如果不瞭解這點，資料探勘者往往會對於該法則的樣本外表現覺得失望。

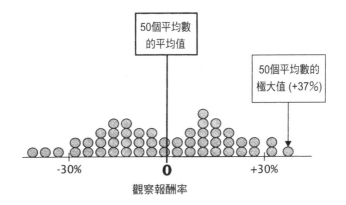

圖6.8　50個法則歷史測試的觀察績效

健全推估需要正確的抽樣

　　健全的統計推估，需要建立在正確的抽樣分配上。每個檢定統計量都有適當的抽樣分配，用以設定檢定的統計顯著性。適合用來檢定單一樣本平均數之顯著性的抽樣分配或建構其信賴區間，則檢定統計量就不能是多個樣本平均數之極大值。

　　因此，如果要作健全的推估，資料探勘者需要多個平均數之平均數極大值的抽樣分配，因為這是才我們評估資料探勘最佳法則的統計量。平均數極大值抽樣分配的集中趨勢，將反映資料探勘的運氣成分。反之，單一樣本平均數的抽樣分配集中趨勢，則不會反映這種運氣成分。

　　現在，讓我們看看這一切會如何影響檢定的顯著性。本書第5章討論的傳統檢定顯著性，虛無假設主張交易法則的期望報酬為零或更低。檢定統計量是交易法則的平均觀察報酬率。假定此處考慮的技術法則觀察績效為+10％（年度化報酬率）。這個檢定統計量的抽樣分配，其期望值為虛無假設主張的零報酬率。抽樣分配的p值，代表報酬率大於10％部分的面積。這部分面積（p值）代表該技術法則的期望報酬真的是零，而歷史測試績效大於10％的發生機率。如果p值小於某預設值（譬如說，0.05），則應該拒絕虛無假設而採納替代假設（換言之，技術法則的期望報酬大於零）。如果只考慮單一技術法則的績效，這段評論完全沒有問題。

　　接著，讓我們考慮資料探勘的檢定顯著性。繼續引用本節稍早談到的資料探勘例子，假定有50種技術法則進行歷史測試。最佳績效法則的年度化報酬率為+37％。根據傳統的顯著性檢定，假設顯著水準為0.05，情況將如同圖6.9顯示者。這個抽樣分配的中心落在零點，反映了虛無假設對於技術法則期望報酬為零（沒有預測功能）

的主張。換言之，這個抽樣分配沒有考慮資料探勘偏頗。本章稍後談到的實驗結果，將顯示這個假設是錯誤的。我們將發現，即使資料探勘過程內所有接受測試的技術法則期望報酬都等於零，績效最佳法則的觀察報酬率也很可能會顯著大於零。

請注意圖6.9的情況，最佳績效法則的觀察報酬率為+37％，落在抽樣分配的右端，其p值小於0.05。根據這個事實，虛無假設會被拒絕，因此而推論該技術法則的期望報酬大於零（換言之，具備預測功能）。這個結論是錯誤的！

可是，相關的統計顯著性檢定如果考慮了資料探勘偏頗，前述50個技術法則之最佳表現者的觀察績效看起來就全然不同了。請參考圖6.10，其中顯示50種法則之最佳表現者的觀察績效，並比較其與正確抽樣分配之間的關係。這個抽樣分配的統計量，是50個平均數的極大值。這個抽樣分配適當地反映了資料探勘偏頗的影響。請留意，抽樣分配的中心點不再落在零點，而是落在+33％的位置。這種情況下，最佳法則的績效看起來不再具有顯著意義。抽樣分配

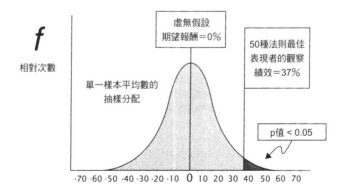

圖6.9　傳統抽樣分配（沒有考慮資料探勘偏頗）

落在觀察報酬率37％右側部分的面積，幾乎佔了整個面積的一半（大約是0.45）。換言之，如果50種技術法則的期望報酬都是零，那麼績效最佳法則的平均報酬率純因為機運緣故而大於或等於37％的機率為0.45。就此而言，報酬率+37％顯然不具備統計顯著性。

圖6.10顯示，對於毫無預測功能的技術法則，隨機性質（機運）可以讓績效大幅膨脹。事實上，隨機性質只是造成資料探勘偏頗的兩個因素之一。第二個因素是資料探勘運用的篩選原則：挑選觀察績效最佳者。

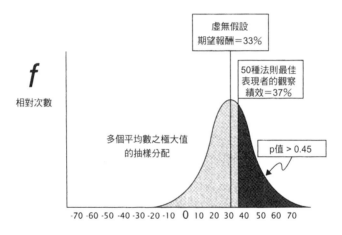

圖6.10　正確的抽樣分配（考慮資料探勘偏頗）

資料探勘偏頗：兩個原因造成的結果

資料探勘偏頗是由兩個因素共同造成的結果：（1）隨機性質，（2）資料探勘或任何多重比較程序採用的篩選準則：挑選最佳績效的技術法則。本節準備討論這兩種因素，如何共同造成最佳

法則的觀察績效高估期望績效。

觀察績效的兩個成分

　　技術法則的觀察績效，可以分解為兩部分。第一部份代表技術法則的真正預測功能（如果有的話）。這個績效成分，是因為技術法則能夠運用某些重複發生的市場行為模式而獲取利潤，這些市場行為模式在可預見未來應該還會繼續發生。這也代表技術法則的期望績效部分。

　　觀察績效的第二個成分，則來自隨機性質。隨機性質也就是所謂的運氣，包括好運氣與壞運氣。好運氣會讓觀察績效優於期望績效，壞運氣則會讓觀察績效劣於期望績效。運氣造成的績效部分，不能期待重複發生於可預見未來。

　　這部分討論可以透過圖6.11的方程式作為摘要總結。

$$\text{觀察績效} = \left[\ \text{期望績效}\ \right] \text{+/-} \left[\ \text{隨機成分}\ \right]$$

圖6.11　績效的兩個成分

隨機頻譜

　　由頻譜（spectrum）的角度思考隨成分，或許有助於我們瞭解其性質，這個概念請參考圖6.12[26]。在頻譜的某一端，觀察績效是完全仰賴隨機成分，也就是完全取決於運氣。譬如說，我們稍早談論的猴子在鍵盤上跳動寫文章，或是樂透彩券的結果。在頻譜的另一個極端，觀察績效則完全取決於功夫或系統性行為，這部分完全仰賴真才實料的功夫。數學證明就是最典型的例子。專業演奏技巧大體上也處在這個端點。這附近還有物理定律，其高度精確的預測

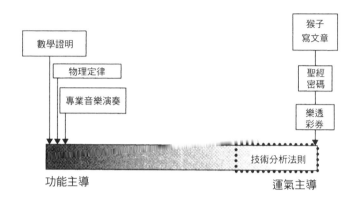

圖6.12　隨機頻譜：觀察績效的預測功能vs 隨機運氣相對貢獻

也仰賴自然界的某種有秩序行為。

　　由隨機頻譜的右端朝中間部分發展，呈現著本書探討的資料探勘問題。對於這部分來說，愈往隨機端點靠攏，資料探勘偏頗的風險愈高。金融市場的結構非常複雜，充滿隨機成分，使得最有效的技術法則也頂多具備有限的預測功能。在這個區間內，資料探勘偏頗的程度相當顯著。

　　接下來，讓我們歸納一個重要的原則。觀察績效內的隨機（運氣）成分愈顯著（相對於功夫成分），資料探勘偏頗愈嚴重。理由如下：運氣相對於功夫扮演的角色愈重要，則某個候選法則因為運氣成分而展現傑出績效的可能性愈高。這也是資料探勘者將選出的候選法則。可是，觀察績效如果是完全或大部分來自真實功夫，則資料探勘偏頗就不存在或影響很小。這種情況下，候選法則的歷史績效可以有效預測未來績效，資料探勘者也不會失望。

　　由於金融行情非常難以預測，技術法則展現的觀察績效，絕大部分是隨機成分，預測功能非常有限。因此，先前圖6.11的方程

式，最好表示為圖6.13的格式。由於隨機成分扮演的角色顯著超過真實功夫（換言之，預測功能），所以技術法則的資料探勘通常會存在嚴重的偏頗。

$$觀察績效 = \left[預測功能 \right] +/- \left[隨機成分 \right]$$

圖6.13　觀察績效的兩個成分

運用多重比較程序可能造成的問題程度，可以透過圖6.12的隨機頻譜來說明。技術分析法則的資料探勘，位在頻譜偏向的隨機成分的一端。我採用一個區間來表示資料探勘而不是一點，主要是強調不同資料探勘程序各有不同程度的隨機性質。如同本章稍後將談到的，任何資料探勘程序蘊含的隨機程度，取決於五個獨立因素[27]。考慮這五個因素，就可以發展資料探勘偏頗處理上的統計顯著程序。換言之，對於資料探勘找到的技術法則，我們可以計算其統計顯著性或信賴區間。這種程序可以舒緩技術分析者運用資料探勘程序挖掘知識而將遭遇的關鍵難題。

不同隨機程度條件下，多重比較程序的效力

對於相關問題，運用多重比較程序（multiple comparison procedures，簡稱MCP），藉以尋找最佳解決方案。設定可供選擇的解決方案，然後比較每種可能方案的觀察績效，挑選其中表現最佳者。

很多人認為，MCP有兩種功能：（1）觀察績效最佳的方法，其未來運用的績效也最可能是最佳者；（2）最佳方法的觀察績效是未來績效的可靠估計值。MCP確實具備第一項功能，但在技術

分析法則的領域內，MCP通常不能提供第二項功能。

關於前述第一項功能，觀察績效最佳的可行辦法，也最可能是未來績效最佳者，懷德（White）證明這個結論在觀察數量逼近無限大時是成立的[28]。懷德顯示，當樣本大小逼近無限大時，期望報酬最佳的可行辦法（換言之，真正的最佳法則）在資料探勘程序內展現最佳觀察績效的機率逼近1.0。這顯示資料探勘的基本邏輯根據。觀察績效最佳的技術法則，也就是我們應該挑選的技術法則。本章稍後討論的數學實驗——資料探勘偏頗實驗調查——也可顯示這個假設的有效性。這些結果告訴我們，如果有足夠數量的觀察用以計算技術法則的績效統計量（換言之，平均報酬），則觀察績效最佳的法則，其期望報酬高於隨機挑選測試法則的結果。資料探勘最起碼要通過最低限度的效力檢定，如此才能是值得採用的研究方法，不過實際上也確實是如此。

至於MCP的第二項功能——所挑選的最佳法則，其觀察績效是未來績效的可靠估計——情況則不太樂觀。簡森（Jensen）與葛罕（Cohen）指出[29]，如果觀察績效存在顯著的隨機成分，最佳法則的觀察績效會高估其（未來）期望績效。換言之，如果觀察績效存在濃厚的運氣成分，用以預測未來績效，就會產生顯著的正值偏頗。這正是技術分析法則資料探勘面臨的情況。

對於隨機成分完全不存在，或隨機成分很低而絕對不會影響最佳抉擇的情況，那麼觀察績效確實是最佳抉擇之未來績效的可靠估計量。譬如說，音樂演奏競賽或數學證明競賽，這些活動的績效幾乎完全取決於真實功夫。

總之，只要用以計算績效統計量的觀察數量很大，則MCP挑選的最佳對象，最可能也是未來績效表現最佳者。雖說如此，但如果

隨機成分對於績效的影響很大，則觀察績效將存在正值偏頗，所挑選之對象的未來績效很可能不如MCP的觀察績效。

隨機成分情況很低的MCP效力

　　首先考慮MCP運用於隨機成分較低情況的問題。在頻譜的這一端，觀察績效主要是由真實功夫構成，MCP能夠有效辨識優異的真實功夫。

　　舉例來說，某個交響樂團準備聘請新的首席小提琴手[30]。候選母體是由申請該職務的音樂家構成。每位申請人都必須在一組鑑定專家前面即席演奏一段困難的樂曲，由鑑定專家評分。這方面的測試，可以檢定演奏者的真實功夫，因為小提琴演奏基本上不會取決於運氣成分。即使有一點運氣成分，影響也不會很大。譬如說，某位好手可能因為前一天與太太吵架，或路上碰到汽車爆胎，結果可能會稍微影響當天的演奏水準。

　　這種情況下，觀察績效是真實功夫的精準指標，也是未來表現的絕佳預測。請參考圖6.14。每位候選者的真實功夫，幾乎對等於未來的期望表現，請參考圖形箭頭標示位置。兩位演奏者的表現都很好，但還是也些差別。兩位候選者表現的機率分配相當窄，顯示表現受到隨機因素影響的程度非常輕微。請注意，兩個人的分配完全沒有重疊，意味著演奏表現即使受到運氣成分影響，高下之分仍然不會變動；換言之，真功夫較高者的運氣即使很差，真功夫較差者的運氣即使很好，前者仍然勝過後者。

隨機成分情況顯著的MCP效力

　　現在，我們考慮隨機頻譜另一個端點的情況，也就是技術法則

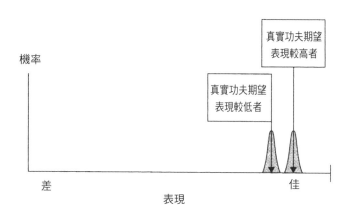

圖6.14　隨機成分很少：真實功夫的些微差異。真實功夫可以穿透　　　隨機薄霧。

的資料探勘。這種情況下，隨機因素對於觀察績效存在顯著影響，即使是功效最強的技術法則或交易模型，預測功能也相對有限，因為金融市場的結構非常複雜，存在高度隨機性質。請參考圖6.15，其中顯示技術法則觀察績效的機率分配期望報酬為零。雖然報酬率最可能是零，但好運氣或壞運氣還是會造成正值報酬或負值報酬。如果某技術法則在歷史測試期間的運氣很差，觀察績效將是負數。可是，對於技術分析者來說，如果毫無預測功能的法則碰上好運氣而賺取正數報酬率，情況會更麻煩。這可能讓技術分析者誤以為找到「寶」。事實上，該技術分析法則提供的訊號只是剛好配合當時的行情波動而已。

　　就單一法則來說，雖然非常不容易出現極端的正數或負數報酬率，但接受歷史測試的法則數量增加時，發生極端報酬率的可能性就會提高。這就如同樂透彩券的參與人數愈多，就愈可能出現某個人連贏兩次；同樣地，參與歷史測試的技術法則數量變多時，某個

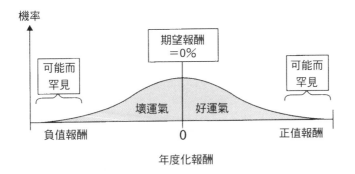

圖6.15　觀察績效的機率分配

法則呈現極端觀察績效的可能性也會跟著變大。這個法則也就是資料探勘者挑選的法則。總之，如果觀察績效主要是由隨機性質決定，那麼最佳觀察績效（以及其他觀察績效）主要是反映隨機性質。

　　為了說明運氣成分如何影響資料探勘，假設讀者可以觀察資料探勘者的操作。另外，假設讀者能夠知道資料探勘者永遠不可能知道的一項事實：每種接受測試法則的真正期望報酬。假定資料探勘者測試12種不同的法則，而讀者知道這12種法則的期望報酬都是0％。請注意，資料探勘者所知道的，只是每種法則在歷史測試過程產生的觀察績效。

　　請參考圖6.16，其中顯示每種法則的報酬機率分配，箭頭標示處為每種法則的觀察績效。每種法則的報酬機率分配，中心點都位在零，意味著每種法則的期望報酬都是0％。可是，其中有一種法則的運氣很好，歷史測試期間的觀察績效為+60％。這是資料探勘者挑選的法則。若是如此，資料探勘偏頗為+60％。

　　如果接受測試的法則數量繼續增加，則資料探勘產生更極端觀

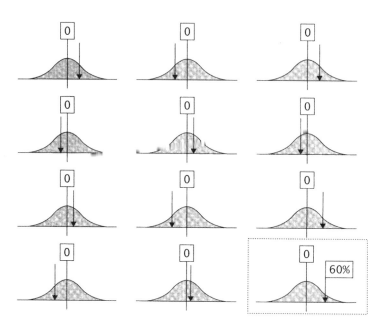

圖6.16　12種不同的技術法則（每個法則的期望報酬都是0％）

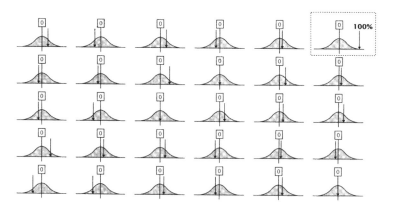

圖6.17　接受測試的技術法則數量愈多，愈可能出現極端運氣

察績效的機會也會跟著提高。如同稍後將說明的，接受測試的技術法則數量，是影響資料探勘偏頗程度的五項因素之一。請參考圖6.17，總共有30種法則接受測試，其中一種法則的觀察績效高達+100％。就這個例子來說，資料探勘者會挑選這個法則。當然，如果期待這個法則將來也應該會提供類似程度的績效，恐怕會令人大失所望。

挑選較差法則的風險

先前的例子當中，我們假定所有接受測試的技術法則都有相同的真實功夫（期望報酬都是零）。可是，資料探勘者期待的，通常不是如此，他們希望接受測試的技術法則之中，至少有一種具備優異的真實功夫，而且測試的觀察績效也確實能夠讓這個最具真實功夫的技術法則能夠脫穎而出。不幸地，情況未必如此。

這是隨機性質可能造成的另一種負面影響。真實功夫最佳者（期望報酬最高者）未必會被挑選，因為受到運氣成分的影響，較差法則可能在測試過程贏得績效競賽。圖6.18顯示這種不幸情況；

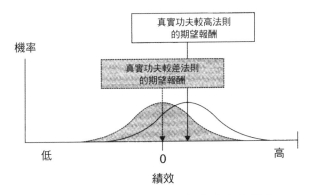

圖6.18　隨機成分嚴重而真實功夫差異小

兩種技術法則的報酬機率分配大致相同，但其中一種的表現確實較好。然而，由於兩個分配有很大的重疊部分，這意味著較差法則在測試過程產生較佳觀察績效的可能性頗高。因此，資料探勘者可能挑選較差的法則。

可是，最佳法則與次佳法則的期望報酬（真實功夫）如果差異夠大，資料探勘者就可以安心一些，因為最佳觀察績效通常都會指向最佳法則。圖6.19顯示這種情況。換言之，如果真實功夫最佳法則與次佳法則之間的差異夠大，那麼觀察績效即使受到隨機運氣影響，其程度仍然不足以沖銷真實功夫的差異。如此一來，資料探勘者就會挖到「寶」。

實務上，資料探勘者永遠不知道挑選較差法則的風險，因為這需要知道技術法則的真實功夫（期望報酬），期望報酬屬於資料探勘者無從知曉的母體參數。所以，資料探勘者永遠都不知道資料探勘偏頗，直到──如同歌曲所說的──將來變成過去。

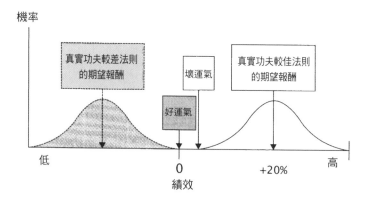

圖6.19　隨機成分嚴重而真實功夫差異大（真實功夫蓋過隨機成分）

決定資料探勘偏頗程度的五項因素

讓我們稍微整理一下截至目前為止的討論內容：

- 所謂資料探勘偏頗，是指贏得資料探勘競賽之法則的觀察績效與其真實期望績效之間的差異期望值。
- 觀察績效是指技術法則在測試過程展現的績效。期望績效是指技術法則將來能夠展現的理論績效。
- 資料探勘挑選的最佳法則，其觀察績效存在正值偏頗。因此，對於這個技術法則來說，樣本外期望績效應該低於樣本內觀察績效。
- 觀察績效包含兩部分：隨機成分與真實功夫（預測功能）成分。隨機成分愈大，資料探勘偏頗的程度也就愈嚴重。

圖6.20顯示資料探勘偏頗與隨機成分大小之間的關係。如同下一節將解釋的，某資料探勘程序呈現的隨機程度，取決於該程序蘊含的五種因素。

界定五種因素　決定資料探勘偏頗程度的五種因素。

1. **歷史測試的法則數量：**這是指資料探勘程序內，接受歷史測試的技術法則數量。法則數量愈多，資料探勘偏頗愈大。

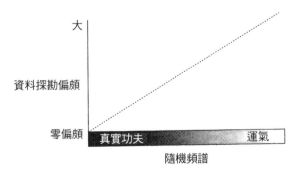

圖6.20　資料探勘偏頗與隨機程度之間的關係

2. **用以計算績效統計量的觀察數量**：觀察的數量愈大，資料探勘偏頗的程度愈小。

3. **法則報酬之間的相關**：這是指接受測試的法則，其彼此之間歷史績效的相關程度。相關程度愈小，資料探勘偏頗程度愈大。

4. **存在正值離群報酬**：這是指技術法則的歷史績效中，是否存在報酬很大的離群值（outlier）。如果存在這種離群值，資料探勘偏頗通常較大，但用以計算績效統計量的觀察數量很大（相對於正數離群值的個數），這方面的影響會相對變小。換言之，觀察數量會稀釋正數離群值造成的資料探勘偏頗。

5. **各種法則之間期望報酬的變異性**：這是指接受測試之技術法則期望報酬之間的變異性。變異性愈低，資料探勘偏頗愈大。換言之，接受測試之技術法則的預測能力愈相似，資料探勘偏頗愈大。

　　每種因素會如何影響資料探勘偏頗　　圖6.21到圖6.25分別顯示每種因子與資料探勘偏頗程度之間的關係。這些關係存在於資料探勘偏頗與績效統計量之間，後者是指技術法則的平均報酬率。至於其他績效統計量（譬如：夏普率），由於其抽樣分配不同於平均報酬的分配，所以這五種因素與資料探勘偏頗之間的關係可能也不同。

　　某些讀者可能會覺得疑惑，由於技術法則的期望績效不可知（因為是母體參數），那麼如何能夠衡量資料探勘偏頗呢？又如何決定前述曲線的關係呢？沒錯，對於實際的技術法則來說，資料探勘偏頗是永遠不可知的。可是，對於虛構的技術法則，則可以接受實驗。所謂虛構的法則，是由電腦模擬的交易訊號，其精確程度（訊號正確的比率）可以透過實驗設定。所以，我們可以知道虛構法則

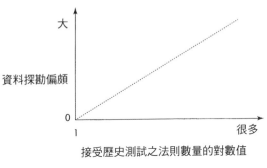

圖6.21　歷史測試的法則數量（1）

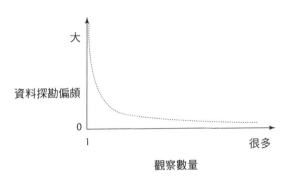

圖6.22　用以計算績效統計量的觀察數量（2）

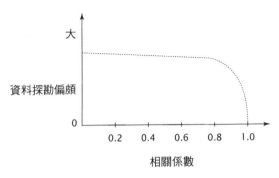

圖6.23　技術法則報酬之間的相關（3）

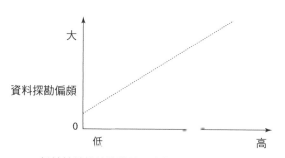

相較於計算績效統計量之觀察數量的離群值數量與大小

圖6.24　呈現正值離群報酬（4）

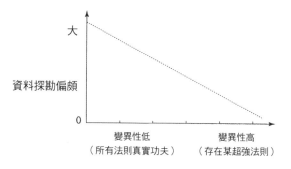

圖6.25　期望報酬率之間的變異性：技術法則真實預測能力之間的
　　　　差異程度（5）

的期望報酬。此處討論的這些曲線，是根據虛構技術法則的測試而
決定的。這些測試結果（請參考下一節的討論），顯示這五個因素
對於資料探勘偏頗的影響。

資料探勘偏頗的實驗研究

科學家透過觀察而做推論。健全推論仰賴精確的觀察。所以，

我們必須決定觀察所採用之程序的精確性。觀察程序中，用以衡量隨機與系統性誤差的程序，稱為校正（calibration）。校正某程序之精確性的方法之一，是在已經知道答案的問題上做測試。如此可以衡量隨機與系統性誤差。

　　客觀技術分析者也就是在技術分析領域內進行研究的科學家。他們採用的主要程序是技術法則的歷史測試。可供觀察的結果，則是績效統計量。根據所得到的績效統計量，推估有關技術法則之預測能力或期望績效。因此，對於歷史測試所取得的績效統計量，客觀技術分析者關心其隨機與系統性誤差。本書第4章曾經談到，績效統計量因為抽樣變異性的緣故而存在隨機誤差。本章的主要考量則是源自於資料探勘的一種系統性誤差：資料探勘偏頗。

　　本節準備描述資料探勘偏頗的一些實驗結果，探討前述五種因素對於資料探勘偏頗的影響。本節是考慮一組虛構技術法則（artificial trading rules，簡稱ATR）的資料探勘。不同於實際的技術法則，虛構技術法（ATR）則適用於目前這種場合，因為在實驗控制之下，它們的期望報酬是已知的。這允許我們衡量最佳績效法則的資料探勘偏頗。然後，我們可以衡量觀察績效（資料探勘者知道的統計量）用以估計期望績效（資料探勘者所不知道的母體參數）會有多精確。

虛構交易法則與模擬績效歷史

　　此處之實驗產生的ATR績效紀錄，是表示為月份報酬。ATR期望報酬是透過獲利月份報酬之機率來控制。這個機率是在很多月份數量的情況下計算，展現「大數法則」的性質。可是，對於任何小樣本的月份數量，獲利月份所佔的比率會在該特定機率水準附近隨

機波動。這種變異性在實驗中引進了非常關鍵的隨機性質。ATR績效紀錄可以針對任何月份數量產生，譬如：24個月。（譯按：關於這部分內容，作者的解釋不太清楚，不過只要耐心往下看，還是能夠慢慢琢磨出究竟。）

在獲利月份機率已知的情況下（ATR的情況就是如此），我們可以精準決定技術法則的期望報酬。因此，我們也能夠衡量該技術法則的資料探勘偏頗。計算ATR期望報酬的公式，也就是計算一般隨機變數期望值的公式：

期望值＝月份獲利機率 × 平均獲利－月份虧損機率 × 平均虧損

平均獲利與平均虧損也是已知數，因為ART是運作在S＆P 500的月份價格變動百分率的絕對值上，涵蓋期間為1928年8月到2003年4月。所謂「絕對值」，就是只考慮價格變動數量，而不考慮其變動方向（上漲或下跌）。在ATR的測試中，月份報酬的變動方向（正、傅符號）是由下文將說明的隨機程序決定。前述涵蓋期間大約是由900個月份觀察值構成，S＆P 500的這900個月份報酬絕對值，平均數為3.97％。所以，ART期望報酬為：

期望報酬＝ppm × 3.97－（1 － ppm）× 3.97

其中，ppm代表月份獲利機率。

ATR的績效紀錄是透過蒙地卡羅模擬程序產生的。詳細來說，由S＆P 500的900個月份價格變動百分率絕對值之中，透過置回方式（with replacement）抽取樣本。經由這種隨機方式抽取月份報酬（絕對值沒有盈虧符號），再透過電腦模擬輪盤的方式決定月份報酬的盈虧符號。這決定了單個月份的ATR績效紀錄。至於前文提到的

「月份獲利機率」（ppm），則是由實驗者自行決定。如果實驗者準備將月份獲利機率設定為0.70，則輪盤上的100個凹槽內，有70個代表獲利，30個代表虧損。重複一次：由900個S＆P 500的月份價格變動百分率內，抽取一個絕對值數據，然後轉動輪盤（其中的盈虧比率或ppm由實驗者設定）決定盈虧符號，結果就是單月份ATR績效紀錄；然後，把抽取的數據置回，繼續抽取下個月的績效紀錄，如此反覆進行。接著，對於整組的績效紀錄，利用一個摘要統計量來表示：年度化月份報酬率。圖6.26說明整個程序的情況。

在四個不同的月份獲利機率設定之下，讓我們考慮ATR的期望報酬將會如何。四種不同的ppm設定分別為：1.0、0.63、0.5與0.0。當ppm設定為1.0（換言之，輪盤上的100個凹槽都代表獲利），則ART期望報酬等於S＆P 500月份價格變動百分率絕對值3.97%，相當於未經複利的年度化報酬率47.6%這個數據來自於隨機變數期望值的計算公式。如果ppm為0.63，則ATR期望報酬為+12.4%。對於ppm設定為0.5，則ATR的期望報酬理所當然為0，

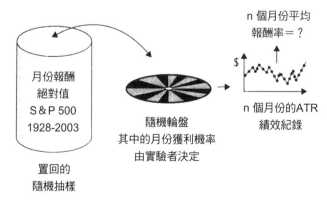

圖6.26　蒙地卡羅程序產生的ART績效紀錄

ppm設定為0，ATR的期望報酬為－47.6％。

千萬記住，這些期望值只適用於月份數量極大的情況。對於月份數量有限的小樣本，ATR的觀察平均報酬率將不同於期望值。ATR績效數據的構成月份數量愈小，其有異於期望報酬率的變異程度也就愈大。

為了模擬資料探勘的效應，我們可以透過前述程序產生——譬如說——10組ATR績效紀錄，計算每組紀錄的平均報酬，然後挑選其中最大者。這個程序可以重複進行10,000次。這10,000觀察值用以建構統計量——由10組ATR挑選最佳績效者的平均報酬——的抽樣分配。

實驗1：真實功能相同的ATRs資料探勘

這個實驗中，所有ATRs的真實功能（預測功能）都設定為相同。更明確說，所有ATRs的ppm（月份獲利機率）都設定為相同，而且等於0.50，所以每種技術法則的期望報酬都是零。

因素＃1：接受測試之法則數量　假設其他條件都相同，接受測試的法則數量愈多，資料探勘偏頗愈嚴重。在鍵盤上跳舞的猴子數量愈多，某隻猴子因為機運緣故而寫出一個句子的機率愈大。同理，參與歷史測試的技術法則數量愈多，某個法則展現傑出績效的機率愈大。

下列測試中，每個ATR都進行24個月期的模擬。首先考慮非資料探勘的情況，只有一個技術法則接受測試。由於沒有資料探勘，自然沒有資料探勘偏頗。雖然每個ATR的ppm都設定為0.50，期望報酬為0，但抽樣變異性使得任何既定24個月期紀錄的平均報酬都可能大於或小於0。

　　為了說明這點，我們透過電腦模擬程序取得1,000個績效紀錄，每個紀錄都涵蓋相同24個月的期間（換言之，針對此處考慮的ATR，運用於24個月的期間，取得24個月份資料，計算其平均月份報酬，如此重複進行1,000次，總共取得1,000個24月期的平均報酬率）。將前述平均月份報酬率年度化之後，這個統計量的抽樣分配情況如圖6.27所示。如同我們預期的，這個分配的中心點位在0，對應著ppm設定為0.50之ATR的期望報酬率。另外，也符合預期的，平均報酬的變異程度頗大（鐘鈴狀分配很寬），因為24個月期的樣本很小。少數幾個平均報酬率落在抽樣分配右端尾部，代表其運氣很好，年度化月份報酬率高達50%以上。反之，在抽樣分配左端尾部，情況則剛好相反，代表運氣極差。可是，抽樣分配的中心點落在零，則反映出真正性質。在沒有資料探勘的情況下，不具備預測功能的單一ART，其月份報酬率基本上是零。可是，如同後續測試顯示的，如果由兩個或多個ATRs內挑選績效最佳者，則報酬

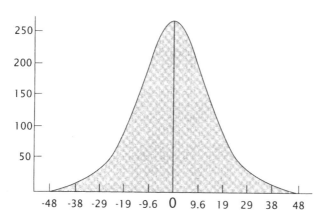

圖6.27　年度化平均報酬率抽樣分配（單一ATR的24月期平均月份報酬率，總共有1,000個樣本）

分配的中心點將大於零，即使其期望報酬等於零（ATR沒有真實預測功能）。

　　接著，讓我們看看資料探勘的情況，由2個或多個ATRs中挑選績效最佳者。為了探討資料探勘偏頗大小與技術法則數量多寡之間的關係，我們將變更ATR母體的大小，也就是最佳績效所從出的ATR數量。更明確來說，我們分別由2個、10個、50個與400個ATRs中挑選最佳績效者。舉例來說，如果ATRs的數量設定為10個，我們分別計算10個ATR運作於24個月期的績效，記錄其觀察平均報酬率，然後挑選其中最佳者。如此重複進行10,000次，繪製最佳ATR觀察報酬統計量的抽樣分配。請注意，此處假設每種ATR的ppm都是0.50（也就是每種ATR期望報酬都是零），而且所有法則的報酬彼此獨立（不相關）。由於每種ATR的期望報酬都是0，所以資料探勘偏頗也就是最佳觀察績效的平均報酬。

　　圖6.28顯示由兩個ATRs內挑選績效最佳者的觀察績效抽樣分配。這個抽樣分配的中心點落在+8.5％。換言之，即使只有兩個技

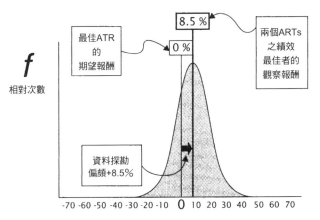

圖6.28　抽樣分配：2個ATRs最佳者的平均報酬

術法則接受測試而挑選其中績效最佳者，偏頗仍然高達+8.5％。資料探勘者可能預期該法則的未來報酬將有+8.5％，但其期望報酬實際上卻是0％。

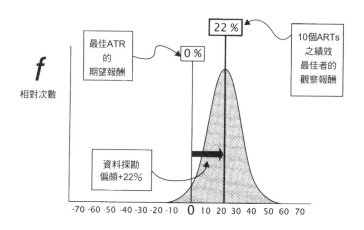

圖6.29　抽樣分配：10個ATRs最佳者的平均報酬

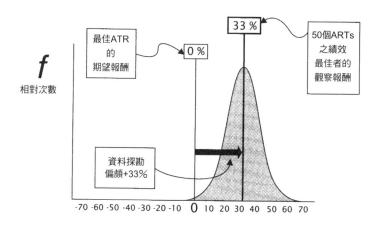

圖6.30　抽樣分配：50個ATRs最佳者的平均報酬

如果接受測是的ATRs數量增加到10個，然後挑選績效最佳者，則資料探勘偏頗將增加到+22％。可是，我們知道，每種ATR的ppm都設定為0.50，也就是期望報酬都是0。圖6.29的結構與圖6.28相同，只是此處是由10種ATRs挑選績效最佳者，觀察績效的偏頗為+22％。

如果接受測試的ATRs數量多達50，資料探勘偏頗將增加到+33％。圖6.30顯示這種情況下的抽樣分配。

同樣地，圖6.31顯示接受測試之ATRs數量增加到400個的情況，資料探勘偏頗為+48％。

圖6.32顯示接受測試之ATRs數量與資料探勘偏頗大小之間的關係，其中標示的ATR數量為2、10、50與400個。圖形縱軸代表資料探勘偏頗，也就是最佳ATR觀察報酬與期望報酬之間的差距。圖形橫軸則代表接受測試的ATR數量。圖形上的虛線是根據4個資料點套入的。如果法則數量採用對數刻度（基底為10），兩者之間的關

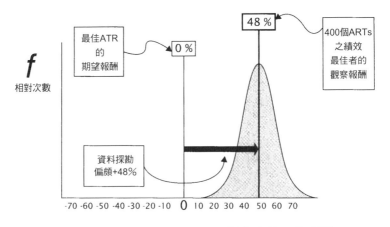

圖6.31　抽樣分配：400個ATRs最佳者的平均報酬

係幾乎呈現線性。這個實驗顯示的重要結論是：接受測試的法則數量愈多，資料探勘偏頗愈嚴重。

請注意，圖6.32顯示的特定數值關係，只侷限於目前這個案例：目前這組S＆P 500月份價格、24個月期的績效紀錄、所有法則的報酬彼此獨立、所有法則的期望報酬為零。對於不同狀況的其他資料探勘作業，雖然數量法則愈多會導致資料探勘偏頗愈嚴重的基本性質還是適用，但明確的關係則未必會如同圖6.32顯示的情況。

舉例來說，如果計算平均報酬率的期間採用48個月而不是原來的24個月，那麼ATR平均報酬的抽樣分配寬度會較窄，相對上較靠近期望報酬率0。當然，這只不過是反映大數法則的作用而已。因此，績效最佳ATR的偏頗會變得比較小。這意味著，用以計算績效統計量的觀察數量，是決定資料探勘偏頗的重要因素之一。

讓我們考慮前一段話的含意。用以計算績效統計量的月份觀察數量愈多，統計量抽樣分配的離勢愈小。換言之，計算績效統計量

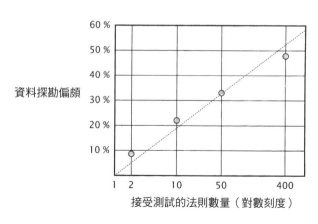

圖6.32　資料探勘偏頗vs.接受測試之法則數量（24個月期績效紀錄的年度化報酬）

的樣本愈大，觀察績效呈現的隨機程度愈小，愈不可能出現極端運氣的表現。造成觀察績效隨機程度降低的因素，也造成了資料探勘偏頗下降。

　　圖6.33顯示樣本大小對於資料探勘偏頗的重要性。圖6.33類似圖6.32，縱軸代表資料探勘偏頗，橫軸代表接受測試的ARTs數量。可是，目前這份圖形顯示四條曲線，其用以計算績效統計量的月份觀察數量分別為10、24、100與1,000個月。標示為點狀線者，其樣本大小為24個月，也就是圖6.32顯示的曲線。此處有兩點值得注意。第一，所有的曲線都顯示資料探勘偏頗會隨著接受測試ATRs數量增加而增大。這符合前一節討論的結論：資料探勘偏頗會隨著接受測試之技術法則數量增加而增加。第二，這點可能更重要，用以計算平均報酬率的月份個數增加時，資料探勘偏頗會下降。舉例來說，如果只採用10個月的資料，由1,024個ARTs挑選最佳績效法則的偏頗大約是84％。可是，如果採用1,000個月份資料，則由1,024個ARTs挑選最佳績效法則的偏頗還不到12％。下一節將說明

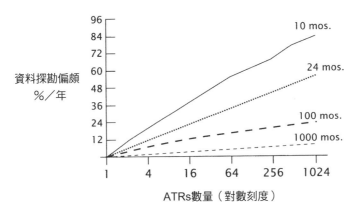

圖6.33　資料探勘偏頗vs.不同樣本大小與不同ARTs數量

樣本大小對於資料探勘偏頗為何會產生如此顯著的影響。

　　因素＃2：用以計算績效統計量的觀察數量　圖6.33告訴我們，用以計算績效統計量的觀察數量增加時，資料探勘偏頗會下降。事實上，對於所有可能影響資料探勘偏頗程度的因素，樣本大小可能是其中最重要者。所採用的觀察數量愈大，愈不容易因為運氣因素而產生極端觀察績效（平均報酬率）。本書第4章已經談到這點，用以計算樣本統計量的觀察數量愈大，該樣本統計量的抽樣分配愈窄。如果只有少數幾個觀察值，則樣本平均數可能顯著不同於母體平均數。換言之，抽樣分配很寬，意味著技術法則在測試過程中，更可能因為運氣成分（而不是真實預測功能）展現極端績效。圖6.34說明這種情況，其中顯示某期望報酬為零之技術法則的兩個抽樣分配。請注意，樣本較少的抽樣分配較寬。相形之下，根據較短期績效歷史計算的平均報酬，比較可能出現極端運氣的成分。

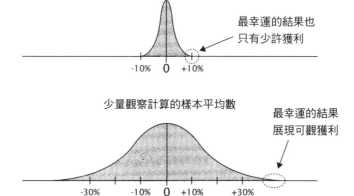

圖6.34　抽樣分配比較：窄vs.寬

　　接下來的實驗，準備探索用以計算ATR平均報酬之月份數量，對於資料探勘偏頗程度的影響。此處考慮的月份數量，由1個月到1,000個月，間隔為50個月，分別計算資料探勘偏頗程度。至於接受測試的ATRs數量，則考慮兩種情況：10種ATRs的最佳者，以及100種ATRs的最佳者。如同先前的實驗一樣，所有ATRs的期望報酬都設定為零。

　　圖6.35顯示資料探勘偏頗大小（縱軸）與用以計算ATR平均報酬月份數量（橫軸）之間的關係。由於所有ATRs的期望報酬都是零，所以資料探勘偏頗也就是最佳法則的觀察績效。所以，圖形座標縱軸的「資料探勘偏頗」也可以表示為「最佳法則觀察績效」。我們發現，隨著用以計算平均報酬的月份數量增加，代表資料探勘偏頗的曲線快速下降。這是對於資料探勘者有利的大數法則效應。因此，訊號太少或期間太短，計算出來的績效統計量就很不可靠。圖6.35傳達另一項訊息，觀察（月份）數量到了相當大的時候，大約在600附近，10種或100種ATRs最佳者的偏頗程度就沒有太大差

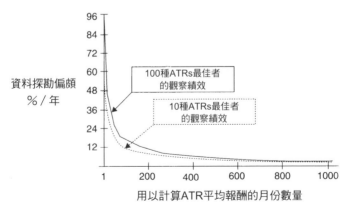

圖6.35　資料探勘偏頗vs.觀察數量

異。這項性質具有重大含意：當觀察數量夠大時，資料探勘採用眾多技術法則就不至於遭致嚴重的偏頗。這正是大數法則的作用！

　　因素＃3：技術法則的相關程度　影響資料探勘偏頗程度的第三項因素，是接受測試法則之間的類似程度。技術法則很類似，是指其績效紀錄高度相關。換言之，不同技術法則的月份報酬或每天報酬資料之間存在高度相關。技術法則之間的相關程度愈高，資料探勘偏頗程度愈小。反之，技術法則報酬資料之間的相關程度很低（換言之，統計獨立性質很高），會造成資料探勘偏頗愈嚴重。

　　這是相當合理的，因為增加技術法則之間的相關性，實際上相當於減少接受測試的法則數量。不妨考慮一大堆完全相同的技術法則。這種情況下，許多技術法則產生的績效紀錄將存在完全相關。事實上，這一大堆法則只是一種法則，而我們知道只有一種法則接受測試時，資料探勘偏頗為零。撇開這個極端狀況不談，當接受測試的法則非常相似，報酬績效之間將存在高度相關，運氣成分比較不容易導致極端績效。技術法則之間愈不相似，運氣成分愈有可能導致極端績效。反之，法則之間存在高度相關，等於減少實際接受測試的法則數量，所以資料探勘偏頗將下降。

　　資料探勘如果想要尋找特定一種技術法則形式的最佳化參數，績效紀錄之間的相關性通常很高。舉例來說，假定我們想要測試兩條移動平均穿越系統的最佳化參數值。這意味著接受測試法則的差別只在於參數值，也就是較長與較短移動平均計算上的期間長度不同。這個特定法則採用26天與55天計算移動平均，其績效結果應該很類似參數值採用27天與55天。

　　圖6.36顯示最佳法則資料探勘偏頗程度（縱軸）與技術法則相關程度（橫軸）之間的關係。法則之間的相關性，透過下列程序模

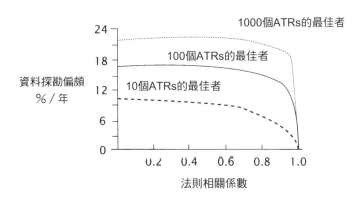

圖6.36　資料探勘偏頗vs.法則相關性（計算年度化報酬率的月份數量＝100）

擬：首先計算第一個ATR的績效紀錄。然後，取得第二個ATR績效紀錄的過程，採用一種不公平的隨機工具，用以決定第二個ATR的績效紀錄。所謂的不公平，是用以表示我們想要的相關程度。舉例來說，如果我們相要的相關程度為0.7，則隨機工具可以採用會產生70%正面的銅板。如果銅板出現正面，則第二個ATR的月份報酬設定跟第一個ATR相同。其他的ATR績效紀錄也透過相同方式產生。

　　每個ATR都根據100個月的期間模擬計算平均報酬。此處考慮三個不同測試，每個測試都採用不同的ATRs數量：10個、100個與1,000個。換言之，其中一個測試衡量的資料探勘偏頗是來自100個ATRs的最佳者。如同先前討論的情況一樣，所有技術法則的期望報酬都是零。此處考慮的因子──法則之間的相關係數──介於0與1之間。請注意，除非相關係數逼近1.0，否則這方面造成的資料探勘偏頗還是很嚴重。所以，法則相關並不能有效減少資料探勘偏頗，除非其報酬之間存在高度相關。另外，請注意，1,000個ATRs

的最佳者的資料探勘偏頗，高於10個ATRs的最佳者。如同接受測試的技術法則數量只有1個的情況一樣，接受測試的法則數量愈多，如此挑選出來的最佳法則資料探勘偏頗愈嚴重。

因素＃4：技術法則報酬呈現正數離群值　技術法則的（天、週或月份）報酬包含少數正數離群值，很可能會造成嚴重的資料探勘偏頗。偏頗程度取決於離群值的極端程度，以及用以計算平均數觀察值數量。如果計算平均數採用的樣本很小，則一個正數極端報酬就可能嚴重影響平均報酬。如果觀察值的數量很少，這方面的影響就會相對緩和。

分配存在極端值，稱為長尾分配（heavy-tailed distribution）。分配的尾部，是指罕見極端值發生的區域。相較於短尾分配，長尾分配的兩端向外延伸。常態分配屬於短尾分配。圖6.37顯示這方面的區別。上圖代表正常的鐘鈴狀分配；請注意，由中心點向兩側延伸，尾部很快就消失了。這意味著極端狀況很罕見或幾乎不存在。

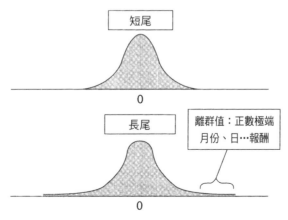

圖6.37　長尾vs.短尾分配

人類的身高就屬於這類分配，我們很少看到7呎以上的身高，而且從來沒有人見過10呎以上的身高。圖6.37的下圖屬於長尾分配。極端值雖然也相對少見，但發生頻率明顯超過短尾分配。如果人類的身高屬於這類分配，我們偶爾會看到20呎以上的身高。

　　如同稍早提到的，當日、週或月報酬包含極端觀察，經由這些觀察計算的樣本平均數，也會出現極端值。這會發生在樣本內包含極端值的情況，尤其是小樣本。因此，如果報酬分配本身屬於長尾分配，也會造成平均數抽樣分配呈現長尾現象。雖說如此，但平均數分配的極端程度，都會小於觀察值本身。當然，這只不過是平均程序產生的效應。所以，平均報酬的抽樣分配，尾部長度總是短於區間報酬分配。圖6.38說明這種情況。此處顯示兩個報酬分配，左上圖屬於長尾分配，其抽樣分配（左下圖）也屬於長尾分配，雖然程度上不如報酬分配本身。右上圖是短尾報酬分配，其抽樣分配（右下圖）的尾部顯得更短。

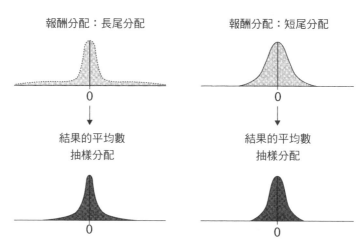

圖6.38　報酬分配極端值對於抽樣分配的影響：相同樣本大小

　　請注意，圖6.38的樣本大小相同。樣本大小是影響尾部長度的另一個因素。為了不造成混淆，此處假設樣本大小相同。

　　接著，我們準備考慮樣本大小對於抽樣分配尾部長度的影響。用以計算樣本平均數的觀察值數量愈多，觀察值分配本身尾部對於平均數抽樣分配尾部的影響愈小。換言之，用以計算樣本平均數的觀察值數量與多，抽樣分配的尾部長度愈短。圖6.39說明這種情況。圖6.39的上圖代表報酬分配本身，尾部顯然很長。左下圖是小樣本的平均報酬分配，尾部長度雖然短於上圖，不過還是很長。右下圖則是大樣本的平均報酬分配，尾部很短。

　　可是，這一切跟資料探勘偏頗有什麼關連呢？長尾抽樣分配的平均報酬，其中蘊含的隨機成分較濃。對於資料探勘者來說，隨機性質絕對不是好東西[31]。考慮兩個技術法則，期望報酬都是零，其中一個法則的抽樣分配尾部較長，另一個較短。相較於短尾的對應情況，長尾分配的技術法則，歷史測試績效優於期望報酬的機率較

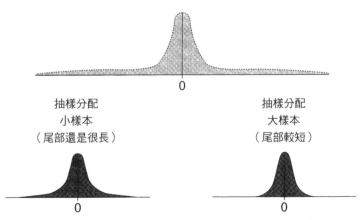

圖6.39　樣本大小對於抽樣分配尾部長度的影響

大。如果資料探勘者挑選這個技術法則，資料探勘偏頗將很嚴重，樣本外績效可能令人大失所望。圖6.40說明這種情況。技術法則的歷史測試結果顯示，長尾抽樣分配的平均報酬率超過30%的發生機率頗高。可是，對於短尾抽樣分配來說，這種程度的報酬，發生機率幾乎等於零。

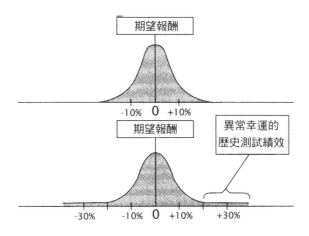

圖6.40　抽樣分配：短尾vs.長尾

一般認為，股票市場報酬或其他金融交易工具的報酬，其分配之尾部長度超過常態分配[32]。對於市場崩盤期間，呈現短尾分配的技術法則可能贏得資料探勘競賽，但這是因為少輸為贏。

分配尾部長度對於資料探勘偏頗的影響程度，這個問題可以透過實驗來探索：比較兩組ATRs的資料探勘偏頗。其中一組採用S&P 500的月份報酬分配，尾部長度甚於常態分配。另一組ATRs則故意採用分配尾部較短的報酬資料。如同其他實驗一樣，我們挑選觀察績效最佳的ATR，然後衡量資料探勘偏頗。這些實驗的結果很

清楚。報酬分配尾部較短的ATR，資料探勘偏頗較緩和。對於此處考慮的技術法則資料探勘來說，這種性質的實用價值很有限，因為我們不能控制金融市場的報酬行為，如果市場經常出現極端事件，技術法則的報酬自然也會呈現極端狀況。

因素＃5：ARTs期望報酬之間的變異程度　這是指接受測試之各種技術法則，其期望報酬之間的差異程度。截至目前為止，我們討論的ART實驗都具備相同的預測功能。所有法則的期望報酬都是零。如果所有法則的真實功夫都相同，那麼觀察績效顯示的優劣差異，完全是運氣使然。這種情況下，資料探勘競賽的優勝者，也就是測試過程運氣最佳的法則。所以，觀察平均報酬與期望報酬之間的差異很大。因此，如果所有法則都具備相同的期望報酬，資料探勘偏頗較大。

如果資料探勘偏頗考慮的技術法則，其期望報酬存在差異，資料探勘偏頗會較小；某些狀況之下，偏頗的程度會變得很小。以下實驗探討技術法則期望報酬之間的變異程度，將如何影響資料探勘偏頗。這個實驗的技術法則，其期望報酬各自不同。請注意，對於此處考慮的虛構技術法則（ATRs），期望報酬完全是由月份獲利機率（ppm）決定。

假定資料探勘考慮的技術法則之中，只有一種具備真正優異的預測功能，其期望報酬為+20％，剩下所有法則的期望報酬都是零。這種情況下，具備預測功能者最可能在績效競賽中勝出（雖然不敢保證它每次都勝出）。因此，多數狀況下，這個優異的ATR都會被挑選，其顯示的資料探勘偏頗也較小，因為其觀察績效之所以能夠勝出，預測功能扮演重要的角色。

實驗2：期望報酬不同之ATRs的資料探勘

以下實驗將探討ATR期望報酬存在差異情況下的資料探勘偏頗。這些測試之中，絕大多數的ATRs期望報酬都等於零或接近零。可是，有少數ATRs的期望報酬顯著大於零。這相當符合現實世界的情況：浩瀚的技術法則之中，確實存在一些「黃金」，但非常罕見。

除了探討資料探勘偏頗程度之外，以下實驗還要探索另一個問題：資料探勘程序是否建立在合理的前提之上？換言之，相較於隨機挑選接受測試的任何法則，資料探勘挑選的最佳觀察績效法則，是否更有助於辨識真實預測功能？資料探勘至少要通過這項最起碼的效力檢定，否則就不是一種值得採行的研究方法。圖6.41顯示月份獲利機率（ppm）與ATR期望報酬之間的關係。請注意，這份圖形是針對此處之模擬實驗考慮的S＆P 500月份報酬而言。

請記住，ART的期望報酬是完全由月份獲利機率（ppm）決定的。以下實驗假設期望報酬高的技術法則很罕見。為了模擬這種情

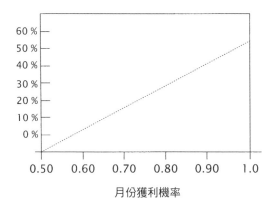

月份獲利機率

圖6.41　ATR期望報酬與月份獲利機率之間的關係

況，每個ATR具備的ppm將由ppm分配中隨機抽取。此處考慮的ppm分配，其形狀頗類似我們社會的財富分配，右端尾部很長，意味著比爾·蓋茲之流的真正有錢人很少見，社會上的多數人都相對貧窮。請參考圖6.42，年度期望報酬率+19%以上的ARTs，發生機率大約是10,000：1。一般ATR的年度期望報酬率為+1.4%。

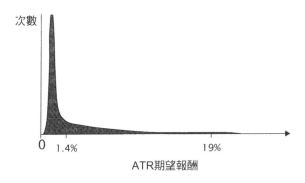

圖6.42　ATR期望報酬分配

　　雖然圖6.42描述的情況未必精確，但大體上的形狀應該正確。這個分配的根據，是建立在採用技術分析之最佳避險基金的績效。可是，就此處考慮的實驗來說，這些細節並不重要。我們想要探討的主題是：接受測試之技術法則的期望報酬差異，將如何影響資料探勘偏頗，以及這些偏頗會如何威脅資料探勘的目的：尋找罕見而具有真正預測功能的技術法則。

資料探勘是否建立在合理的前提之上？
答案：在一些條件之下，是的。

　　本節要考慮一個基本問題：資料探勘程序是否建立在合理的前提之上？這實際上可以分為兩個問題。第一，觀察平均報酬是否是

衡量技術法則預測功能的有效指標？資料探勘由歷史測試之中挑選績效最佳的法則，其未來表現是否優於隨機挑選的法則？如果這個問題的答案是否定的，從事資料探勘顯然沒有意義。第二，資料探勘是否愈多愈好？換言之，接受測試的技術法則愈多，是否愈有助於挑選期望報酬較高的法則？這個問題的答案如果是肯定的，那麼測試250個法則，結果應該優於測試10個法則。

非常幸運地，這兩個問題的答案，大體上都是肯定的，但需要條件配合。這個條件是有關技術分析法則用以計算平均報酬或其他績效統計量的觀察數量。如果採用的觀察數量夠大，則前述兩個問題的答案都是肯定的。對於資料探勘者來說，這顯然是好消息。反之，如果觀察數量太小，資料探勘就不是有效的研究方法。這種情況下，透過很多技術法則進行資料探勘，結果未必勝過隨便挑選技術法則。

由於觀察數量非常重要，讀者一定想知道，到底多少才算得上「夠多」。不幸地，這個問題沒有簡單的答案。樣本大小取決於績效統計量與原始資料的性質。我頂多可以提供一份代表性圖形，說明樣本大小的一般考量情況。

先前討論的很多圖形，縱軸都代表資料探勘偏頗的年度化百分率。圖6.43的情況不一樣，其縱軸代表最佳觀察績效——資料探勘者挑選的技術法則——的期望報酬或真實預測功能。對於實務上碰到的技術分析法則，當然不可能繪製這類的圖形，因為我們永遠不可能知道它們的期望報酬。圖6.43的橫軸代表資料探勘考慮的ATRs數量，此處標示者為：1個（沒有資料探勘）、2個、4個、8個、16個、32個、64個、128個與256個。圖形上繪製3條曲線，每條曲線各自代表用以計算ATRs年度平均報酬率的月份觀察值數量，包

括：2個、100個與1,000個觀察值。

　　關於第二個問題：接受測試的技術法則愈多，是否愈有助於挑選期望報酬較高的法則？這個問題的答案如果是肯定的，圖6.43的期望報酬曲線應該隨著接受測試的ATRs數量增加而上升。換言之，最佳觀察績效之ATR的期望報酬與接受測試之技術法則數量之間，應該呈現正向變動的關係。反之，如果接受測試法則的數量增加，並不能有效提升最佳法則的期望報酬率，意味著更多的探勘是沒有用的。這也就是說，資料探勘是一種沒有用的行為。

　　請觀察圖6.43，其中有兩條曲線（樣本月份數量100與1,000者）是向上傾斜的。這代表接受測試的技術法則數量愈多，有助於尋找預測功能較高的法則。根據1,000個月份報酬計算者，曲線上升速度較快。這意味著根據較多觀察月份數量計算的績效統計量，更多的資料探勘能夠更可靠地取得更好的技術法則。對於資料探勘者來說，顯然應該留意樣本大小的問題。

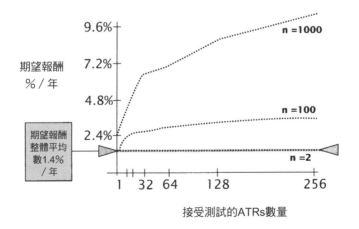

圖6.43　最佳績效ATR期望報酬vs.接受測試的ATRs數量

　　圖6.43內，期望報酬沒有隨著技術法則數量增加而上升的曲線，也同樣透露一些訊息。用以計算績效統計量的觀察數量如果太少，資料探勘沒有辦法發揮功能。換言之，這種情況下，增加接受測試的技術法則數量，並無助於尋找較佳的法則。這條平坦的曲線，是利用2個月的報酬數據計算每個ATR的平均報酬；這種情況下，由256個ARTs之中挑選的最佳ATR，其期望報酬並不高於只有一個測試法則的狀況（換言之，沒有資料探勘）。所以，樣本大小的重要性絕對不容低估。

　　現在，讓我們回頭探討第一個問題：相較於隨機挑選接受測試的技術法則，資料探勘找到的技術法則，期望報酬是否較高？關於這個問題，圖6.43也提供了答案。請注意，對於兩個觀察月份的曲線，不論接受測試的技術法則數量如何，最佳績效法則的期望報酬都固定在+1.4％。可是，所有ATRs的期望報酬平均數也是+1.4％。換言之，如果我們隨機挑選接受測試的ATR，然後記錄其期望報酬，如此重複進行，將發現隨機挑選的技術法則，期望報酬平均為+1.4％。圖6.43顯示，如果只用兩個月份的報酬來計算平均報酬，然後挑選最佳績效的ATR，其期望報酬並不會優於隨機挑選單一技術法則。圖6.43的這條曲線呈現水平狀，代表期望報酬不會隨著接受測試的ATRs數量變動。可是，對於另外兩條曲線來說，如果用以計算平均報酬的月份數量為100或1,000個月，資料探勘最佳績效法則的期望報酬，將隨著接受測試技術法則數量增加而上升。舉例來說，對於最上端的一條曲線（樣本大小為1,000個月），如果由256個技術法則內挑選觀察績效最佳的法則，期望績效大約是+10％，顯著高於個別ATR期望報酬的平均數+1.4％。所以，如果用以計算績效統計量的觀察數量夠多，那麼技術法則的觀察報酬率雖然

存在正值偏頗，但也能有效顯示期望報酬的程度。反之，如果觀察
數量太少，觀察報酬率幾乎是沒有用途的。

資料探勘偏頗是接受測試法則數量的函數：
技術法則期望報酬不同的情況

　　前一節的分析結果顯示，只要樣本夠大的話，接受測試的技術
法則數量增加，有助於提升資料探勘的效益。這意味著最佳法則的
觀察績效雖然存在正值偏頗，但也能衡量期望報酬。問題是：如果
所考慮的技術法則期望報酬不同，最佳績效法則的資料探勘偏頗程
度究竟有多大？

　　以下幾個圖形（圖6.44、6.45、6.46與6.47）顯示資料探勘偏頗
（縱軸）與歷史測試技術法則數量（橫軸）之間的關係，其中技術
法則的預測功能狀況是由圖6.42的分配中隨機抽取。每個圖形用以
計算平均報酬的月份觀察數量都不同，分別為2個、100個與1,000
個。圖6.44、6.45與圖6.46顯示單一曲線（分別代表三種不同的月
份觀察數量），圖6.47則並列三條曲線，藉以比較。這些圖形呈現
不同樣本大小對於資料探勘偏頗的相對影響。

　　圖6.44只採用2個月的觀察報酬計算每個ATR的觀察平均報
酬。這個圖形清楚顯示小樣本造成的問題。舉例來說，由256個
ARTs挑選的最佳績法則，每年觀察績效較期望報酬高出200％左
右。採用的績效歷史太短，資料探勘偏頗很嚴重。可是，如果採用
100個觀察月份（如同圖6.45的情況），或採用1,000個觀察月份（圖
6.46的情況），偏頗程度顯著變小。舉例來說，如果採用100個月份
觀察值計算平均報酬，256個ATRs的最佳法則偏頗程度大約只有18
％，如果採用1,000個月份觀察值，則對應的偏頗程度還不到3％。

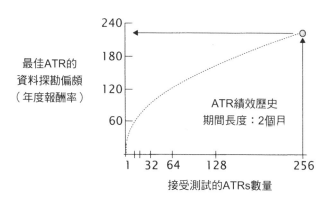

圖6.44　技術法則期望報酬不同的情況下，資料探勘偏頗vs.ATRs 數量：採用2個月的績效歷史

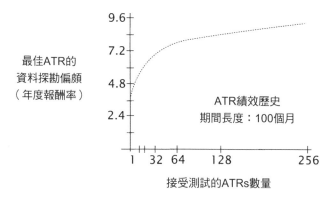

圖6.45　技術法則期望報酬不同的情況下，資料探勘偏頗vs.ATRs 數量：採用100個月的績效歷史

　　圖6.44、6.45與圖6.46傳達兩個訊息。第一，樣本大小對於資料探勘偏頗程度的影響很大。第二，樣本很大時，資料探勘偏頗隨著接受測試技術法則數量增加而上升的情況，很快就趨於緩和（走平）。這種情況清楚顯示在圖6.46（樣本大小為1,000）。由256個

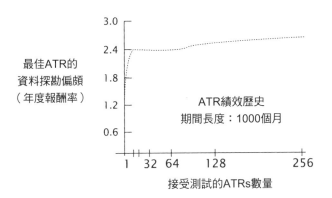

圖6.46　技術法則期望報酬不同的情況下，資料探勘偏頗vs.ATRs
　　　　數量：採用1,000個月的績效歷史

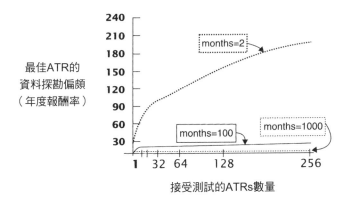

圖6.47　技術法則期望報酬不同的情況下，資料探勘偏頗vs.ATRs
　　　　數量

ATRs挑選的最佳法則，其資料探勘偏頗程度並不明顯大於16個
ATRs的最佳法則。圖6.47並列前述三個圖形的曲線。這個圖形顯
示，一旦接受測試的技術法則數量到達某個水準之後，繼續增加
ATRs數量藉以尋找最佳法則，並不會顯著影像資料探勘偏頗程

度。換言之，只要用以計算績效統計量的觀察值數量夠多，一旦接受測試的技術法則數量到達某個門檻水準之後，測試更多法則幾乎不需要支付代價。

技術法則數量一旦到達某門檻水準，資料探勘偏頗就會趨於穩定，圖6.48更清楚顯示這種現象，這份圖型是圖6.45的部分放大圖。圖形橫軸顯示的接受測試技術法則數量介於1到40之間。一旦接受測試的技術法則數量超過30，技術法則數量繼續增加，對於資料探勘偏頗程度的影響就很有限了。所以，這對於資料探勘者是一項好消息，前提是樣本要夠大。總之，只要用以計算績效統計量的觀察數量夠大，測試較多技術法則是一項好事，因為所支付的代價會迅速下降。

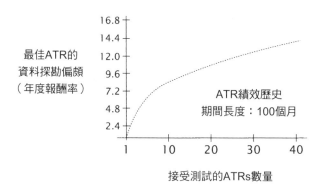

圖6.48　樣本只要夠大，資料探勘偏頗程度很快就會穩定

資料探勘偏頗是樣本大小的函數：
技術法則期望報酬不同的情況

本節提供一系列圖形，顯示資料探勘偏頗程度（縱軸）與用以計算觀察績效統計量之月份觀察值數量（橫軸）之間的關係。先前

討論資料探勘偏頗與接受測試技術法則數量之間關係的圖形，已經透過不同樣本大小（2、100與1,000）顯示這方面的效應。可是，本節顯示的圖形，月份觀察值數量表示在橫軸，呈現連續的刻度。

對於每個圖形，資料探勘偏頗表示為月份觀察值數量的函數，

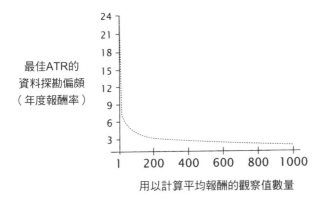

圖6.49　資料探勘偏頗與月份觀察值數量的關係，最佳法則來自2個ATRs

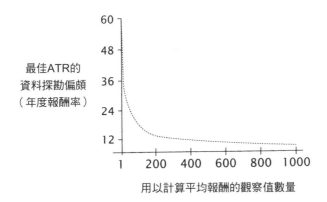

圖6.50　資料探勘偏頗與月份觀察值數量的關係，最佳法則來自10個ATRs

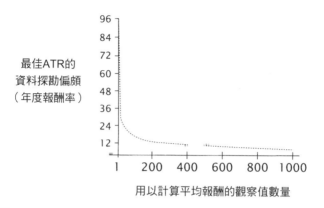

圖6.51　資料探勘偏頗與月份觀察值數量的關係，最佳法則來自100個ATRs

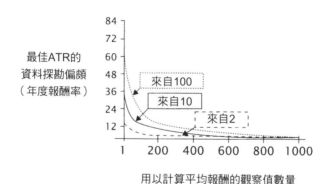

用以計算平均報酬的觀察值數量

圖6.52　資料探勘偏頗與月份觀察值數量的關係，最佳法則分別來自2、10、100個ATRs

後者介於1到1,024之間。根據前文討論的結果，我們預期資料探勘偏頗將因為月份觀察值數量很小而變得很大。實際上的情況正是如此。對於資料探勘者來說，這種關係傳達的訊息很清楚：務必留意大數法則的運作。圖6.49、6.50與6.51顯示資料探勘偏頗與月份觀

察值數量的關係，其中的最佳法則分別來自2個、10個與100個ATRs。至於圖6.52，則並列前述三個曲線。

觀察績效與期望績效vs.樣本大小：
技術法則期望報酬不同的情況

圖6.53與圖6.54顯示兩條曲線。對於這兩個圖形，上方曲線代表最佳法則觀察績效與月份觀察值數量之間的關係，下方曲線則代表最佳法則期望績效與月份觀察值數量之間的關係。所以，舉例來說，圖6.53上方曲線的點A，代表最佳法則來自10個ATRs的觀察績效，其中用以計算ATR觀察平均報酬的觀察值數量為400個；點B則是對應狀況的期望報酬。兩點之間的垂直距離，即是該特定狀況──最佳法則取自10個ATRs，月份觀察值為400個──的資料探勘偏頗。

根據先前實驗顯示的結果，我們會有些預期。如果觀察數量很少，隨機成分會凌駕真實功能成分，觀察績效會顯著大於期望績

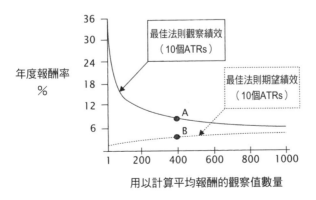

圖6.53 觀察績效與期望績效vs.觀察數量，最佳法則來自10個ATRs

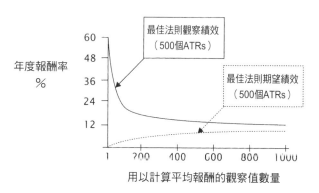

圖6.54　觀察績效與期望績效vs.觀察數量，最佳法則來自500個ATRs

效，資料探勘偏頗很大。這個效應反映在兩條曲線之間的距離拉得很開。當用以計算績效統計量的觀察數量很小時，兩條曲線之間的垂直距離拉得很開，因為最佳ATR之所以贏得績效競賽，主要取決於運氣成分。可是，當用以計算平均報酬的觀察數量變得很大時，兩條曲線會逐漸收斂，觀察績效愈來愈能代表期望績效。可是，觀察績效曲線永遠位在期望績效曲線之上，資料探勘不免發生偏頗，因為篩選最佳觀察績效的過程中，永遠都有運氣成分。

　　圖6.53與圖6.54考慮兩種情況，一是取10個ATRs的最佳者，一是取500個ATRs的最佳者。如同我們預期的，隨著觀察數量增加，資料探勘偏頗會下降（兩條曲線彼此收斂）。另外，還有一點是我們能夠預期的，相對於10個ATRs，由500個ATRs挑選績效最佳者，資料探勘偏頗較嚴重，因為運氣有較多的機會發揮作用。

資料探勘偏頗是法則相關程度的函數：
期望報酬不同的500個ATRs

　　我們稍早曾經提到，接受測試技術法則之間的相關，可以減緩

資料探勘偏頗。相關性質可以減緩資料探勘偏頗，因為這等於是減少接受測試的技術法則數量。讓我們考慮最極端的情況，如果所有接受測試的技術法則之間存在絕對相關，這等於是測試單一法則。若是如此，根本沒有資料探勘，也沒有所謂的資料探勘偏頗。可是，稍早考慮的是所有技術法則的期望報酬都是零的情況；可是，目前則考慮期望報酬不同的技術法則。

圖6.55顯示最佳績效ATR期望報酬（縱軸）與接受測試ATRs數量（橫軸）之間的關係，其中ATRs數量介於1到256之間。圖形內有4條曲線，分別代表最佳績效ATR是取自相關係數為0.0、0.3、0.6與0.9的ATRs集合。至於用以計算ATR平均報酬的月份觀察數量，一律設定為100。

圖6.55顯示，接受測試ATRs之間的相關程度愈高，最佳績效法則的期望報酬愈低。這種性質符合我們稍早談到的結論：接受測試的ATRs數量愈少，比較沒有機會找到較佳法則（參考圖6.43）。接受測試的技術法則之間存在高度相關，等於是接受測試的法則數量

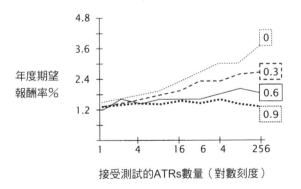

圖6.55　最佳績效ATR期望報酬vs.ATRs數量。測試採用4種不同的相關係數：0.0、0.3、0.6與0.9。樣本大小＝100

變少。如同稍早指出的，相關係數等於1.0的極端情況，就沒有資料探勘可言。如果接受測試的ATRs之間存在幾近於完全的相關（相關係數為0.9），由256個ATRs挑選的最佳法則，期望報酬只有+1.4%。這相當於隨機挑選ATR。換言之，相關係數高達0.9，等於是讓接受測試的技術法則數量減少到很低的程度（資料探勘的空間很小）。資料探勘的空間很小，就比較沒有機會找到好的法則。反之，如果法則報酬之間的相關程度幾近於零，則接受測試法則的報酬彼此獨立，法則數量達到最大，等於是在256個不同的法則之間做探勘。因此，256個ATRs的最佳法則期望報酬大約是+4%，明顯高於技術法則本身的期望報酬+1.4%（資料探勘確實有用！）。

關於資料探勘偏頗的摘要結論

此處摘要整理先前幾項實驗的結果。釐清問題的性質，將有助於下一節討論的解決辦法。

1. 透過資料探勘找到的最佳法則——由一組技術法則的歷史測試過程，尋找績效最佳的法則——觀察績效存在正數的偏頗。這種最佳法則運用於未來的期望績效，低於歷史觀察績效。

2. 用以計算績效統計量的觀察數量，會顯著影響最佳法則的資料探勘偏頗程度。觀察數量會同時影響績效統計量抽樣分配的寬度與尾部厚度。

    a. 觀察數量愈多，抽樣分配愈窄，資料探勘偏頗愈小。

    b. 觀察數量愈多，抽樣分配的尾部愈短，資料探勘偏頗愈小。

3. 接受測試的技術法則數量愈多，資料探勘偏頗愈大。

4. 接受測試技術法則期望報酬之間的變異程度愈小，資料探勘偏頗愈大。換言之，技術法則的預測功能愈一致，偏頗愈大。前文並

沒有透過實驗探索這點。

5. 樣本很大，資料探勘能夠發揮作用。接受測試的法則數量愈多，所挑選的最佳法則期望績效愈高。樣本如果太小，資料探勘就不能發揮作用。

解決辦法：處理資料探勘偏頗

　　資料探勘確實有用，但結果存在偏頗。因此，資料探勘者處理的技術法則之中，如果存在一些期望報酬優異的法則，資料探勘是找到這些法則的有效辦法。可是，未來績效很可能不如歷史測試期間的績效。樣本外表現會下降，這是資料探勘難以避免的。

　　可是，如果接受測試的所有法則都毫無預測功能（技術法則的期望報酬都是零），這可能造成嚴重問題。這種情況下，資料探勘者可能被資料探勘偏頗愚弄，挑選期望報酬等於零的法則。客觀技術分析者可能將「頑石」誤以為「黃金」。本節準備討論降低這方面風險的一些方法。

　　我們提出三種方法：樣本外測試、馬可維茲（Markowitz）與朱氏（Xu）提議的資料探勘修正因子，以及隨機化程序。樣本外測試是保留一部份歷史資料不供資料探勘之用（換言之，保留一部份樣本外資料）。當資料探勘運用樣本內資料，找到最佳績效法則之後，再利用這段樣本外資料作為該最佳法則的評估之用。由於這段樣本外資料沒有經過資料探勘，所以其評估績效可以做為未來資料期望報酬的不偏估計。下文將摘要介紹幾種方法，用以分割歷史資料為樣本內與樣本外部分。

　　第二種處理方法，通常只在學術圈子裡有廣泛的討論，這是類

似如靴環與蒙地卡羅等隨機化程序。這種處理方法有幾種優點。第一，允許資料探勘者測試所需要任何數量的技術法則。測試的技術法則數量愈多，愈有機會找到優異的技術法則。第二，沒有必要保留一部份歷史資料以供樣本外測試之用，因此所有的歷史資料都可供資料探勘使用。第三，可以做顯著性檢定，有時候還可以約估信賴區間。

第三種處理方法，是馬可維茲與朱氏設計的資料探勘修正因子，向下調整最佳法則的觀察績效。此處提供一些參考資料供讀者參考。根據有限的使用經驗顯示，這種方法有時候作用得很好，有時候則錯得離譜，完全取決於運用狀況。

樣本外測試

樣本外測試方法有其合理的根據，資料探勘法則運用於樣本外資料[33]，是該法則未來績效的不偏估計。當然，由於抽樣變異性，該法則的未來運用績效可能不同於樣本外測試績效，但我們沒有理由認定該法則將來的表現會較差。由於樣本外表現屬於不偏績效，所以我們可以保留一部份歷史資料供樣本外測試之用。

這種情況下，我們需要考慮如何把歷史資料劃分為樣本內與樣本外的部分。最簡單的辦法，是把歷史資料劃分為兩部分，前段資料供資料探勘之用，後段資料保留做為樣本外測試，請參考圖6.56的小圖A[34]。還有一種比較複雜的劃分方法，把歷史資料分割為棋盤狀，使得樣本內與樣本外資料來自各區間，請參考圖6.56的小圖B與小圖C。

前行測試 前行測試（Walk-Forward Testing）是另一種特別適用於金融市場交易的資料劃分方法。這種方法的細節資料，請參考

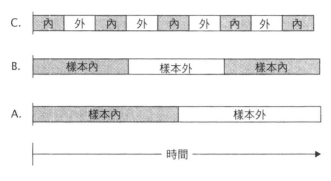

圖6.56 歷史資料的樣本內與樣本外區分

巴度（Pardo）[35]、迪拉馬札（De La Maza）[36]、凱茲（Katz）與麥克康密克（McCormick）[37]，以及考夫曼（Kaufman）[38]的著作。這套方法採用移動的資料視窗，視窗本身劃分為樣本內與樣本外部分。樣本內與樣本外部分採用的術語稍微不同。因為前行測試具有動態層面，技術法則會隨著市況演變而調整，所採用的術語暗示著技術法則會透過經驗學習。所以，樣本內部分稱為訓練資料組，因為技術法則的參數值是透過這部分資料學習而設定。樣本外部分稱為測試資料組，因為在訓練組學習而設定的參數值，在此進行測試。

移動資料視窗的觀念，在時間序列分析與技術分析領域裡相當常見。譬如說，移動平均、移動極大-極小價格通道、變動率指標，都採用在時間軸上滑動的資料視窗。例如計算極大值或平均值的數學運算，都只考慮視窗內的資料。

對於技術法則測試，前行的資料視窗（訓練組+測試組）經常稱為「群」（fold，參考圖6.57）。每群都分別計算樣本外績效估計。一般情況下，「群」數都很多，所以有很多樣本外估計值，因

此可以計算績效統計量的變異數。信賴區間也可以計算。另外，移動資料視窗讓技術法則測試增添了動態適應層面。每個新的資料視窗運作，都可以產生新的技術法則。對於具備不平穩性質的金融市場，前行測試似乎特別具有吸引力。蘇氏（Hsu）與鄺氏（Kuan）在36,000多個客觀技術法則的測試過程中，發現適應交易法則（他們稱之為「學習策略」）確實有用[39]。

對於前行測試，訓練組適用來做資料探勘，然後在測試組測試最佳法則。如此可以產生樣本外績效的不偏估計。接著，整個視窗往前移動，重複進行先前的程序。

前行測試程序的運作情況，請參考圖6.57。請注意，視窗的前行幅度必須足以讓測試組不至於彼此重疊。如此一來，樣本外績效估計才能彼此獨立。

樣本外測試方法的限制　為了克服資料探勘偏頗而採用的樣本外測試方法，存在幾個缺點。第一，用以保留做為樣本外測試的資料，其得以維持「白璧無瑕」的期間很短暫。只要用過一次，這方

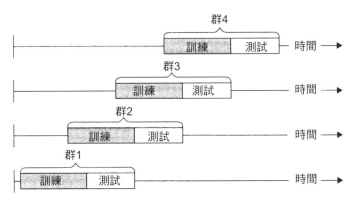

圖6.57　前行資料測試，兩組資料

面性質就喪失了。由這個時候開始，這些資料再也不能供做法則績效的不偏估計。

第二個缺點，保留做為樣本外測試的資料，就不能用於資料探勘。所以，可供尋找型態的資料數量變少了。如果雜訊很多而資訊很少，可供運用的資料數量就很珍貴了。

第三，如何把資料劃分為樣本內與樣本外部分，並沒有什麼理論根據可供遵循，純粹只是任意設定。可是，劃分的方式可能顯著影響最後結果。這方面的決定，通常都是根據經驗或直覺。

馬可維茲／朱氏的資料探勘修正因子

馬可維茲與朱氏提出一個公式（簡稱MX）[40]，用以估計資料探勘偏頗，迪拉馬札（De La Maza）透過Excel試算表做實際運用[41]。馬可維茲在現代投資組合理論方面有很大的貢獻，並因此贏得1990年的諾貝爾經濟學獎。

MX方法不需要分割資料。可是，用以接受測試的所有技術法則，都需要有內部報酬率（例如：天、週、月或其他類似者）。這套方法藉由向下修正因子來調整最佳績效法則的資料探勘偏頗，使其移向所有接受測試法則之平均績效。向下調整的程度，取決於幾項因素：（1）個別法則每日報酬率圍繞在所有接受測試法則每日報酬率整體平均數的變異程度，（2）個別法則平均報酬率圍繞在所有接受測試法則平均報酬率的變異程度，（3）接受測試的技術法則數量，（4）報酬期間（例如：天）個數。

先前提到的迪拉馬札論文，詳細說明如何透過試算表計算修正因子B，數值介於0與1之間。計算公式如下：

$$H' = R + B (H - R)$$

其中

H'是資料探勘偏頗經過調整之後的最佳績效法則期望報酬率。

R是所有接受測試法則的平均報酬率。

H是最佳法則的觀察績效。

B是修正因子。

最佳法則經過修正之後的績效，落在原來觀察績效與所有接受測試法則平均績效之間的某處如果B等於零，則最佳法則的期望績效就等於所有法則的平均報酬（R）。如果逼近1，則最佳法則期望報酬會逼近歷史測試的觀察績效。這種情況也就是沒有發生資料探勘偏頗，所以觀察績效不需向下修正。

MX的結果只是相當粗略的約估。某些情況下，績效估計的調整相當精準。可是，對於實務上經常碰到的其他情況，修正結果存在嚴重誤差。總之，MX最好只供參考用。

隨機化方法

本書第5章曾經介紹兩種隨機化方法，可以用來檢定歷史測試過程技術法則觀察績效的統計顯著性。兩種方法分別為靴環與蒙地卡羅排列。如同第5章指出的，顯著性檢定只適用於單一法則的歷史測試，其中沒有涉及資料探勘。可是，經過本節談論的一些調整，這些程序也可以用來檢定資料探勘技術法則的統計顯著性。

兩種隨機化方法都允許資料探勘者運用所有的歷史資料來尋找技術法則。這可以避免發生樣本外測試涉及的武斷決策：如何把歷史資料劃分為樣本內與樣本外部分，訓練組相對於測試組可以運用多少歷史資料，以及其他等等。可是，資料探勘過程中，這兩種隨機化方法需要保留每種接受測試法則的某些資訊。由於必須保留的

資訊，其內容取決於所採用的方法為靴環或蒙地卡羅，所以我們分別考慮這兩種方法所需要的資訊。

以下將簡單說明隨機化方法如何運用於顯著性檢定。檢定統計量的抽樣分配，是統機推估的基礎。這說明統計量的隨機變異程度。抽樣分配是判斷技術法則觀察績效統計顯著性的關鍵。本書第5章曾經談到，抽樣分配可以透過靴環或蒙地卡羅排列取得。

靴環抽樣分配：懷德的現實檢視　懷德的現實檢視（White's Reality Check，簡稱WRC）是由經濟學家郝伯特‧懷德博士（Dr. Halbert White）發明，他是加州大學聖地牙哥分校的教授。透過靴環方法推演的抽樣分配[42]，可以用來檢定資料探勘之最佳法則的統計顯著性。相關電腦軟體可以由懷德博士主持的Quantmetrics公司取得[43]。

進行WRC之前，可以運用靴環方法產生抽樣分配，用以檢定單一技術法則的統計顯著性。懷德博士用以取得專利的發明，是把靴環方法運用於資料探勘的最佳法則。更詳細來說，WRC允許資料探勘者取得N種接受測試法則之最佳者的抽樣分配，前提是所有技術法則的期望報酬為零。換言之，WRC產生的抽樣分配，用以檢定虛無假設：「資料探勘過程考慮的所有法則期望報酬都是零」。

讓我們運用一個高度簡化的例子，說明WRC的運作。假定資料探勘者測試兩個法則（N＝2），測試期間為10天。我們把兩種法則分別稱為R_1與R_2。在10天期間內，R_1的每天報酬率平均值為1％，R_2為2％。所以，資料探勘者挑選R_2為最佳法則，但懷疑（理當如此）2％是否蘊含著資料探勘偏頗，其真正的期望報酬可能是

零。為了產生這項資料探勘適用的抽樣分配，我們採行下列步驟：

1. 技術法則測試於10個交易日。所以，取10張小紙條，在每張紙條寫上1到10的一個阿拉伯數字，分別代表代表一個交易日。將10張紙條擺在桶子內，準備抽取。

2. 這10張紙條將透過重置方式抽取（sampled with replacement）10次。每次都由桶子裡抽取一個日期，將該日期記錄下來。然後把紙條重新置回桶子裡，繼續抽取，總計抽取10次，因為總共有10個交易日。這是靴環定理成立的必要條件。假定我們抽取的10個日期分別為：5, 3, 5, 5, 7, 2, 5, 8, 1, 2。

3. 把技術法則R_1運用於第2步驟抽取的日期，取得相關的每日報酬。技術法則R_2也做相同處理。現在，我們取得兩個技術法則的10天期隨機績效紀錄。

4. 請記住，我們所要的，是在期望報酬為零的所有技術法則之間，取得績效最佳法則的抽樣分配。由於接受測試的法則之中，可能至少有一個法則的期望報酬大於零（這也是我們期待的），所以R_1與R_2的原始歷史報酬必須經過調整，使得平均報酬歸零。為了辦到這點，WRC決定每個接受測試法則的每日報酬平均數，然後把個別的每日報酬數據減掉這個平均數[44]。就目前這個例子來說，R_1的每日報酬平均數為1％，R_2為2％；所以，R_1的每日報酬要減掉1％，R_2的每日報酬要減掉2％。這部分調整，會讓技術法則的每日報酬分配平行移動，中心點位在零。以下採用這些經過調整的每日報酬。

5. R_1經過調整之後的10天報酬（5, 3, 5, 5, 7, 2, 5, 8, 1, 2），取其平均數。R_2的10天報酬也做相同處理。

6. 對於這兩個平均數，選取其中較大者，做為N個法則平均報酬極

大值抽樣分配的第一個數值。此處的N＝2。

7. 重複第2步驟到第6步驟很多次（譬如說，500次或更多）。

8. 根據這500個數值，我們可以建構N個技術法則（每個法則的期望報酬都是零）平均報酬極大值（統計量）的抽樣分配。

9. 根據這個抽樣分配，我們可以計算p值。

10. 這個p值就是第7步驟取得之500個數值超過接受測試法則平均報酬的發生機率（參考第5章的相關程序）。

　　此處採用高度簡化的例子。實際情況下，資料探勘者可能會考慮很多技術法則，涵蓋期間也很長。可是，對於這類情況，產生抽樣分配的程序並無異於上文的例子。研究者只要提供所有接受測試法則的區間報酬資料（例如：每天的報酬率），WRC軟體就可以自動執行，取得特定資料探勘所需要的抽樣分配。如果接受測試的技術法則數量很多，涉及的資料數量將非常可觀。目前，很少資料探勘者或資料探勘系統能夠提供這種珍貴的資訊。

　　本書第II篇將提供一個案例研究，涉及6,402個技術法則，用以交易S＆P 500指數。稍後將討論一個最近增強功能的WRC軟體版本，用以測試技術法則觀察績效的統計顯著性。

　　蒙地卡羅排列方法　蒙地卡羅排列方法可以用來提供資料探勘最佳法則評估統計顯著性所需要的抽樣分配。如同本書第5章談到的，蒙地卡羅方法採用的資料不同於靴環方法，也檢定不同的虛無假設H_0。

　　就運用資料來說，蒙地卡羅方法採用法則輸出值的歷史時間序列（換言之，+1或－1），以及市場的原始報酬。反之，靴環方法採用技術法則的期間報酬（例如：每天報酬）。就虛無假設H_0來說，不論蒙地卡羅或靴環方法，都假定資料探勘的所有技術法則沒

有預測能力。可是，蒙地卡羅方法設定H_0的方式稍有不同。為了模擬沒有預測功能的技術法則，蒙地卡羅在技術法則輸出值與市場每天價格變動之間做隨機配對；不同於WRC，蒙地卡羅採用不置回的方式做隨機配對。如果技術法則輸出值隨機指派給行情變動，則績效應該符合虛無假設，換言之，技術法則應該沒有預測功能。隨機配對賺取的報酬，將變成基準，用以對照技術法則的實際報酬。如果技術法則真的具備預測功能，則其輸出值與行情變動的配對，應該產生顯著較佳的績效。

技術法則隨機配對的績效，實際上就是法則輸出值（+1或－1）乘以隨機指派給該天的市場價格變動。所以，假定某天的行情上漲而配對的技術法則輸出值為+1，則該法則將賺取當天的行情變動量。同理，如果某天的行情下跌而配對的技術法則輸出值為－1，該法則也賺取當天的行情變動量。如果行情變動方向與技術法則輸出值的方向相反，就會發生虧損。

整個測試期間的行情變動量都分別與法則輸出值配對之後，就可以計算該法則每天報酬的平均數。如果接受測試的技術法則總共有N個，則可以取得N個報酬平均數。在N個報酬平均數之中，挑選績效最佳者（極大值），這也就是建構蒙地卡羅排列抽樣分配的第一個數值。前述程序重複進行很多次（超過500次），每次都做隨機配對。這些數值（報酬平均數極大值）用以建構抽樣分配。

請注意，對於靴環方法，技術法則的抽樣分配中心點必須移到零，因為所有的技術法則期望報酬都假設為零，但蒙地卡羅排列不需要做這方面的調整。在資料探勘過程中，蒙地卡羅排列的抽樣分配的平均數，是無用法則的期望報酬。經過技術法則輸出值與市場價格變動的隨機配對之後，如果抽樣分配的平均數大於零，那就聽

任其為如此。p值可以直接根據蒙地卡羅排列方法產生的抽樣分配計算。p值是抽樣分配位在接受測試法則平均報酬右側的尾端面積部分。

相較於靴環方法，蒙地卡羅排列有其限制，這種方法不能用以產生信賴區間，因為該方法沒有檢定有關技術法則平均報酬的假設。蒙地卡羅排列的虛無假設為：所有接受測試技術法則的輸出值與未來市場行為之間只存在隨機關係。

以下重新整理蒙地卡羅排列產生抽樣分配的步驟摘要：

1. 取得資料探勘所有接受測試之N個技術法則的每天法則輸出狀態。

2. 每個法則的輸出值與實際的市場價格變動做隨機配對。請注意，所有的技術法則必須採用相同的配對。所以，如果某法則第7天的輸出值與第15天的市場報酬做配對，則所有法則都必須如此。如此才能保留技術法則彼此之間可能存在的相關性，後者是影響資料探勘偏頗的五個因素之一。

3. 決定每個技術法則的報酬率平均數。

4. 對於N個法則的報酬率平均數，選取其中最大者。這個數值也就是N個無用法則之平均報酬率極大值抽樣分配的第一個數值。

5. 重複進行第2、3與4步驟，總計M次（M至少為500）。

6. 利用這M個數值建立抽樣分配。

7. 根據第6步驟取得抽樣分配，歷史測試技術法則的p值也就是其平均報酬右側尾部的面積部分。

靴環方法與蒙地卡羅排列方法的潛在瑕疵 靴環與蒙地卡羅排列方法檢定的虛無假設，都假設資料探勘的所有技術法則都是無用的。資料探勘者希望拒絕這項假設，轉而採納替代假設：所有接受

測試的技術法則並非完全無用。如同稍早提到的，「無用」的意義取決於隨機化採用的方法。對於靴環方法來說，所謂無用的法則，是指其期望報酬等於零。對於蒙地卡羅排列而言，所謂無用，是指法則輸出值與未來市場變動之間呈現隨機配對的性質。

本書第5章曾經提到，假設檢定有兩種錯誤。第I類型錯誤（type I error）是虛無假設（所有接受測試的法則都是無用的）實際為真，但檢定結果拒絕接受虛無假設。換言之，接受測試的技術法則實際上是無用的，但歷史測試觀察績效很高而p值很小。碰到這種情況，資料探勘者誤把「頑石」當作「黃金」。

第II類型錯誤（type II error）是虛無假設實際上應該被拒絕，但因為技術法則的觀察績效太差而接受虛無假設。換言之，技術法則實際上具備預測功能，但我們沒有察覺其功能，因為歷史測試過程中的運氣成分導致其績效不彰。碰到這種情況，資料探勘者誤把「黃金」當作「頑石」。

假設檢定避免出現第II類型錯誤的能力，稱為檢定的「功能」（power，千萬不要與技術法則的預測功能弄混淆）。此處談論的是統計檢定偵測H_0為假的能力。所以，假設檢定能夠由兩個角度來衡量其效力：顯著性（significance，發生第I類型錯誤的機率）與功能（power，發生第II類型錯誤的機率）。就是關於「功能」的部分，靴環方法與蒙地卡羅排列方法頗有可供批評之處。

如同經濟學家彼得・韓森（Peter Hansen）指出的[45]，如果資料探勘包含一些低於基準的技術法則，則靴環方法與蒙地卡羅排列方法會有功能下降的現象（發生第II類型錯誤的可能性提高）。所謂「低於基準」，是指技術法則的表現甚至不如「無用」，其期望報酬低於零。舉例來說，對於具有預測功能的技術法則來說，如果我們

把法則輸出值的正、負顛倒，就會產生這種現象。由於本書第II篇測試的技術法則，大約有半數都是透過這種顛倒方式產生，因此會碰到韓森討論的問題。

關於韓森的批評，提摩西・馬斯特博士（Dr. Timothy Masters）針對同時包含高於基準與低於基準的ATRs，評估靴環與蒙地卡羅排列方法的功能。換言之，這項評估是模擬韓森認為有問題的情況。結果顯示，唯有當期望報酬為負數的技術法則，其報酬的變異數很大時，韓森提出的問題才會造成威脅。這種情況下，靴環與蒙地卡羅排列方法的功能會顯著下降。可是，技術分析法則的資料探勘，通常不會碰到這類情況，因此這兩種方法應該不會發生這方面的問題。所以，接受測試的技術法則之中，如果存在一個或數個績效優異的法則，那麼靴環與蒙地卡羅排列方法應該有相當高的機會偵測到它們。

靴環方法與蒙地卡羅排列方法最近的改良　雖然這兩種方法的功能都相當不錯，但羅梅諾（Romano）與吳爾夫（Wolf）最近提出一篇論文[46]，建議提升靴環方法的功能，這項建議似乎也適用於蒙地卡羅排列方法。換言之，這項改良可以減少第II類型錯誤發生的可能性。本書第II篇案例研究運用的靴環或蒙地卡羅方法，都採納這項改良。可是，截至目前為止，靴環方法的商用軟體都還沒有納入這項改良。至於蒙地卡羅排列方法，這項改良可以透過下列網址取得：www.evidencebasedta.com。

第 7 章

非隨機價格變動的理論

　　如果金融市場的行情波動純屬隨機，則技術分析將變得毫無意義。除非價格走勢在某些時候、出現某種程度的非隨機行為，否則技術分析就沒有存在的理由；而且也唯有在這種情況下，技術分析才有用武之地。本章準備提供一些理論，解釋金融市場為什麼偶爾會出現非隨機價格變動。

　　非隨機價格走勢雖然是技術分析得以存在的必要條件，但這並不是任何特定技術分析方法有效的充分條件。任何方法都必須在客觀證據之下，證明其能夠掌握或運用非隨機的價格走勢。本書第II篇就是由這個角度來評估很多技術分析方法。

理論的重要性

　　行為金融學領域最近提出一些新理論，用以解釋價格走勢為什麼在某種程度內會呈現非隨機現象，並因此提供預測的可能行。這些新理論的立場與效率市場假說（efficient market hypothesis，EMH）對立，後者在過去40多年來，一直是金融理論的基礎。效率市場假說認為金融市場的價格變動純屬隨機行為，所以是不可預測的。基於這個緣故，這些新理論替技術分析帶來一些希望。

　　讀者或許會心存疑惑：技術分析為什麼需要非隨機理論來支持

呢？某技術分析方法在歷史測試過程能夠獲利，這難道不就是我們需要的嗎？事實上，某技術分析方法如果真能夠在歷史測試過程獲得顯著的利潤，不只證明市場行為是非隨機的，也證明該方法確實能夠運用市場的非隨機性質。

這種觀點不能彰顯理論支持的重要性。即使已經妥善處理統計方面的所有考量，成功的歷史測試如果沒有得到健全理論的支持，畢竟只是孤立事件，仍然可能是運氣使然。成功的歷史測試會引發一個問題：該技術法則將來是否還能繼續有效？這種情況下，理論可以提供助益，因為符合健全理論的歷史測試，比較不可能發生統計上的僥倖。歷史測試如果具備理論根據，就不再是孤立事件，而是理論能夠解釋之完整結構的事實部分。

舉例來說，順勢交易系統在商品期貨市場具備的獲利能力，可以視為是提供風險轉移的服務給商業避險者而賺取的報酬（換言之，風險溢價）。換言之，換言之，經濟理論預測期貨市場應該呈現足以獲利的趨勢，才能促使順勢交易者接受避險者想要規避的價格風險[1]。本章稍後會討論這點。

科學理論

一般所謂的理論，是指用來解釋某些事情之所以如此的說法。根據本書第3章的解釋，科學理論的情況則稍微不同。首先，科學理論可以針對相當廣泛的已知現象提出簡潔的解釋。更重要者，科學理論可以做預測，並透過後續的現象來驗證。

克卜勒（Kepler）天體運動定律解釋了已知的很多天文現象[2]，而且提出很多事後被證明為真的預測。可是，相較於克卜勒的理

論，牛頓的重力理論更好，因為適用於更廣泛的領域。重力理論不只能夠解釋克卜勒定律，而且還能解釋很多其他現象。非隨機價格變動的理論，雖然不能像物理學方面的理論一樣做精確的預測，但還是很有用，必須能夠簡潔解釋可觀察的市場行為，而且還要提出可供後續觀察檢定的預測。

通俗理論有何問題？

很多技術分析者對於他們採用的方法，似乎從來不打算解釋根據何在。《股價趨勢技術分析》（中文版，請參閱寰宇出版公司）的作者約翰·馬基就是典型的例子[3]。他說，「我們絕不期待知道市場為何會出現某種行為，我們只想知道如何。歷史顯然有重複發生的傾向，這就夠了。」

某些技術分析著作確實提供解釋，但大多是事後的合理化，沒有可供檢定的預測。約翰·墨菲（John Murphy）（《墨菲論市場互動分析》，《市場互動技術分析》，請參閱寰宇出版公司）。點出技術分析的關鍵前提，「任何可能影響價格的東西——包括：基本面、政治面、心理面或其他——都會反映在市場價格上[4]。」這類內容模糊的陳述，恐怕很難推演可供檢定的預測。

墨菲的陳述，目的是解釋技術分析何以能夠發揮功能的理由，但其中蘊含著邏輯矛盾。如果這個陳述是真的，則所有的資訊都已經反映在價格上，這也意味著價格已經不能提供用以預測的資訊。讓我們稍微說明一下。假定XYZ股票價格剛呈現某種型態，顯示價格將由目前水準 $ 50上漲到 $ 60。根據定義，當某型態出現時，其預測還有待實現。可是，如果「所有資訊都已經反映在價格上」

的說法成立，則價格必須已經位在前述型態預測的價位上，因此而否定了該型態所做的預測。

由效率市場假說（Efficient Market Hypothesis，簡稱EMH）的角度觀察，這個陳述的邏輯矛盾就更明顯了。效率市場假說的根本前提是：「價格會充分反映全部的既有資訊」[5]，這套理論完全否認技術分析的可能性。技術分析沒有理由引用其致命敵人採納的前提。這個例子也顯示技術分析的很多想法，往往缺乏邏輯嚴密性。

非常幸運地，實際狀況並不支持「價格會反映所有資訊」的關鍵前提。譬如說，行為金融學提到的反應不足效應（underreaction effect）就是一個例子，價格經常不能針對新資訊呈現EMH主張的立即反應，因此而出現系統性價格走勢或趨勢，朝向新資訊蘊含的目標價位慢慢發展。價格沒有辦法立即反應，是由幾種認知錯誤造成的，譬如本章稍後會談的保守觀點偏頗（conservatism bias）與定錨效應（anchoring effect）。

另一種認可技術分析方法的常見論證，來自於群眾心理。所謂的群眾心理，我是指那些言之成理的群眾行為，但沒有具體的科學證據。根據行為金融學方面的著名學者羅伯·席勒（Robert Shiller）表示，「談到心理學的啟示，很多有關投資心理的通俗觀點，實在令人難以置信。據說大多頭行情會造成投資人極度樂觀而幾乎陷入瘋狂，市場崩盤則會造成恐慌。不論大多頭行情或市場崩盤，投資人都被描述得像是盲目的羊群一樣，完全沒有自己的看法，只知道跟著大家走[6]。」事實上，投資人具備的理性程度，遠超過群眾心理通俗說法所描述的。「發生最關鍵的金融事故時，多數人所思考的主要還是私人事務，根本不會太在意金融市場的變故。因此，我們很難想像，市場整體而言受到這些心理論調描述的情緒影響[7]。」

我們需要超越這些技術分析理論的陳腔濫調。非常幸運地，隨著行為金融學與其他領域的發展，技術分析已經逐漸找到理論依據。

敵對論點：效率市場假說與隨機漫步

探討非隨機價格走勢何以存在的理由之前，需要先清處敵對陣營的論點：效率市場假說（EMH）。最近，某些人主張EMH未必蘊含著價格必須呈現不可預測的隨機漫步[8]，認為效率市場與價格可預測性質是可以並存的現象。可是，傳統EMH認為，隨機漫步是效率市場的必然結果。本節準備討論這個觀點與其缺失。

何謂效率市場？

效率市場是一種沒有辦法被擊敗的對手；這種情況下，不論採用基本分析或技術分析策略，或採用任何系統或公式，所賺取的風險調整後報酬都不能勝過市場的基準指數。對於具備真正效率的市場，買進持有基準指數，這已經是我們能夠期待的最佳績效了。原因？因為效率市場的價格會反映所有已知、可知的資訊。所以，任何證券的目前價格，就是證券價值的最佳估計。

根據效率市場假說，市場價格之所以能夠達到效率的境界，是因為有無數理性投資人盡其所能，想要最求最大的財富。追求證券真實價直的過程中，這些投資人會持續取得最新的資訊，透過機率上正確的方法更新信念[9]，預測每種證券的未來現金流量。雖然沒有任何單一投資人能夠知道一切，但整體投資人可以知道全部可能被知道的。這方面的知識促使投資人買賣證券，使得價格能夠維持在均衡水準或理性價位。

　　處在這種情況下，唯有新資訊發生時，價格才會變動。當新資訊發生，價格幾乎會立即變動到新資訊蘊含的理性價位。所以，價格不會呈現趨勢，由某個理性價位慢慢變到另一個理性價位。如果金融市場確實如同EMH描述的，價格會呈現階梯狀，大體上是直接由某個理性價位跳躍到另一個理性價位。如果發生有利的新資訊，價格上漲，如果發生不力的新資訊，價格下跌。由於新資訊究竟是有利或不利，不可能事先知道（否則就不是新資訊），價格變動也無從預測。這種情況，請參考圖7.1。

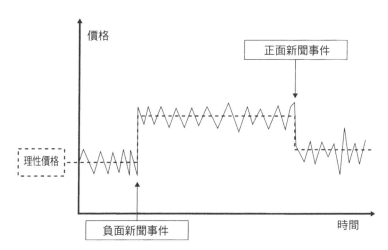

圖7.1　效率市場對於正面與負面消息的反應

效率市場的後果：好與壞

　　效率市場蘊含的意義，有好、也有壞。對於整體經濟而言，是好的；對於技術分析而言，則是壞的，非常壞。對於整體經濟之所以好，因為資本與勞工等稀有資源能夠做有效分配。如此可以增進經濟成長[10]。

可是，效率市場的價格完全無從預測，只得任何型式的技術分析都沒有用。保羅‧薩謬爾遜（Paul Samuelson）認為，金融市場價格呈現隨機漫步行為，這是因為有無數精明、理性投資人之行為造成的。為了追求最大財富，他們買進價值低估的資產，推升其價格，賣出價值高估的資產，壓低其價格[11]。「這種邏輯推演到極限，意味著蒙上眼罩的猴子，對著報紙金融版的行情報價投擲飛鏢選擇股票，績效將如同選股專家絞盡腦汁的結果[12]。」

「根據EMH，運用既有資訊操作的交易系統，其賺取的期望獲利或報酬，不可能超過均衡期望獲利或報酬[13]。」簡言之，一般投資人——不論是個人、退休基金或共同基金——不能期待穩定地擊敗市場，這些投資人運用龐大的資源，藉以分析、挑選、交易證券，完全都是無謂的行為，純屬浪費[14]。」在EMH之下，投資策略雖然還是可能賺取正數報酬，但這些報酬經過風險調整之後，將不能勝過買進-持有指數型市場投資組合。

效率市場假說也主張，如果沒有新的訊息發生，市場價格會圍繞在理性價位而隨機上下震盪（請參考圖7.2）。由於隨機震盪是不可預測的，任何基本分析或技術分析都不能預測價格何時會高於或低於理性水準。舉例來說，效率市場之中，價格對帳面價值比率低的股票，不會較這個比率偏高的股票更有上漲可能性。任何試圖尋找勝算的人，EMH都是當頭棒喝。

對於市場效率的誤解

關於市場效率，我們常常看到一些錯誤的見解。如果市場具備效率，那麼市場價格隨時都必須等於理性價格。這是不正確的見解；事實上，實際價格偏離理性價格的誤差，只要不存在偏頗，市

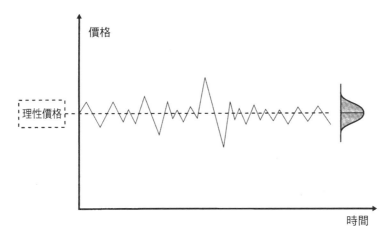

圖7.2　效率市場假說（隨機而不偏的價格誤差）

場就具備效率。因此，價格可能高於理性價格，也可能較低，而且兩者發生的可能性相當。另外，實際價格偏離理性價格的誤差，在性質上是隨機的。所以，在效率市場裡，價格誤差時間序列是隨機變數，其機率分配的中心點位在理性價格，左右則大致對稱。

　　對於效率市場的第二種常見誤解，認為沒有人可以擊敗市場。事實上，在任何期間裡，所有的投資人當中，大約有一半人可以擊敗市場，另外一半人則發生虧損。沒有任何個人投資者或基金經理人可以長期地擊敗市場，這種觀點也同樣錯誤。只要投資人的數量夠多，總有少數人可以相當持續性的擊敗市場，即使他們運用的策略毫無預測功能也是如此。

　　納辛·塔拉布[15]（Nassim Taleb）認為，即使我們假設基金經理人並不比投擲飛鏢的瞎眼猴子高明[16]（擊敗市場的機率為0.50），但基金經理人的人數很多，譬如說有10,000個，那麼在五年之後，大約仍然有312家基金公司連續五年擊敗市場。就是這些幸運的

人，派出大批推銷員打電話。剩下的9,682家基金，到你家敲門的機會比較少。

支持EMH的證據

　　如同前文討論的，科學假設扮演雙重的角色：解釋與預測。假說所做的預測，要與新觀察做比較，藉以驗證假說的真實性。本書第3章曾經提到，預測的內容必須夠明確，能夠被實證資料證明為誤，否則沒有太大的意義。如果新觀察與假說的預測相互矛盾，則假說必須重新建構或調整，否則就不復成立。可是，如果觀察與預測彼此一致，又應該作何推論呢？關於這個問題，則有相當大的爭議。大衛‧休姆（David Hume）與見解類似的其他哲學家們認為，確認性的證據永遠不足以證明某個理論為真；可是，在現實世界裡，假說可以透過確認而不斷強化。如果經由觀察不斷重複檢定，結果始終與預測一致，這對於大多數科學家都代表重大意義。

　　EMH的支持者提出一大堆證據。這些證據劃分為兩大類，因為EMH也分為兩種，兩種都可供檢定：半強式與弱式[17]。半強式EMH主張：不能運用公開資訊擊敗市場。由於公開資訊包含所有基本面與技術面的資料，所以半強式EMH認為沒有任何技術分析或基本分析足以擊敗市場。這種預測不太正式，不足以做檢定，但符合一般的看法，人們確實很難穩定地在金融市場獲利──雖然很多人不斷嘗試這麼做。半強式EMH也提出一些可供檢定的預測。譬如說，證券價格會精確而立即地反應新資訊，新價格會一次調整到位。圖7.3顯示效率市場對於新聞事件的反應。

　　這個假設意味著，價格對於新聞事件不會過度反應，也不會反應不足。這個預測是可以檢定的。讓我們先設想一種情況：價格反

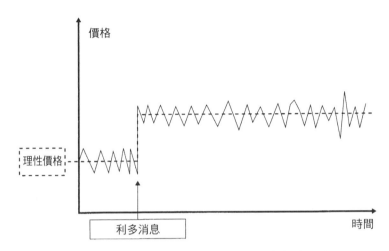

價格

理性價格

利多消息

時間

圖7.3　效率市場假說：對於利多消息的反應

應缺乏效率，對於新資訊會呈現系統性的過度反應或反應不足。這種情況下，價格走勢將具備可預測的性質。為什麼？假定價格會呈現過度反應，會因為利多消息而超漲，因為利空消息而超跌。由於EMH主張價格將維持在理性價格附近，超漲必然會引發價格向下修正而返回理性價位。這種修正顯然不是隨機行為，而是一種系統性走勢，因為價格會被理性價格吸引。這種走勢在某種程度內是可預測的。由於EMH否定預測的可能性，所以也必然否定價格會呈現系統性地過度反應。圖7.4顯示市場對於利多消息呈現過度反應，隨後向理性價位做系統性的修正。

　　同樣地，EMH也同樣否認價格對於消息反應不足的可能性。這種情況下，價格在初步反應之後，會朝理性價位繼續做系統性的發展。圖7.5顯示價格對於利空與利多消息反應不足而隨後繼續呈現非隨機性走勢的情況。

　　根據尤金・法馬（Eugene Fama）的案例研究[18]，相關證據支

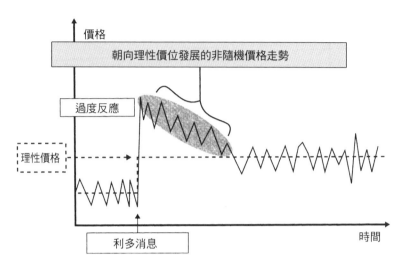

圖7.4 對於利多消息過度反應

持效率市場假說對於過度反應與反應不足的主張。法馬檢驗企業的諸種消息，例如：盈餘與股利宣布、合併、購併…等，結果顯示除了開始近乎立即的價格走勢之後（沒有獲利空間），就不再出現額外的走勢。這些發現符合EMH的預測：市場會快速、精準地反映新聞事件[19]。

EMH的第二個預測：唯有當新聞發生時，價格才會發生變動。所以，如果沒有出現新聞，或發生沒有資訊意義的事件，價格不應該發生顯著變動[20]。這兩個預測，蘊含著第三個對於技術分析影響重大的預測：舊聞或任何公開資訊都不具備預測功能，無益於投資獲利。技術分析引用的所有資訊，顯然都屬於既有的資訊。因此，EMH認為，所有的技術分析方法都沒有用。如果真是如此，技術分析將是一片黑暗。

任何運用公開資訊的策略，都不具備預測功能，這種說法似乎

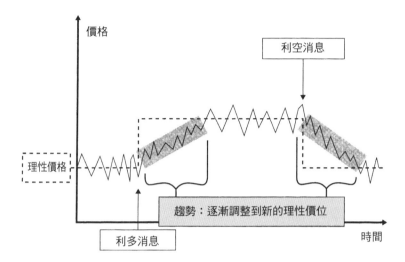

價格

利空消息

理性價格

趨勢：逐漸調整到新的理性價位

利多消息

時間

圖7.5　對於新聞的反應不足，可以解釋非隨機價格走勢

言之成理，但畢竟要經過檢定才算數。請記住，根據EMH的觀點，運用公開資訊的策略，經過風險調整之後，不該產生超額利潤。所以，運用公開資訊的策略，即使能夠產生超額利潤，仍然。不足以反駁EMH。換言之，如果要反駁EMH，該策略在風險調整之後，必須還能夠產生超額利潤。

　　由風險調整後的角度來評估投資策略，這完全是合理的。舉例來說，假定某策略每年可以賺取20％，市場基準指數則成長10％，但該策略承擔的風險是市場的三倍。這種情況下，該策略算不上擊敗市場。問題是：如何界定風險？風險如何計量化？

　　風險量化，需要引用風險模型。這方面的最著名模型，莫過於資本資產訂價模型[21]（capital asset pricing model，簡稱CAPM），由單一風險因子——證券報酬相對波動率——解釋證券報酬之間為何會發生差異。換言之，個別股票的風險，是根據其報酬相對於整體

市場之報酬波動率來衡量。所以，如果個別股票的報酬波動程度，是整體市場報酬波動程度的兩倍，則該股票即使能夠能賺取超額報酬，是因為承擔兩倍於市場的風險。這種處理方法，適合運用於單一股票或股票多頭部位組合。可是，對於比較複雜的策略，CAPM就有不及之處，不能用以衡量風險。對於這些情況，資本市場理論家建議採用其他風險模型。其中最著名者為「套利訂價理論」（arbitrage pricing theory），考慮幾種獨立的風險因素[22]。

　　可是，EMH倡導者等於是讓自己擁有無限的自由，可以隨時根據需要而提出新的風險因子。這種情況下，有關他們主張的「公開資訊策略不能擊敗市場」，幾乎不可能被否定。對於任何得以賺取超額報酬的投資策略，永遠都可能找到新的風險因子，讓該策略不能賺取「風險」調整後的超額報酬。如同本書第3章解釋的，如果能夠在投資策略提出之前，找到足以否定該策略得以賺取超額報酬的風險因子，這是正當的作法。可是，如果是在擊敗市場策略提出之後，才提出新的風險因子，這等於是針對該策略而特別設計的風險因子。在事實發生之後，才為了抹煞某個理論而提出解釋，這種作法顯然是不恰當的。毫無節制地提出解釋而駁斥所有相反證據，如此將造成理論缺乏內涵。所以，針對運用公開資訊而擊敗市場的每種投資策略，任意創造新的風險因子來解釋與抹除相關策略的預測能力，將使得EMH不再是有意義的理論。

　　用以確認弱式EMH——公開價格資訊與其衍生的指標，例如：動能指標，都沒有任何價值——的證據，是建立在自身相關（auto-correlation）的研究。這是衡量價格變動與先前各種期間落後程度之價格變動之間的線性相關[23]。這些研究確認，價格變動（報酬）是線性獨立的。換言之，目前與過去價格資料的線性函數，不

能用來預測未來報酬[24]。根據這些發現，EMH的支持者認為，證券報酬呈現不可預測的隨機漫步。

可是，自身相關的研究，是相當弱的檢定，因為它們只能偵測線性相依。線性結構只是時間序列可能呈現的非隨機行為之一。艾德格‧彼得斯[25]（Edgar Peters），以及安德魯‧羅（Andrew Lo）與克雷格‧麥金雷[26]（A. Craig Mackinlay）都認為，其他資料分析方法顯示金融市場的時間序列不呈現隨機漫步行為。舉例來說，羅氏與麥金雷使用的檢定統計量（稱為變異數比率）能夠偵測到自身相關研究不能察覺的更複雜（非線性）非隨機行為。

挑戰EMH

一套好的理論，必須具備兩種一致性；理論的內部結構必須呈現邏輯一致性，理論必須與觀察證據一致。所以，想要反駁某個理論，可以顯示其本身邏輯矛盾，或提出矛盾的證據。

一套理論如果其蘊含內容或預測現象與其理論相互衝突，那就發生矛盾。本章稍早曾經提到這類的例子，「價格會完全反應所有的資訊」，這個經常被引述的技術分析前提，顯然與另一個前提矛盾：價格包含具有預測功能的資訊。

精明vs.愚蠢的矛盾

在效率市場內，擁有更多的知識，並不能佔優勢。根據效率市場理論，所有已知或可知的資訊，都已經反映在證券價格上；所以，精明不代表競爭優勢，愚蠢也不是缺失。

可是，這種說法與EMH的另一個假設之間產生矛盾：理性投

資人的套利行為會驅使價格走向理性水準。（請參考本章稍後的
「EMH的假設」。）除非套利者擁有較多的資本，才可以扮演理性
價格的維護者，因為唯有如此，其價格驅動力量才能勝過愚蠢投資
人。精明的套利者能夠擁有較多的交易資本，意味著他們過去賺取
的報酬勝過愚蠢投資人。總之，市場價格是由最精明、最富有的參
與者決定，否則就不是。可是，EMH卻同時蘊含此兩者。顯然是
矛盾！不是嗎？

資訊矛盾的成本

　　關於資訊成本的問題，EMH還會引發另一項矛盾。我們有理
由假定收集與處理資訊需要耗費時間、金錢與精力，才能轉換成為
有用的策略。可是，EMH認為，即使投入成本，這些資訊仍然不
能賺取額外報酬。請記住，EMH認為資訊會在瞬間之內反映於價
格上。這意味著，不論所做的研究多麼廣泛、深入，結果都不能創
造任何價值。

　　可是， EMH對於資訊收集與處理不能帶來任何效益的見解釋
如果是正確的，則投資人就沒有動機這麼做。如果沒有人去挖掘資
訊，並根據這些資訊採取行動，價格就不會反映這些資訊。換言
之，如果要花費成本讓市場具備資訊效率，則投資人必須要有動機
這麼做，也就是說他們必須要賺取風險調整後的額外報酬。所以，
這會產生矛盾：EMH要求的資訊效率，必須讓資訊追求者取得對
應的報償，但EMH又否定資訊可以提供這方面的報償。

　　葛羅斯曼（Grossman）與史提格利茲（Stiglitz）在其論文「論
資訊效率市場的不可能性質」（On the impossibility of informa-
tionally efficient markets）中[27]，提出非常具有說服力的論證。他們

認為，缺乏效率是理性投資人之所以願意收集與處理資訊的動機。這些人可以賺取市場訂價錯誤的報償，並應此而驅使市場價格邁向理性價位。理性投資人賺取的報酬，是由雜訊交易者與流動性交易者的損失提供的。雜訊交易者是那些自以為根據資訊進行交易而實際上不然的投資人。理性投資人的獲利，也來自於那些想要取得流動性現金的投資人。理性投資人之所以能夠賺取報酬，是因為資訊發生與資訊反映在價格的時間不一致，但EMH認為資訊一旦發生，必須立即反映在價格上，沒有時間落後。這是EMH的另一項矛盾。

　　根據資訊採取交易行動也會發生成本，例如：佣金、滑移價差與買-賣報價之間的價差。投資人之所以願意承擔這些成本而進行交易，顯然是因為可以賺取報酬，否則他們沒有理由從事這些讓價格邁向理性價位的必要行為。總之，妨礙交易的任何限制因素——交易成本、資訊成本、限制放空行為的規定，以及其他等等——都會限制市場呈現效率。假定那些負擔額外代價而從事交易的人，他們不能因此取得對應的報酬，顯然是不合理的。

EMH的假設

　　為了確實體會EMH批判者的論證，我們需要瞭解EMH建構的三個假設，強度慢慢減弱：（1）投資人是理性的，（2）投資人的訂價錯誤屬於隨機現象，（3）永遠存在試圖賺取訂價錯誤的理性套利投資人。讓我們稍做深入的探討。

　　首先，EMH認為，投資人大體上是理性的。整體而言，理性投資人能夠正確評估證券價格。這代表價格會儘可能精確地反映證券未來現金流量與風險性質的目前折現值。理性投資人得知新資訊

時，會立即反應；如果是利多消息，立即推升價格，如果是壞消息，立即壓低價格。所以，證券價格會隨著新資訊進行調整，幾乎是瞬間反應[28]。

即使這項假設是錯誤的，基於第二個假設——個人投資者的價值評估錯誤是不相關的——EMH的倡導者仍然認為價格還是會很快地調整到理性水準。這意味著如果有某位投資人把證券價值評估得過高，則有另一位投資人會同樣可能把證券價值評估得太低。整體而言，價值評估過高與過低的現象，大體上會互相抵銷。換言之，訂價錯誤是不偏的。這種說法應該是事實，因為這些容易犯錯的投資人，往往會採用不同而無效的投資策略。因此，他們的行為是不相關的。說得難聽一點，如果某個愚蠢的投資人根據沒有資訊價值的訊號買進，另一位愚蠢的投資人同樣可能根據沒有資訊價值的訊號賣出。結果，他們只是彼此換手而已，價格還是保持在理性水準。

縱使第二個假設也不能讓價格保持在理性價位，EMH還有第三個假設。換言之，如果非理性投資人的價值評估是偏頗的（價值評估過高與過低的現象，沒有辦法彼此抵銷），套利交易者會進場救援。他們會察覺價格與理性價位之間出現系統性背離。套利者會買進價值過低而賣出價值過高者，迫使價格回歸應有的水準。

在EMH世界裡，套利行為幾乎就像是免費午餐，不需承擔風險、不必準備資本，保證可以賺取利潤。在效率市場信徒的眼裡，套利交易大概是：兩種金融資產，股票X與股票Y，兩者的價格相同，風險程度也相同。可是，兩者的未來期望報酬不同。顯然地，這兩種股票之中，至少有一種訂價不當。如果股票X的未來期望報酬較大，則套利者可以買進X而放空Y。在這些套利行為影響之

下，兩種資產的價格會恢復到理性水準（否則套利行為會繼續發生）[29]。透過這種方式產生市場效率，必須假定市場上始終存在套利者，他們隨時會掌握這類機會。這些人會變得非常富有，因此有更大的力量驅使價格恢復理性水準，至於那些不斷把價格推離均衡水準的非理性投資人，遲早都會破產，情況就如同自然界的「物競天擇」。

EMH假設的謬誤

本節準備討論EMH採納的每種假設，並探討其錯誤之處。

投資人是理性的　投資人似乎並不具備EMH假定的理性程度。很多投資人會根據不相干的資訊採取行動。這些不相干資訊也是著名經濟學家費雪・布萊克（Fisher Black）所謂的「雜訊」[30]（noise signal）。雖然他們認為自己的行為很明智，其投資的期望報酬應該與那些憑藉投擲銅板買賣股票的人一樣。由於很多理財專家是根據雜訊提供建議，所以那些聽從理財專家意見的投資人，算得上是雜訊代理交易者。

事實上，投資人行為經常背離理性。舉例來說，他們經常不能適當地分散風險；進出太過頻繁；賣出賺錢股票而繼續保留賠錢貨，導致稅金負擔加重；投資費率偏高的共同基金。另外，這類錯誤會不斷重複發生。「投資人背離經濟學所謂的理性原則，這是非常明確而普遍的現象[31]。」背離理性的情況，約略發生在三個領域：不精確的風險評估、拙劣的機率判斷、非理性的決策思考架構。以下分別討論這三點。

投資人的風險評估，通常都不符合紐曼（Neumann）與摩根史坦（Morgenstern）倡導的「期望效用理論」（expected utility theory）

原則。處在純理性的世界裡，人們面對著各種可能的選擇，應該挑選期望價值最高者。任何特定選擇的期望價值，等於各種可能結果分別乘以其發生機率的加總和，也就是各種可能結果之發生機率乘以該結果之效用的加總和。可是，人們的行為實際上並非如此。研究資料顯示，人們在風險評估與決策選擇方面，會發生系統性的錯誤。

這種錯誤被納入一種稱之為展望理論的架構，這是卡尼曼（Kahneman）與特弗斯基（Tversky）在1979年提出的理論[32]。這套理論解釋人們在不確定環境下，究竟如何擬定決策。舉例來說，這套理論解釋投資人為何會抱牢虧損股票而賣掉獲利股票，因為如此可以避免接受虧損的痛苦。這套理論也解釋投資人對於一些發生機率很低的投機結果，經常會高估其價值。

投資人背離EMH理性假設的另一個領域，是對於機率的判斷。根據EMH的假設，當投資人取得新資訊時，會根據貝氏定理（Bayers'Theorem，透過正確方式結合機率的公式）更新機率評估。可是，實際情況並非如此，人們往往不能採取正確的行動。本書第2章曾經談到一項投資人常見的錯誤，也就是小樣本的缺陷——由少數樣本資料，推演廣泛的結論。這可以解釋，當某企業宣布2、3個季的傑出營運績效，投資人為何會認定該公司將繼續快速成長。對於這種小樣本利多消息的過份反應，使得股價很容易被高估。

最後，投資人的決策經常被其思考架構嚴重影響。決策的思考架構不正確，投資人經常會誤判抉擇的期望價值。舉例來說，如果由獲利潛能的角度思考抉擇，投資人通常會挑選最容易賺錢的可行方案，即使利潤非常有限。可是，如果由潛在虧損的角度思考，投

資人為了規避明確的小損失，經常願意承擔嚴重虧損的可能性。這稱為「錯置效應」（disposition effect），可以解釋一種常見的現象：投資人迅速獲利了結，即使獲利程度很有限，但會繼續抱牢虧損部位，雖然虧損情況很可能進一步惡化。

投資錯誤行為不相關　投資人所犯的錯誤，彼此不相關；這個假設違背心理研究結論：在不確定環境之下，人們偏離理性的行為，並不是隨機現象。換言之，人們經常在相同情況下，觸犯相同的錯誤，所以其偏離理性的行為是彼此相關的。很多投資人會買進相同的股票，因為該股票符合他們的判斷準則，因此看起來比較容易升值。舉例來說，某公司連續三季發佈盈餘利多消息，投資人因此認定該股票為成長股，適合採用較高的本益比。經由社會互動或群聚效應，情況變得更糟：「大家都聽信謠言，彼此模仿對方的行為[33]。」

原本應該更精明的基金經理人，也犯同樣的錯誤。他們建構的投資組合，非常接近其績效衡量的基準指數，避免基金表現明顯不如指數基準。專業經理人也會彼此模仿，進出的股票頗為類似，避免績效不如同儕。他們會把投資組合妝點得很漂亮，增添績效最佳的股票，剔除表現不彰者，儘可能讓年底的投資組合看起來很漂亮，顯示基金都持有一些投資報酬最高的股票。

套利行為迫使價格返回理性水準　套利行為對於理性價位之維繫的能力很有限。第一，沒有人會對於證券價格脫序現象提供訊號。所謂的理性價格，是證券未來現金流量的折現值，這是高度不確定的數據。投資人嘗試估計未來盈餘，但其預測顯然會有嚴重誤差。

第二，套利者對於相反方向的價格走勢，忍耐能力未必無限。

舉例來說，當套利者買進價格低估的股票，股價可能繼續下跌；同理，套利者放空價格高估的股票，股價可能繼續上漲。雜訊交易者可能驅使證券價格繼續朝非理性方向發展，這類走勢的期間與幅度可能很大。因此，即使套利者察覺價格脫序行為，並且建立部位，脫序現象也可能變得更嚴重，而不是更緩和。如果相反方向的價格走勢拖得很長、幅度很大，一旦超過套利者的忍耐極限，套利者將被迫認賠出場。這種現象如果經常發生，雜訊交易者將驅逐理性套利者。這稱為雜訊交易者風險[34]，會限制套利交易者的意圖與決心。

雜訊交易者就是導致避險基金長期資本管理公司（Long Term Capital Management，LTCM）在1998年秋天瓦解的重要因素之一。該基金倒閉幾乎拖垮整個金融市場。LTCM認定的價格脫序現象最終還是恢復理性狀態，但由於該基金過度擴張信用，沒有足夠的續航力，頂不住脫序現象短期內繼續惡化的壓力。

套利交易者驅使市場恢復效率的過程，不當擴張信用也經常是致命因素。所以，套利者即使能夠精準判斷價格過高或過低的證券，如果過度擴張信用，很容易就會被勾消。對於勝算很高的賭局（期望價值為正數的投機），信用擴張也有最佳限度[35]。一旦超過限度，即使期望價值為正數，毀滅的機率也會提高。

課堂裡，我曾經與學生們進行一場所謂「賭場之夜」的實驗。我們進行一場賭局遊戲，每個人的起始資本都是 $ 100。由某個人負責投擲銅板，銅板是公正的，學生們針對銅板出現正面與反面的結果下注，賭注為當時資本的某個百分率。如果銅板出現正面，同學贏取的彩頭為賭注的兩倍金額；反之，如果銅板出現反面，則同學們只損失賭注而已。總共進行75次投擲。對於同學們來說，這是勝算很高的賭局[36]。雖說如此，仍然有很多同學輸光資本，因為他

們的心態太積極，每筆賭注佔當時資本的比率太高。1950年代，貝爾實驗室的工程師凱利（Kelly）提出一項公式，用以計算每筆賭注佔當時資本的最佳比率（使得賭資成長最快），這個公式稱為「凱利準則」（Kelly Criterion）。這個最佳比率，取決於每筆下注的獲勝機率，以及平均獲利對平均損失的比率。就此處考慮的賭局來說，每次下注的最佳比率為25％（當時賭資的25％）。如果下注金額超過這個水準，風險就會提高，而且無助於資本累積速度。如果把賭金比率提高到58％，即使勝率很高，賭資仍然很可能虧光。對於那些資訊準確而信用過度擴張的套利交易者來說，面臨的情況正是如此。

透過套利維持效率訂價的另一個限制，在於缺乏完美的替代證券。一個真正理想的無風險套利交易，是同時買進與賣出兩種證券，兩者的未來現金流量與風險性質完全相同（唯一差別是目前價格）。套利交易如果不符合這種理想狀況，就會涉及風險。這個風險會讓套利活動對於效率價格之維繫受到限制。當整個資產類別的價格都高估，譬如：2000年春天的股票市場，如果我們打算放空整體股票，則多邊很難找到對應的替代部位。套利部位的多、空兩邊，即使證券替代程度很高，還是存在顯著的風險。每種股票都有特殊的股性與狀況，這方面的差異會產生風險，讓套利交易者擔心。舉例來說，假定通用汽車股票價格偏低，我們買進通用汽車，對應的空頭部位採用福特汽車做為對象。我們顯然面對著個別股票可能發生特有事件的風險，譬如說，市場可能出現只適用於福特汽車的利多消息，或只適用於通用汽車的利空消息。若是如此，我們的套利部位就會陷入險境。

套利者扮演EMH觀點的價格警察，還會受到其他的限制。套

利者沒有無限的資金可供運用，也沒有絕對的自由可以掌握所有的
機會。多數套利交易者都是避險基金的經理人；他們必須受到契約
規範，所能夠採取的行動勢必有所限制。除非有無限的資金與絕對
的自由，否則就還有很多訂價錯誤的現象不能受到糾正。

由於前述種種限制，EMH認為所有套利機會都會必消除，這
種觀點顯然太過於簡化。

EMH面臨的實證挑戰

EMH不只面臨邏輯矛盾，其預測也不符合實際狀況。本節探
討這些實際證據。

嚴重的價格波動　如同EMH宣稱的，證券價格如果與其根本價
值之間維持緊密關係，則價格變動的程度應該大體上對等於根本價
值的波動。可是，研究資料顯示，價格波動程度遠超過根本價值。
舉例來說，如果根本價值定義為股利未來流量的現值[37]，則根本價
值變動並不能解釋股票價格嚴重波動。2000年春天的高科技股票泡
沫化，以及1980年代末期的日本股票泡沫化，這類價格走勢都不能
由根本價值變動來解釋。

EMH也認為，唯有當市場發生重要的新資訊，價格才會出現重
大變動。可是，實際情況並不支持這個論點。舉例來說，1987年的
股票市場大崩盤，當時並沒有出現重大新聞足以解釋股價為何會發
生20%以上的變動。許雷弗（Sheifer）引用卡特勒（Cutler）1991年
提出的報告[38]，這份資料研究第二世界大戰結束以來的50個最大單
日價格變動。這些重大價格變動發生當時，很多都沒有伴隨著發生
重大消息。羅爾（Roll）也提出另一份類似研究[39]，顯示冷凍橙汁期
貨價格波動經常與天氣因素無關（氣候是影響冷凍橙汁價格的最主

要因素）。羅爾也顯示個別股票走勢經常與公司消息面無關。

既有資訊具有價格預測功能　對於EMH造成最重大衝擊的證據是：既有公開資訊可以在明確程度內預測價格走勢。換言之，根據既有資訊擬定的策略，其風險調整後報酬可以擊敗市場。如果價格真的會立即反映全部已知的資訊（如同EMH宣稱的），則既有資訊就不該具備價格預測功能。

橫剖面的預測性研究方法　2001年4月份的《金融雜誌》（Financial Journal）報導，很多預測性研究資料顯示，既有的公開資訊並沒有充分反映在股票價格上，許多根據這類資訊建構的策略都具有獲利能力[40]。這類研究試圖衡量根據公開資訊建構的指標，能夠在什麼程度上預測股票的相對績效[41]。接受測試的指標包括：本益比、價格對帳面價值比率、最近的相對價格表現、…等。

預測性研究採用橫剖面設計。換言之，在特定時間點上（譬如：1999年12月31日），考慮整個股票市場的橫剖面情況。當天，根據我們想要檢定預測能力的某個指標[42]——例如：最近6個月的股票報酬率（價格動能指標）——排列個別股票的順序。然後，根據前述排列順序，把所有股票劃分為幾個投資組合。十個投資組合是常見的選擇。所以，第1個投資組合是由指標（最近6個月股票報酬）表現最佳的10%股票構成。第2個投資組合是由指標表現次佳的10%股票構成，其他依此類推，第10個投資組合是由指標表現最差的10%股票構成。

為了判斷6個月期價格動能指標是否具備預測能力，可以衡量第1個投資組合相對於第10個投資組合的未來績效表現。關於未來預測採用的時間架構，通常是取一單位期間。因此，如果採用月份資料的話，單位期間就是一個月[43]。一般來說，這類研究對於指標

預測能力的衡量，都採用多、空投資組合之間的報酬差異。舉例來說，我們可以假定持有第1個投資組合的多頭部位，同時持有第10格投資組合的空頭部位。如果在特定時段內，多頭部位賺取7%報酬，空頭部位虧損4%（股價上漲4%），則多、空部位的相對績效差異為3%。目前這個例子，我們考慮的指標是最近6個月股票報酬的價格動能指標，但實際上可以考慮任何可能具備預測功能的指標，例如圖7.6考慮的指標是本益比。

　　以上簡單說明單月份（1999年12月）的橫剖面研究如何進行。可是，橫剖面研究可以涵蓋很多個月份（橫剖面時間序列）。所以，技術指標的預測功能衡量，可以透過第1個投資組合與第10個投資組合之間的相對績效平均值來考慮。這類的研究，可以檢視幾的預測變數，請參考圖7.7。

　　預測性研究結果不符合半強式EMH　半強式EMH是可接受檢定的最大膽假說[44]。根據這項假說，凡是運用公開資訊的任何基本面或技術面策略，其風險調整後報酬都不能擊敗市場。可是，很多

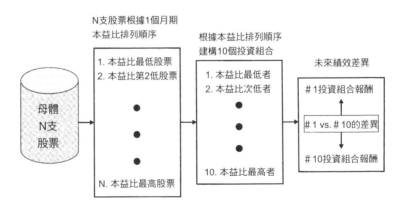

圖7.6　根據橫剖面研究，判斷股票本益比的預測功能

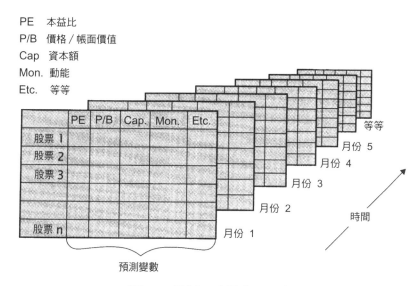

PE　本益比
P/B　價格／帳面價值
Cap　資本額
Mon.　動能
Etc.　等等

圖7.7　橫剖面時間序列研究

橫剖面時間序列的研究資料顯示，在某種程度內，公開資訊可以用來預測價格走勢，創造風險調整後超額報酬也是可能的。以下摘錄一些重要發現：

- **小型股效應**：個別股票的總市值（定義為發行股數乘以股價的總和）可以做為未來報酬的預測指標[45]。就這項指標來說，由總市值最小的10%股票所構成的投資組合，相較於股票總市值最大的10%投資組合，前者的每年報酬率大約高出9%[46]。這種效應在每年一月份最明顯。可是，最近的研究資料顯示，自從1980年代中、後期開始，這項指標的預測功能逐漸消失。

- **本益比效應**：本益比低的股票，表現優於本益比高的股票[47]。

- **價格／帳面價值比率效應**：價格／帳面價值比率愈低，股價表現愈好[48]。就這項指標來說，相較於最貴的股票，最便宜股票的年

度績效大約超出20%。

- **經過技術性確認的盈餘意外消息**：公司發佈令人意外的盈餘利多消息，而且得到當天價量關係（價漲量增）的確認，則隔月的年度化報酬價差（多頭－空頭）超過30%[49]。這項策略結合了基本分析與技術分析。

　　預測性研究結果不符合弱式EMH　弱式EMH是比較保守的版本。這套理論認為，歷史價格與報酬資料無助於創造超額報酬[50]。下列研究顯示，歷史價格與技術分析運用的既有資訊，對於價格預測都是有用的。對於技術分析來說，這顯然是好消息，不過是EMH的天大壞消息。內容最狹隘、態度最保守、最難以被證明違誤的EMH版本也違反了實際證據。

- **動能持續性**：傑格迪緒（Jegadeesh）與提德曼（Titman）的研究顯示[51]，過去6個月到12個月的價格動能有持續發展的傾向。換言之，過去6個月、7個月、8個月⋯⋯一直到12個月，價格表現最強的股票，在後續6到12個月之間，表現仍然相對優異。他們的模擬策略持有最近6個月表現最好的10%股票，同時放空最近表現最差的10%股票，多、空部位同時持有6個月。這項策略賺取的年度化報酬為10%。面對著這項證據，即使是EMH的最熱忱倡導者尤金・法馬也不得不承認股票歷史報酬可以用來預測未來報酬[52]。對於技術分析來說，這是一項重大勝利。

- **動能反轉**：股票在過去6～12個月內呈現的顯著趨勢，通常會延伸到未來6～12個月內，但如果由較長時間架構衡量，情況就不同了。過去3～5年的強勁趨勢，通常會呈現反轉的趨勢。迪龐特（De Bondt）與泰勒（Thaler）測試一項策略，買進最近5年內呈現最負面趨勢者（大輸家），同時放空最近5年內呈現最正面趨勢

者（大贏家）。這種兼具多空的投資組合，在隨後3年內，平均可以賺取8％的年度化報酬[53]，更重要者，這種報酬差異並不是來自於風險因素。先前輸家（將來贏家）的風險並不高於先前贏家（未來輸家）[54]。這顯然違反了EMH的中心論點：唯有承擔較高的風險，才能賺取較高的報酬。另外，這也顯示非常簡單的技術分析格式是有用的。

- **沒有反轉的動能**：股票動能如果是衡量到52週高價附近，而不是先前的報酬率，獲利會變得更大，動能不會反轉[55]。根據這份研究資料作者的猜測，投資人在心態上已經接受最近52週的高價。這種情況下，投資人不能根據新資訊做適當的調整。這份研究的作者麥可·古柏認為，這讓股票在52週高價附近，比較沒有辦法針對新的基本面資訊做該有的反應。這種對於新聞事件的遲鈍反應，造成系統性價格趨勢（動能）。

- **經由成交量確認的動能**：除了價格動能之外，如果配合使用成交量資料，則可以創造更顯著的超額報酬。換言之，兼用價格與成交量指標，會產生綜效（synergism）。相較於單獨運用價格動能指標，結合價格與成交量指標，大約可以增添2～7％的報酬[56]。股票呈現大成交量與正數價格動能，其未來表現優於單獨呈現正數價格動能的股票。反之，股票呈現大成交量與負數價格動能，其未來表現劣於單獨呈現負數價格動能的股票。換言之，配合大成交量，股票的價格動能更具判別功能。

EMH的防禦

　　一套確立的理論面對著現實證據的反駁，其支持者不會就此摸摸鼻子算了。不論對於一般人或受過訓練的科學家，有關信念堅持

的認知機制都不會如此運作（參考本書第2章討論）。某些觀察者認為，一套理論受到駁斥之後，其信徒不會真的因此改變心意。他們在各方面的投入程度，已經不允許他們這麼做。唯有隨著時間經過，他們才會慢慢消失。

將近40年的期間內，EMH都是金融研究的基礎所在，其支持者不可能低著頭、默默走開。兩位最正統的倡導者尤金・法馬與肯尼斯・法蘭西表示，根據既有資訊——譬如：價格對帳面價值比率——建構的投資策略所賺取的利潤，只不過是其承擔風險的正常報償。請記住，EMH並不否認既有的公開資訊可以賺取報酬，只是強調這類報酬經過風險調整之後，並不會優於投資指數基金。

只要「風險」沒有明確的定義，EMH的支持者就可以隨時根據新事實，提出新的風險形式。就如同由事後角度套用艾略特波浪理論一樣，先前的任何價格走勢都可以被解釋。所以，就我看來，法馬與法蘭西就是這麼幹[57]。針對他們想要處理的特定情況，他們訂做一套新的模型，運用三個風險因素，取代傳統資本資產訂價模型採用的單一風險因素[58]：個別股票相對於整體市場的價格波動率。非常「巧合」地，法馬與法蘭西決定採用的另外兩種風險因素，剛好就是股價對帳面價值比率與資本市值。把這兩種因素視為風險，法馬與法蘭西很巧妙地把它們的預測功能解釋掉了。

「根據這個新的風險模型，小型股（企業資本市值較小者）或價格對帳面價值比率低的股票，都屬於基本面風險較高的企業，所以必須提供較高的平均報酬，給予願意持有這些股票的投資人。反之，大型股由於比較安全，價格對帳面價值的比率也會偏高，由於這類股票的未來展望比較明確，持有人承擔的風險較低，所以平均報酬也較低[59]。」

　　這等於是在事實已經發生之後，才設計一套理論來解釋，頂多只能讓垂死的EMH拖著一口氣。法馬與法蘭西如果是在這些變數被發現能夠賺取超額報酬之前，就已經預測價格對帳面價值比率與資本市值是有效的風險因子，那又是另一回事了。這種情況下，EMH就是非常有威力的理論，其演繹結果得到後續觀察的確認。然而，法馬與法蘭西畢竟不是如此。他們是在這兩個因素被發現具有超額獲利能力之後，才將它們視為風險變數。

　　如同前文指出的，法馬與法蘭西為了說明這個新的風險模型站得住腳，建議資本市值較少或股價對帳面價值比率較低的企業，經營失敗的風險較高。如果真是如此，那就意味著（預測）強調價值的策略（買進價格對帳面價值比率較低的股票）或買進小型股的策略，在經濟不景氣的時候，其報酬會偏低，因為這類企業碰到不景氣，特別容易發生問題。

　　實際狀況並不符合這項預測。1994年的一份研究報告發現，經濟不景氣的時候，沒有證據顯示價值策略的表現較差[60]。另外，最近15年來，小型股原本呈現的超額報酬消失了，這也是一個問題。如果公司資本額確實是一項風險因素，那麼買進小型股應該要繼續賺取風險溢價。最後，不論是法馬‧法蘭西的風險模型，或是其他EMH模型，都沒有辦法解釋價格動能指標或價格動能／成交量指標的預測功能。

行為金融學：非隨機價格走勢的理論

　　當既有理論碰到難以克服的相反證據時，就需要一套新的理論。EMH正是如此，受到許多相反證據的圍剿，許多實際現象顯

然都違背理論預測。我們需要一套新理論。

行為金融學是一門相對新穎的學科，提供有關金融市場各種行為的新理論，可以解釋許多EMH不能解釋的現象。這些理論具有科學意義，它們不只能夠解釋已經發生的現象，還能提出可供檢定的預測而得到後續觀察研究的確認。

行為金融學運用認知心理學、經濟學、與社會學的理論，解釋投資人為何會偏離完全理性，以及金融市場為何不能具備充分效率。考慮情緒、認知錯誤、非理性偏好與群眾行為動態關係等因素的影響，行為金融學針對超額價格波動的現象，提出科學的解釋，並說明運用既有資訊的投資策略為何能夠賺取超額報酬。

行為金融學並不認為所有的投資人都是非理性的。根據這套理論的觀點，金融市場是由許多具備不同理性程度的決策者構成。當非理性投資人（雜訊交易者）與理性投資人（套利者）進行交易時，市場會偏離效率訂價。事實上，效率市場是一種非經常性存在的特殊情況，發生的可能性遠低於非效率市場，後者的價格會偏離理性價位，並因此產生可預測的系統性價格走勢，朝向理性水準移動[61]。這說明了運用既有資訊的系統性策略為何能夠獲利的原因。

對於技術分析來說，這一切蠻諷刺的。如同本書第2章談論的，認知錯誤可以解釋人們為什麼可以在沒有明確證據、或在相反證據的情況下，對於主觀技術分析的有效性產生錯誤的信念。可是，認知錯誤也同樣可以解釋市場為何缺乏效率，並因此而允許系統性價格走勢發生，讓客觀技術分析有用武之地。換言之，用來解釋主觀技術分析荒謬之處的東西，也可以用來解釋客觀技術分析的合理之處。

行為金融學的基礎

行為金融學建立在兩個基本前提之上：套利交易糾正訂價錯誤的能力有限，人類行為的理性程度有其限度[62]。當此兩者結合在一起，行為金融學可以預測特定效率偏離現象產生的系統性價格走勢。舉例來說，某些情況下，預測既有趨勢會持續發展，另一些情況下，預測既有趨勢會反轉。接下來，我們將分別考慮這兩個基本前提。

套利的限制　套利不能完全維繫EMH主張的效率訂價。由於缺乏完美的替代證券，使得套利由不承擔風險、不需資本的交易，轉變為需要資本、涉及風險的行為。即使存在很好的替代證券，由於雜訊交易者的緣故，價格還是有可能長期偏離理性價位。另外，提供交易資本給套利者的金主，並沒有無限耐心與無限資本。因此，套利者所能夠掌握的機會是有其限度的。

這些限制可以解釋證券價格為何不能永遠適當地反應新資訊。有時候，價格會反應不足；另一些時候，價格會過度反應。再加上那些針對非訊息訊號採取行動的雜訊交易者[63]，使得證券價格可能呈現系統性趨勢，長時間偏離理性價位。

人類理性行為的限度　前述套利限制雖然預測市場缺乏效率，但其本身不能預測市場在哪些條件下會缺乏效率。舉例來說，套利限制沒有顯示在哪些情況下，市場對於新資訊比較可能出反應不及，或比較可能出現過度反應。這正是行為金融學第二個基本前提——人類理性行為的限度——發揮功能之處。

本書第2章提到的認知心理學顯示，在不確定環境之下，人類的判斷力會出現某些可預期（系統性）的錯誤。把人類判斷的系統性錯誤考慮在內，行為金融學可以判斷在某些環境之下，市況會如

何偏離效率狀態。

關於行為金融學的兩個基本前提，目前對於套利限制的瞭解程度，顯然超過投資人的非理性行為。這是因為套利者是理性的，經濟理論對於理性行為已經有深入瞭解。至於非理性行為，尚無系統性的結論。舉例來說，我們並不清楚哪種認知偏頗與系統性判斷錯誤在金融市場裡最重要，但架構已經逐漸浮現。本節準備討論行為金融學截至目前為止，對於投資人非理性行為的瞭解，以及這會導致哪些系統性價格走勢。

不同於傳統金融理論，行為金融學主張投資人的判斷與抉擇會呈現系統性的偏頗。由於投資人行為會系統性地偏離理性，所以市場價格也會系統性地偏離理性水準。可是，這種錯誤並不是源自於無知，而是在長期演化過程中，人類慢慢培養出來的生存機制，大體上可以有效因應複雜而不確定的環境。

行為金融學與EMH都認為，市場價格最終會收斂到理性水準，但它們對於價格偏離的性質與存續期間，有著不同的見解。EMH認為，價格偏離理性水準，是隨機而短暫的現象。行為金融學則認為，某些價格偏離現象是系統性的，存續期間頗長而足以讓投資策略有獲利的空間。

心理因素

本書第2章曾經提到，認知錯誤如何影響主觀技術分析者，使他們產生錯誤的信念。在行為金融學的架構下，我們準備討論認知錯誤如何影響投資人，並因此產生系統性價格走勢。本節討論的認知錯誤未必是完全分離的，也不會獨立產生作用。可是，為了討論方便起見，我們準備分別說明。

　　保守觀點偏頗，確認偏頗，信念惰性。　保守觀點偏頗[64]是一種不夠重視新資訊的傾向。因此，先前信念因為新資訊發生而做的調整，程度往往不夠。換言之，先前信念會被過度保護。所以，當心資訊發生時，投資人通常會反應不夠，價格不會立即調整到新資訊蘊含的水準。可是，隨著時間經過，價格會慢慢收斂到理性水準，因此產生系統性趨勢。圖7.5顯示這種慢慢產生的調整程序。

　　保守觀點偏頗還會因為確認偏頗而強化；所謂確認偏頗，是指人們相對容易接受與既有信念相符的訊息，並排斥那些與既有信念不符的訊息。所以，當投資人對於某證券產生特定信念之後，對於確認該特定信念的新資訊，往往會過份強調，導致過度反應。反之，如果新資訊與既有信念彼此矛盾，投資人往往會抱著懷疑的態度，導致反應不足。

　　不論投資人的信念是什麼，確認偏頗還會導致信念隨著時間經過而愈來愈極端。理由如下：時間發展過程中，具備確認與矛盾內容的新聞事件會夾雜著出現，但確認偏頗會導致兩種新聞的處理方式不同。確認資訊會得到重視，因此而強化既有信念，但矛盾訊息則會被忽略，對於既有信念不會產生顯著影響。久而久之，既有信念會不斷被強化。

　　可是，如果矛盾訊息在短時間內經常發生，則既有信念也可能顯著轉弱。即使這些矛盾事件只是呈隨機狀發生，但投資人可能受到小樣本的誤導，對於這些訊息賦予過份重要的意義。換言之，隨機發生的資訊，可能被誤解為存在某種趨勢。這類情況請參考圖7.8。

　　定錨效應造成太多影響，後續調整不足。　本書第2章曾經提到，在不確定情況下，人們會仰賴啟示來簡化或協助認知程序（譬

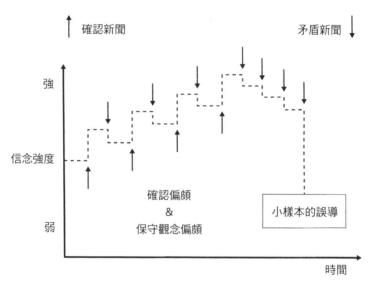

圖7.8　信念修正

如：估計機率）。定錨（anchoring）就是一種啟示，但本書還沒有討論這種程序。我們經常仰賴這種程序來協助估計數字。換言之，人們會根據初步資訊（錨）作為估計數字的依據，再根據額外資訊來向上或向下做修正。這種定錨程序似乎頗有道理。

可是，關於這個啟示程序，實際運用上，人們經常犯兩種錯誤。第一，最初估計可能受到完全不相關的定錨因素干擾。即使定錨因素不相干的情況非常明顯，錯誤仍然會發生。第二，即使最初估計是根據相關的定錨因素，後續的向上或向下調整程度也可能太小（保守觀念的偏頗）。換言之，對於初步的估計，額外資訊受到的重視程度不夠。

我們可以藉由一個例子，說明最初定錨可能造成的影響。實驗過程中，請參與者估計密西西比河的長度（實際長度＝2,348英

里）。第一個問題是：請問密西西比河的長度較800英里長或短？接受測試者大多能夠正確指出密西西比河的長度超過800英里。接著，第二個問題則是：請估計密西西比河的長度。這兩個問題也同樣拿來問另一組接受測試者，但是把「800」英里改為「5,000」英里。這組接受測試者也大多能夠正確指出密西西比河的長度短於5,000英里。可是，對於密西西比河的長度估計，第二組人的估計數據明顯超過第一組人。這意味著，第一個問題內的數據（800或5,000）扮演定錨的功能，後續的調整則不足。如果第一個問題的數據沒有造成影響，那麼兩組人估計的長度應該大致相同[65]。這顯示定錨效應會造成相當顯著的影響。

另外一個實驗顯示，即使定錨數據明顯不相干，也同樣會造成影響[66]。測試的問題不要是很一般性的問題，譬如說：聯合國之內，非洲國家佔多少百分率？提出這個問題之前，先在接受測試者面前，轉動一個輪盤，上面有1到100的數字。相關研究顯示，接受測試者的答案會顯著受到輪盤隨機數字影響。舉例來說，如果輪盤顯示的數字為10，測試者提供答案的中位數為25％，如果輪盤顯示的數字為65，答案的中位數為45％。

定錨啟示與投資人反應不足的現象有關。對於利多消息的反應不足，將導致資產價格太便宜，但對於利空消息的反應不足，則會導致價格太貴。隨著時間經過，這種市場暫時缺乏效率的現象，會因為價格慢慢漂移（趨勢）到理性價位而消失。所以，定錨程序可以協助解釋價格趨勢為何發生。

定錨現象可以解釋先前談到的動能策略為何能夠獲利[67]。這個簡單的技術指標是採用52週高價。由於這項資訊普遍流傳於網路或報章媒體，投資人的價值評估會受其影響（定錨）。換言之，如果

股價目前處在52週高價附近，投資人會把價格定錨在52週高價。事實上，股價將「黏」在52週高價附近。所以，當利多消息發生時，價格可能不會充分反應，導致暫時性的價值低估。所以，價格會產生系統性的上升走勢，並因此消除訂價錯誤的現象。

　　對於故事或報導的定錨　投資人不只會定錨於數字，也會定錨於直覺上令人信服的故事[68]。不論是數字或故事，效果都一樣；投資人對於新資訊的反應缺乏效率，價格偏離理性水準。

　　故事之所以具有說服力，因為「導致人們產生行動的思緒，很多不是可量化的，而是敘述性或合理化格式的東西[69]。」如同本書第2章指出的，投資人比較仰賴一般敘述性故事，而不是透過很多具體事實來權衡機率，然後擬定決策。人們的行為，似乎只需要一種簡單的合理化依據[70]。最具說服力的合理化依據，是言之成理、易於瞭解、容易轉述、細節生動、有明確因果關係的陳述。這才是能夠擄獲投資人而慫恿他們買進或賣出的動機。這些才是能夠挑動投資人心弦的故事。

　　樂觀心態與過份自信　重述本書第2章的部分內容，人們對於本身具備知識的素質與精確性，通常都會太過自信。因此，投資人通常都太過相信自己對於公開資訊的個人解釋，對於訊息可能引發的效應太過樂觀。過份自信與過份樂觀彼此結合之下，投資人對於消息面變動，會有過度反應的傾向，驅使價格偏離合理水準。過度延伸的價格走勢，會導致價格反轉，透過系統性走勢回歸理性化水準。

　　小樣本的誤導（忽略樣本大小）　小樣本的誤導，是沒有考慮用以達成結論的樣本觀察數量。換言之，樣本如果太小，就不能用以判斷某些資料是否來自於隨機或非隨機程序，或用以估計母體參

數。舉例來說，投擲某個銅板10次，結果出現7次正面，這並不能有效推論該銅板出現正面的機率為0.7。如果要估計該銅板出現正面的機率，必須投擲很多次。

如果不瞭解樣本大小的重要性，對於時間序列是否具有隨機性質的判斷，很可能發生錯誤。人們往往會從很少證據歸納出很廣泛的結論，譬如說，根據短短2、3季的傑出盈餘績效，認定相關企業處在有效的成長趨勢中。如同我們瞭解的，隨機的盈餘流量很可能出現連續幾季的優異表現。經由小樣本的誤導，可以解釋投資人為何會對於區區幾季的傑出盈餘表現，顯現不可理喻的過份反應。

小樣本的誤導，可能產生兩種判斷錯誤：賭徒謬誤（gambler's fallacy）與群聚錯覺（clustering illusion）。至於究竟會發生哪種錯誤，則取決於人們對於相關程序持有的既定信念。假定某投資人觀察著彼此獨立的一系列價格變動（隨機漫步）。

如果投資人原本認定該價格變動程序是隨機的，則很可能會發生賭徒謬誤的錯誤。根據普通常識，很多人相信隨機程序可能發生的結果，應該交替出現；對於這些人來說，連續相同結果（趨勢）發生的可能性，遠低於實際上可能出現的程度。因此，一旦連續發生幾個正數價格變動，無知的觀察者將誤以為趨勢即將反轉（出現負數價格變動）。就投擲公正的銅板為例，如果連續出現5個正面，某些人將誤以為下一次投擲出現反面的機率將超過50/50。事實上，隨機漫步程序沒有記憶力。所以，一系列的正數變動，並不會改變下次變動的發生機率。這種反轉的錯誤預期，稱為「賭徒謬誤」，因為這種現象是源自於賭徒的錯誤心理：看到輪盤連續出現很多次「黑色」，因此判斷下次出現「紅色」的機率很高。

小樣本可能引發的另一種謬誤，稱為群聚錯覺。如果觀察者對

於相關程序究竟是隨機或非隨機沒有既定看法，往往會產生這類錯誤。群聚錯覺是因為隨機程序的某種結果連續發生，因此誤以為該程序存在某種秩序（非隨機）。同樣地，假定某人觀察一種隨機程序，想要判斷該程序究竟是隨機或非隨機（有秩序、存在系統性趨勢）[71]。我們知道，隨機漫步程序呈現的小樣本，其蘊含的趨勢程度（群聚現象）往往超過一般人的預期（籃球比賽所謂「發燙的手」）。由於這種群聚錯覺，使得連續幾個正數價格變動或盈餘變動，會讓缺乏經驗的觀察者，把隨機程序可能發生的正常現象，解釋為存在真正的趨勢。

社會因素：模仿行為，群居效應與連串資訊[72]

前一節由個人角度觀察投資人行為，說明系統性價格走勢為何會產生的幾種原因本節準備由整體投資人的立場觀察投資行為，說明系統性價格走勢為何會發生。不同於傳統技術分析對於投資人心理的觀點，我們認為某些集體行為是理性的。

處在不確定環境下，人們的決策經常會觀察別人的抉擇做為參考，甚至模仿他人的行動。這也就是所謂的群居行為。首先要釐清一點，群眾出現類似的行為，未必就蘊含著群居效應。很多人經過獨立判斷所做的類似抉擇，因此產生的類似行為並不屬於群居行為。群居行為是指透過模仿而產生的集體性類似行為。請注意，人們選擇模仿，未必全然是非理性的。

類似行為來自於群居效應，或來自於個人獨立抉擇，兩者之間存在重大差異。群居行為會阻止資訊散佈，個人獨立抉擇則否。資訊散佈程序一旦阻塞，投資人就很可能產生相同錯誤，價格也可能系統性地偏離理性水準。

讓我們看看群居行為如何會阻礙資訊散佈，首先考慮相反的情況：投資人個別獨立思考，並做成相同的抉擇。假定一大群投資人，每個人都獨立評估某支股票的價值。某些人的價值評估可能太高，另一些人可能太低。由於這些錯誤都是在獨立狀態發生的，通常會彼此沖銷，使得整體評估價值的錯誤幾乎是零。這種情況下，每個投資人都做獨立評估，根據獨特的訊號採取行動。若是如此，所有關於該股票的資訊，很可能都會得到適當的考量，充分反映在股價之上。即使個別投資者不太容易同時掌握所有的資訊，但整體投資人很可能可以掌握所有的資訊。

反之，如果投資人決定模仿他人的行為，而不是獨立思考，則所有相關資訊很可能無法充分散佈到整個群體，資訊比較可能無法完全反映在股價上。可是，個人投資者決定模仿他人，這種行為本身往往是理性的。不是每個人都有評估股票價值的專業技巧或時間，所以投資人有理由模仿那些過去投資績效很好的專家，譬如：華倫・巴菲特。如果巴菲特願意讓群眾知道其投資決策，很多投資人就不願自行收集資料作研究。這種情況下，如果某些資訊沒有被巴菲特掌握，很可能就會被整體投資人疏忽。所以，對於個人來說完全合理的抉擇，對於整體而言則是有害的。

我們為何要模仿？　過去，人們認為，模仿行為是因為社會對於行為一致性造成的壓力使然。早期實驗似乎支持這個論點[73]。某個研究顯示，某真實受試者與幾個虛假受試者在一起，同時估計某個線段的長度。這些虛假受試者是實驗安排的一部份，他們會故意提出一致性的錯誤答案。這種情況下，即使問題的答案很明顯，真實受試者的回答，還是會「服從」其他人的錯誤答案。可是，後來的另一個實驗顯示[74]，即使這位真實受試者隨後處在孤立狀態下，

仍然會模仿其他人的一致性答案。這項實驗說明社會壓力並不能解釋模仿行為。還有更好的解釋。受試者似乎會尋找社會啟示：當某人的判斷不同於多數人的判斷，通常會「服從」多數人的判斷。換言之，此處蘊含的法則是：多數比較不會犯錯。

「這是一種理性算計的行為：根據日常生活的經驗顯示，當一大群人對於一件簡單事實有著一致性判斷，其成員幾乎必然正確[75]。」同樣地，多數人的行為也遵循一項原則：當專家提出某種違背普通常識的觀點，我們通常都會特別留心聽。所以，在不確定環境之下，聽取專家的意見或留意多數人的行為，這是完全合乎理性的。

連串資訊與群居行為 投資蘊含的不確定性，很可能讓投資者仰賴模仿啟示而不是獨立思考與抉擇。這對於系統性價格走勢之所以發生，有著重要的意涵，因為模仿可能引發「連串資訊」[76]（information cascades）。所謂連串資訊是指一連串的模仿行為，其源頭可能來自一個或少數人的行為。某些情況下，起始行為可能是隨機的。

讓我們藉由一個虛構例子，說明連串資訊如何發生。假定兩家新餐廳同一天開張，彼此剛好是隔鄰。第一個客人來到餐廳前面，對於如何在這兩家餐廳做選擇，幾乎沒有什麼資訊可供運用。因此，這位客人只能夠隨機挑選。可是，對於第二位客人來說，他就有額外可供參考的資訊：某家餐廳有一位客人，另一家餐廳空空如也。於是，第二位客人很可能也會挑選同一家餐廳，其決策根據則是完全沒有資訊意義的訊號。對於第三個客人來說，一家餐廳有兩位客人，另一家沒有客人，所以他很可能也會模仿先前兩位客人的選擇。結果，第一位客戶的隨機抉擇，引發了一連串相依的抉擇，

使得某家餐廳從此生意興隆，另一家則門可羅雀，而後者的菜餚滋味可能更勝過前者。

所以，最初的隨機事件使得歷史依循第一條路徑發展（第一家餐廳成功），而不是另一條路徑（第二家餐廳成功）。隨著時間經過，其中一家餐廳生意興隆，很可能導致另一家餐廳關門大吉。同樣地，最初的隨機價格走勢，很可能引發一系列模仿的投資行為，最終導致延伸性的大幅價格走勢。

接著，讓我們考慮很多客人都可以獨立評估這兩家餐廳的情況。根據許多客人的個別評估，他們將發現哪家餐廳的菜餚比較棒。可是，處在連串資訊裡，模仿行為會妨礙很多人進行獨立評估。因此，連串資訊會妨礙資訊散佈與理性抉擇。

過去，一般人認為金融市場的價格是經由投票機制決定的，由很多個人自行評估價值，然後透過鈔票進行投票；可是，連串資訊模型透露這種見解存在瑕疵[77]。處在連串資訊中，投資人會做他認為最合乎理性的行為：模仿他人的決策，而不願投入時間、精力、金錢…等資源自行研究。投票是一回事，投資可能是完全另一回事。

投資人之間的資訊散佈　連串資訊可以解釋投資者的個人理性行為，將如何妨礙資訊散佈。這對於技術分析很重要，因為資訊在投資人之間傳遞的速度，可以解釋系統性價格走勢為何會發生。EMH認為，資訊傳遞幾乎會在瞬間之內就會完成，價格因此也會在瞬間內完成調整。這種情況下，由於價格調整速度太快，根本不容許技術分析有趁機賺取利潤的機會。可是，資訊傳遞的速度如果很緩慢的話，那麼技術分析顯然就有運用系統性價格走勢的機會。

資訊科技目前非常發達，但投資訊息仍然相當仰賴口耳相傳。

這可能是數百萬年演化養成的偏好，行為經濟學家羅伯‧席勒（Robert Shiller）的研究可以確認這點。根據他的研究資料顯示，即使是大量閱讀的人，口碑效應仍然很重要。人們在閒聊中談到某新上市股票的熱門話題，其影響顯然超過新成立公司倒閉比率偏高的統計數字。

有關這類故事如何在投資人之間傳遞，有人透過數學模型進行研究，就如同傳染病專家研究流行病一樣。不幸地，投資領域內的這方面研究，精確程度遠不如醫學領域，主要是因為資訊在傳遞過程發生突變的比率，遠甚於有機體。可是，這類模型也可以解釋故事的傳遞速度為何如此迅速。

故事「新聞」的傳遞速度之所以很快，理由之一是因為這些故事根本不是「新聞」。投資人的腦海裡已經充滿許多類似的故事腳本，而且這些故事即使彼此相互衝突也不會造成妨礙。舉例來說，投資人可以從容接受股票行情不容預測的觀點，但同時也可以接受相反的論調。無庸置疑地，多數投資人都聽過這兩方面專家的理論。人類的心靈深具包容力，可以容納許多彼此矛盾的論點，因為除非我們做出選擇，否則很多論點都處於惰性狀態。

雖說如此，但這種狀態隨時可能發生變化。即使是微乎其微的新聞或市場行為，也能夠讓投資人腦海裡原本處於冬眠狀態的論點，突然恢復生氣而受到重視。

投資人的焦點轉移　投資人在任何時間的注意焦點，可能因為消息面的些微變動而發生急遽變化。「人類大腦的結構，在任何時刻只能專注於某個焦點，但焦點的變動非常迅速[78]。」人類大腦為了專心處理資訊，對於外在世界發生的資訊洪流，所能騰出的空間只能容納很少量的資訊。這種過濾程序代表人類的智慧，但也是發

生判斷錯誤的源頭之一。很多情況下，專家的判斷之所以發生錯誤，就是因為疏忽了某些重要的細節。可是，在最後結果呈現之前，我們無從得知哪些細節資訊值得重視。

大腦在不知不覺之中用以過濾相關與不相關資訊的自動法則，也就是觀察他人藉以尋求線索的法則。換言之，我們假定那些足以吸引別人注意的東西，也就是值得我們注意的東西。根據經濟學家羅伯·席勒的觀點，「社會注意力的現象，是行為演化的一項重大發展，對於人類社會的運作具有關鍵意義[79]。」然而，這種共通的注意雖然具有重要社會價值，但也會因此產生集體行動，所以存在著缺失。整個群體可能持有不正確的觀點，觸犯相同的錯誤。

反之，如果每位個人都獨立建構自己的觀點，注意力缺失會呈現隨機化，彼此抵銷。這種思考模式雖然不利於匯整共通觀點與目標，但也比較不可能忽略重要細節。金融市場的急遽走勢，很容易吸引投資人的注意，鼓勵他們採取那些會強化既有走勢的行動，即使既有走勢純屬隨機。

羅伯·席勒研究急遽的價格走勢如何吸引投資人的注意，並引起群居行為。即使是那些原本應該依據統計上有效證據挑選股票的機構投資人，他們也會因為價格呈現急遽漲勢而挑選該股票[80]。這種機制可以解釋，多頭市場為何會起源於那些吸引股票市場注意的急遽價格走勢。另外，席勒的研究也顯示，投資人往往甚至不知道其行為是受到急遽價格走勢的刺激。

系統性價格走勢的回饋功能　投資人之間的互動，會引發回饋。所謂「回饋」，是指系統的產出（output）又回頭變成該系統的輸入因素（input）。請參考圖7.9，其中比較兩個系統，一個具備回饋功能，另一個則否。

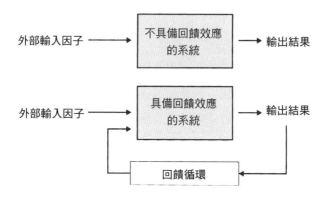

圖7.9　回饋：產出結果變成輸入因子

　　回饋有兩種類型，正性與負性。不妨這麼想，負性回饋相當於是把系統輸出結果乘以某負數，然後回饋進入系統。正性回饋的情況剛好相反，輸出結果要乘以某正數。請參考圖7.10。

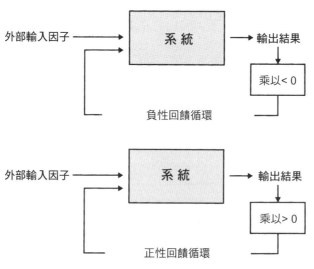

圖7.10　正性與負性回饋循環

　　負性回饋會減緩系統的行為，使得輸出結果回歸均衡。正性回饋的情況則相反，會擴大系統的行為，使得輸出結果偏離均衡。請參考圖7.11。

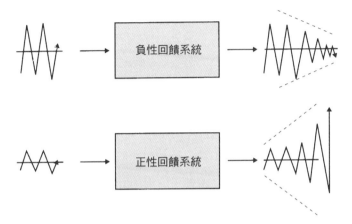

圖7.11　正性與負性回饋循環：減緩vs.擴大

　　一般家庭使用的取暖／冷氣空調設備，就屬於負性回饋系統。當室內溫度低於目標或均衡水準，取暖設備就會啟動，使得室內溫度回歸目標值。冷氣空調設備也是如此，一旦室內溫度超過設定目標到達某種程度，冷氣機就會啟動，讓室內溫度降低到目標水準。這些設備都能夠讓系統輸出轉化為系統輸入，使得系統得以自行調整回歸均衡。

　　當我們使用麥克風時，如果太靠近，會產生刺耳的尖叫聲，這就是正性回饋的例子。正常的嗡嗡聲會透過麥克風回到發聲系統，經過系統的擴大，重新輸出。每個循環都會讓這些聲音變大，最終變成刺耳的尖叫聲。在某些場合，正性回饋又稱為滾雪球效應或惡性循環。

　　如同其他能夠自行調整的系統一樣，金融市場也仰賴正性與負性回饋之間的健全平衡[81]。套利者扮演負性回饋的功能。價格如果太高或太低，套利者就會進場，迫使價格回歸理性水準。反之，如果投資人的決策是由模仿行為主導，而不是獨立抉擇，就會產生正性回饋的效應。這種情況下，一旦出現起始價格走勢，投資人就想搭轎子，跟著起始漲勢買進或跟著起始跌勢賣出，使得起始走勢擴大為趨勢。有一種技術分析方法，叫做順勢操作，就是藉由這種重大趨勢獲利；這種操作手段最適用於正性回饋顯著的行情。

　　即使最初的價格走勢有合理的根據，正性回饋也會造成惡性循環，使得價格持續上漲或下跌，超越理性價位。換言之，由於正性回饋造成的擴大效應，價格趨勢可能遠高於或遠低於理性水準。

　　正性回饋也可能來自人們之預期因為近期變化所做的調整。當情況發生變動，預期雖然也應該跟著調整，但這方面的調整通常都不完美。有時候，相關調整不夠（保守觀點的偏頗），另一些時候則調整過頭。發生顯著消息時，投資人經常會過度反應。價格或是出現單一的重大變動，或是出現一系列類似的變動，促使投資人的預期過度調整。這些價格變動本身，還會造成相同方向的價格變動，使得因此產生的價格動能，演變為泡沫或崩盤。

　　心理記帳方式的判斷錯誤，有時候也會助長正性回饋。有些人會以不同的態度看待不同方式取得的資金，這顯然是不合乎理性的。對於投機活動賺取的金錢，以及薪資帳戶賺取的金錢，投資人的看法往往不同。事實上，所有的金錢都是平等的，不論其來源；一塊錢就是一塊錢。可是，對於最近多頭行情賺取的投機利得，有些人會用特殊的眼光看待它們，因此特別容易助長多頭行情。

　　到了某個時候，那些導致泡沫行情發生的預期終究會告一段

落。多數人認為（某些分析家也如此堅持），泡破行情一旦結束，必定會出現崩盤走勢（換言之，反向的泡沫）。有些時候，結果確實是如此，但泡沫還有其他終結型態。對於那些具備回饋循環的系統，電腦模擬顯示，不只泡沫發展過程中會呈現曲折走勢，漲勢夾雜著回檔修正，泡沫消失的過程，情況也是如此。1990年代末期出現的泡沫行情，其結局就夾雜著很多停頓。

自然形成的龐氏騙局

　　價格泡沫的回饋理論聽起來似乎頗有道理，而且有很多歷史案例也能夠用來確認其效力。可是，我們很難證明一個涉及投資人高度專注、模仿行為與高度信心的簡單回饋機制，真正運作於金融市場。

　　可是，耶魯大學的經濟學家羅伯‧席勒相信，類似如龐氏騙局（Ponzi schemes）的金字塔式騙局可以做為證據，顯示回饋理論確實成立。這個騙局是根據惡名昭彰的查爾斯‧龐斯（Charles Ponzi）命名，他在1920年代發明了這個點子，誘騙人們投資某個生意，並承諾支付高額的報酬。事實上，他騙來的資金並沒有真正做投資，而是利用後人的資金，支付先前投資人的報酬。這種作法有兩個目的：讓整個投資案看起來很像是真的；鼓勵那些領到錢的人，散佈他們的成功故事。所以，隨著故事的傳播，新的投資人跟著加入。同樣地，又利用後人的資金，支付先前投資人的報酬。換言之，利用老黃的錢做為資金，支付給老陳做為報酬，這個循環成功地讓雪球愈滾愈大。受影響的人不斷增加，但增加的速度最終會開始減緩，一旦越過顛峰期，新加入者的資金慢慢不足以因應先前投資人的報酬。到了這個時候，整個計畫就分崩離析了。

最近，阿拉斯加某個小鎮的家庭主婦，承諾支付50%的報酬而在6年之內撈了\$1,000～1,500萬。她謊稱的投資生意，是有關於大企業收集之沒有使用的飛行哩程。事實上，整個案子很類似龐氏騙局，後者是有關於國際郵票禮券的投資。

龐氏騙局涉及典型的模式。最初，投資人心中存疑，只願意投入一點資金；可是，一旦早期投資人賺錢而散佈成功的故事之後，後續的投資人變得有信心，資金不斷加速流入。雖然有一些明智的人偶爾會提出警告，但貪婪掩蓋了理智。根據明確的論證，顯然不敵優渥利潤的誘惑。於是，飛蛾撲火。

席勒認為，在金融市場裡，投機泡沫是自然產生的龐氏騙局，不需要騙徒的操作[82]。這種自生現象在複雜系統內很普遍。發展過程不必要有虛構的故事，因為股票市場始終有一些推波助瀾的耳語。一波股價上升走勢，扮演啟動訊號，就像龐氏騙局內最早獲利的投資人。然後，訊息經過華爾街業者的擴大。他們未必說謊，只是凸顯上檔獲利潛能，但不強調下檔風險。對於席勒來說，投機泡沫與龐氏騙局明顯對應，至於那些反對兩者之間存在相似性的人，似乎有責任提出證據。

行為金融學的對立假說

有關自然界某些層面的科學假說，透過數學模型進行量化，藉以提出可供未來觀察驗證的量化預測。對於那些提出模型的人，他們當然希望未來觀察能夠符合模型預測。雖說如此，但萬一發生矛盾現象，真正的科學家絕對願意重新修正模型，用以解釋既有的矛盾，並提出可供未來觀察驗證的新預測。這種不斷來回修正的循環程序會一直持續下去，因為知識永無止境。

　　偽科學論述很像真正的科學假說，但只是表面相似而已。科學假說非常簡潔，卻可以解釋廣泛的現象。可是，偽科學論述往往很複雜。科學假說會提出明確的預測，可供未來觀察檢定。偽科學提出的預測很模糊，這些預測雖然符合先前的觀察，但內容非常模糊、絕對不容後續觀察反駁。所以，這些偽科學始終能夠流傳於那些易受騙的人，不管其論調多麼離譜。

　　由此立場觀之，行為金融學屬於科學，但年紀尚輕。這個領域裡，目前還沒有統一的理論，但進展頗為快速。過去十多年來，行為金融學的研究者提出一些假說，試圖解釋投資人行為與金融市場的重要動態性質。這對於技術分析很重要，因為這些假說提供系統價格走勢之所以會發生的原理，而系統性價格走勢是技術分析得以存在的必要條件。

　　行為金融學的假說，可以建構為數學模型，所以能夠產生可供檢定的預測，觀察市場的實際行為是否符合假說的預測。如果市場實際行為並不符合預測，假說就會被否定。舉例來說，如果某模型預測了市場資料實際觀察之趨勢反轉，則假說可以贏得某種程度的確認。可是，如果模型預測的情節與市場實際發生的行為彼此矛盾，，假說就要被否定。這種性質使得行為金融學的假說具有科學意義。

　　我們知道，EMH的隨機漫步模型，預測金融市場不該發生系統性價格走勢。反之，行為金融學後來提出的假說，預測金融市場會出現系統性價格走勢，並提供解釋說明這種現象何以會發生的理由。雖然沒有任何一種假說能夠就整體市場現象提出一套完整的理論，但所透露的共通訊息對於技術分析很重要：我們有理由相信金融市場的價格走勢未必全然隨機。

公開資訊的偏頗解釋：巴伯雷斯、史雷弗與魏西尼（BSV）假說 實證資料顯示，對於新聞事件，投資人的反應呈現兩種不同的錯誤。有時候，投資人的反應不足，使得價格調整程度不足以對應新聞事件基本面狀況蘊含的程度。另一些時候，投資人反應過度，使得價格變動程度超過消息面蘊含的應有程度。不論哪種情況，最終都會出現系統性價格走勢，使得價格朝向新聞事件蘊含的理性水準移動。

問題是：投資人為什麼有時候會反應過度？有時候又會反應不及呢？巴伯雷斯（Barberis）、史雷弗（Shleifer）、魏西尼（Vishny）提出一種假說來解釋（BSV假說）[83]。首先，BSV認為，這種現象涉及兩種不同的認知錯誤：保守觀點的偏頗與小樣本誤導。其次，他們認為，任何特定時間究竟會發生哪種錯誤，取決於當時的情況。

容我簡單重複解釋這兩種錯誤概念。保守觀點的錯誤，是指新消息出現時，既有看法的調整通常都不及相關消息理當蘊含的程度。換言之，成見不容易改變。至於小樣本的誤導，是指人們經常忽略樣本大小的重要性，往往根據少數幾個觀察而歸納出普遍性的結論。所以，保守觀點的錯誤與小樣本的誤導，兩者是彼此相反的，前者傾向於忽略新證據，後者則過份強調新證據。

小樣本的誤導，可以解釋投資人為何會過度反應。舉例來說，當投資人看到連續2、3季的優異盈餘數據，就草率認定為有效的成長型態，於是積極買進股票，把股價推升到基本面資訊蘊含的程度之外。反之，對於有限的利空消息，投資人也可能過度反應，把股價壓得太低。

BSV運用的數學模型採納下列簡化假設：（1）市場只有單一

股票，（2）其盈餘流量呈現隨機漫步，但（3）投資人並不知道這點[84]，（4）投資人不相信股票盈餘流量屬於隨機現象，而認定盈餘呈現兩階段發展，一是成長階段，一是回歸均值（mean-reverting，擺盪）階段，因此（6）投資人相信他們對於盈餘流量的研究，將有助於股票投資獲利。

　　現在，讓我們看看BSV假說之下的投資人，如何因應盈餘消息。任何特定時點，投資人對於盈餘所處的階段——成長趨勢或回歸均值——都持有既定信念，但完全不考慮隨機漫步。請記住，隨機漫步呈現的回歸均值，其程度將小於真正的回歸均值程序；連續事件的存續期間，也短於真正的趨勢發展。現在，新的盈餘消息公布了。假定新消息違背投資人的既有看法，譬如說，投資人原本相信盈餘處於成長階段，但發生盈餘衰退的消息，這會讓投資人覺得意外。同樣地，如果投資人原本相信盈餘處於回歸均值的階段，結果連續出現幾個盈餘成長的消息，這也會讓投資人覺得意外。

　　根據BSV假說，由於保守觀點的偏頗，這兩種意外都會引發反應不及的結果。換言之，不論投資人當時持有的信念是回歸均值或成長趨勢，只要新消息違背既有信念，就不會受到應有的重視，使得價格不會充分反應消息。可是，如果違反既有信念的消息仍然繼續發生，投資人就會相信盈餘所處階段已經變動，或是由回歸均值變為成長趨勢，或是由成長趨勢變為回歸均值。這種情況下，根據BSV假說的預測，投資人會由過份堅持既有信念而低估消息面的意涵（保守觀點的偏頗），轉而受到小樣本的誤導，並產生過份的反應。所以，BSV模型解釋了這兩種錯誤，並說明系統性價格走勢如何糾正錯誤。

　　圖7.12顯示BSV預測的行為類型，投資人原先相信盈餘處於回

歸均值的發展階段，因此相信盈餘成長消息之後，應該跟著發生盈餘衰退。基於這個緣故，投資人對於最初兩個盈餘成長消息，反應都顯得不及。可是，當第三個盈餘成長消息出現時（對於隨機程序來說，投擲公正銅板，連續出現3個正面的現象並不奇怪），投資人放棄原先的信念，轉而認定盈餘處於上升趨勢。現在，投資人預期後續的消息將呈現盈餘成長。這導致投資人過度反應，推升股價超越理性水準。圖7.12的陰影部分，顯示兩類型錯誤造成的系統性價格走勢。

　　所以，BSV模型也顯示小樣本誤導如何造成回饋循環。當投資人看到盈餘連續出現相同型態的變動，他們由心中存疑轉而相信[85]。可是，最初階段，保守觀點的偏頗會妨礙投資人採納新信念。小樣本誤導與保守觀點偏頗，兩者之間的互動，將決定投機回饋的發展速度[86]。BSV模型的模擬，顯示了市場上實際發生的幾種

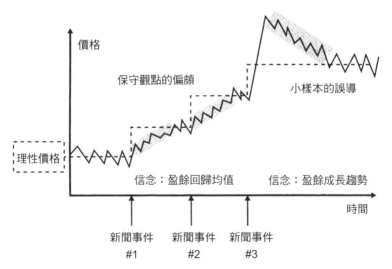

圖7.12　BSV：反應不及與隨後的過度反應

行為，包括：盈餘意外消息之後發生的價格趨勢、價格動能、長期反轉，以及本益比之類基本面比率的預測功能。所以，BSV模型可以說明投資人的偏頗如何解釋公開資訊，並預測市場資料實際呈現的可觀察現象。這意味著，這套模型確實能夠掌握金融市場的一些動態性質。

　　私人資訊的偏頗解釋：丹尼爾、霍西雷弗與沙普拉門揚（DHS）假說　丹尼爾（Daniel）、霍西雷弗（Hirshleifer）、沙普拉門揚（Subrahmanyam）提出另一套假說（1998年與2001年）[87]，由另一個角度解釋趨勢反轉與趨勢連續發展（動能）等系統性價格走勢。不同於先前的BSB假說，DHS假說是建立在投資人對於私人研究資料的偏頗解釋上。另外，DHS強調的認知錯誤也稍有不同：持有偏頗（endowment bias）、確認偏頗（confirmation bias，參考本書第2章）與自我歸因偏頗（self-attribution bias，參考本書第2章）。

　　私人研究是指投資人對於公開資訊所做的個人解釋。根據DHS假說預測，投資人對於自己所做之研究結果的品質深具信心，因此會有過度反應的傾向。所謂持有偏頗（endowment bias）是指人們對於自己擁有或自己創造的東西，往往有高估其價值的傾向。這種過度反應，會推升價格超越理性水準，最終導致價格反轉而重返理性水準。所以，根據DHS的觀點，價格反轉是投資人對於私人研究結果過份自信產生的效應。

　　DHS也可以根據另外兩種認知偏頗解釋價格動能（非隨機價格趨勢）：確認偏頗與自我歸因偏頗。DHS認為，價格動能之所以會發展，是因為新聞與價格走勢偏頗地影響投資人。由於確認偏頗，凡是符合投資人既有信念的新聞或價格走勢，會受到特別重視，強化投資人的信心，相信其私人研究結果確實無誤。這種情況下，會

鼓勵投資人採取進一步行動（買進或賣出），增進當前價格趨勢的動能。自我歸因的偏頗也會讓投資人相信符合其既有信念的新聞或價格走勢，可以確認個人研究結果的精確性。我們知道，自我歸因的偏頗，會讓人們把好結果的功勞歸因於自己，即使相關結局純屬運氣；至於壞結果，人們則會推卸責任，歸咎於運氣太差。所以，由於確認偏頗與自我歸因偏頗，人們對於符合既有信念的證據會有過度反應的傾向，擴大市場的正性回饋。

反之，如果公開資訊或價格行為違背投資者的個人研究結果，其重要性會被低估（確認偏頗），投資人會把研究結果不適用歸咎於壞運氣（自我歸因的偏頗）。所以，不論新聞或價格走勢符合或違背投資者的私人資訊，DHS模型都預測投資者對於其個人研究結果的信心會增加。「這種處理新聞事件的不平等方式，意味著起始自信通常都會進一步增進，導致價格動能[88]。」可是，如果公開資訊出現一系列不符合既有信念的訊號，投資者對於個人研究結果的信心將瓦解（小樣本的誤導），價格趨勢也將反轉。

DHS與BSV都預測投資人有時候會過度樂觀，有時候會過度悲觀。另外，根據預測，一旦連續出現違背既有信念的訊號，信念將會反轉。如果DHS與BSV假說確實成立，那麼掌握趨勢反轉的策略，其獲利應該集中在消息公布的時候。這個預測結果可以用來驗證兩種假說，而且也確實得到驗證[89]。事實上，購買價值型股票（本益比偏低、價格／帳面價值比率偏低或其他），或購買過去3～5年的弱勢股，這些策略的獲利有很大部分確實發生在盈餘消息公布當時。

新聞觀察交易者與動能交易者：HS假說　如同先前描述的，某些情況下，價格對於基本面變化的最初反應可能不及，因此會做後

續的調整，結果顯示為價格動能。其他的趨勢可以被解釋為正性回饋；換言之，價格上漲刺激買氣而引發更進一步上漲，價格下跌刺激賣壓而引發更進一步的下跌[90]。所以，某些投資人的決策訊號，是來自於最近的價格變化，而不是直接參考新聞。

就技術分析的立場觀察，由正性回饋醞釀出來的趨勢，可以視為一系列敏感程度不斷減緩的順勢訊號。最初價格走勢（由新聞事件引發或隨機發生）造成的趨勢訊號最敏感（例如：極短期的移動平均出現穿越訊號）。由該訊號引發的交易，導致價格變動，其程度足以引發敏感程度稍弱的趨勢訊號（例如：中期移動平均），後者又引發敏感程度更弱的趨勢訊號，依此類推。不論實際的機制如何，投資人的行動相互關連，造成群居效應。

由洪氏（Hong）與史坦（Stein）提出的假說[91]（HS假說），可以解釋三種市場現象：動能、反應不及與過度反應。他們把投資人劃分為兩類：新聞觀察者（基本分析者）與動能交易者（技術分析者）。根據HS假說，這兩類投資人之間的互動，會造成正性回饋，乃至於價格動能。HS認為，投資人的智能由於受到先天的限制，只能處理既有資訊的某些部分。新聞觀察者留意基本面資訊的變化，並透過這些資訊，推演他們自身估計的未來報酬。反之，動能交易者則專心留意過去的價格變動，根據這些資訊，推演他們自己對於未來趨勢的預測。

根據洪氏與史坦的假設，新聞觀察者幾乎不太注意價格變動。因此，他們個人對於新聞的評估看法，不會迅速傳播於其他新聞觀察者之間。讓我們稍微說明，為何專注於基本面消息會妨礙資訊傳播。首先考慮新聞觀察者如果也留意價格行為的情況。觀察價格變動，能夠讓他們在某種程度內，推算其他新聞觀察者掌握的個人資

訊。舉例來說，如果價格上漲，意味著其他新聞觀察者把相關訊息解釋為利多消息，價格下跌的情況則相反。如同稍後將顯示的，任何投資人行為如果會減緩價格反映新資訊，就會導致價格趨勢。換言之，價格不是瞬間調整到新資訊蘊含的價格水準，而是慢慢上漲或下跌到新資訊蘊含的水準。動能策略（順勢操作策略）如果要有效果的話，價格變動必須相當緩和，使得起始價格變動引發的訊號能夠預測後續的價格走勢。所以，新聞觀察交易者不能運用價格變動的資訊，使得價格調整到理性水準的速度變緩慢，結果導致價格趨勢。

接著，讓我們考慮動能交易者（順勢交易者）造成的市場動態效應。HS假說認為，動能交易者只能留意價格行為的訊號。順勢交易者認為，新出現的價格趨勢，意味著重要的基本面新資訊開始散佈到市場。動能交易者認為，相關訊息還沒有完全發酵，價格趨勢在動能訊號發生之後還會繼續發展。順勢交易者後續採取的行動，促使價格繼續發展，產生正性的回饋。最終，由於有愈來愈多的順勢交易者進場，很可能帶動價格超越基本面資訊所該合理蘊含的程度。這種價格過度反應的現象之所以會發生，是因為動能交易者無法判斷訊息散佈的程度。新聞一旦充分傳播，而且所有的投資人也都已經採取行動，隨後出現的價格走勢就不是基本面資訊所合理蘊含的。因此，HS認為，由於動能交易者的正性回饋，使得價格超越理性水準，最終將導致趨勢反轉，價格將折返到基本面蘊含的理性水準。

摘要結論　行為金融學提出幾種可供檢定的假說，試圖解釋系統性價格走勢的現象。目前尚不清楚，是否有哪種理論是正確的。可是，我們相信，將有更多的新假說會繼續出現。只要這些假說能

夠產生可供檢定（證明為誤）的預測，就應該得到接納。對於技術分析來說，最重要的是這些假說顯示金融市場原本就應該呈現系統性價格走勢。

效率市場架構下的非隨機價格走勢

前一節說明系統性價格走勢為何會發生在不具備完全效率的市場。可是，即使市場具備完全效率，技術分析也不是沒有立足的餘地。本節準備說明，為什麼完全效率市場也允許存在系統性價格走勢。

系統性價格走勢與市場效率如何共存

某些經濟學家認為，市場即使具備充分效率，系統性價格走勢也可能存在[92]。換言之，非隨機價格行為與價格可預測性，未必蘊含著金融市場缺乏效率[93]。

另一些經濟學家的看法更強烈，他們認為某種程度的價格可預測性不只是可能的，而且也是金融市場能夠適當運作的必要條件。在《非隨機漫步華爾街》（A Non-Random Walk Down Wall Street）一書中，作者安德魯・羅氏（Andrew Lo）與克萊格・麥金雷（Craig MacKinlay）表示，「可預測性是資本主義機制運作的潤滑油[94]。」葛羅斯曼（Grossman）與史提格利茲（Stiglitz）也持著相同觀點[95]。他們認為，效率市場必須提供獲利機會，給那些願意投入代價從事資訊處理與交易活動的人。正因為這些人從事的活動，價格才能呈現理性水準。

事實上，只有在一種特殊狀況下，市場效率才會必然蘊含著隨

機價走勢，因此也是不可預測的。這種特殊情況，是所有投資人對於風險的態度都相同，顯然也是一種不太可能發生的情況。有沒有哪種風險類型，所有人對待的態度都相同的？讓我們看看這個假設的影響重大程度。假定全世界的人對於風險的態度都相同。這種情況下，如果不是有太多的飛機測試員與鐵器工人，否則就是極度缺乏。或是每個人都喜歡與鱷魚角力或高空跳傘，要不然就是沒有人願意做。

人們對於風險有各種不同的態度，這應該是比較符合現實的假設。這種情況下，有些人比較願意接受風險，有些人比較嫌惡風險，後者願意支付一些代價給前者，請他們承擔額外的風險。另外，風險耐力較強的投資人，往往會追求一些高風險的獲利機會。唯有在這種情況下，才能存在適當的機制，使得風險由那些風險嫌惡者轉移到那些風險容忍者，並支付報酬給那些願意承擔額外風險的人。

讓我們暫時把金融市場擺在一旁，考慮一種風險嫌惡者能夠彌補風險承受者的機制：保險金。房屋所有人很擔心發生火災，所以他們願意與保險公司打交道。屋主把發生火災的風險轉移給保險公司，保險公司則能夠因此賺取保險金。如果保險公司能夠精確估算房屋發生火災的機率（同時承保很多房屋火險的情況──大數法則），這是一個獲利頗豐的行業，它們賺取的保險金可以彌補所承擔的風險，而且還有一些額外賺頭。總之，保險公司提供承擔風險的服務，並因此賺取報酬。

金融市場的參與者會暴露在各種風險之下，每個人對於這些風險的容忍程度各自不同。正因為這個緣故，人們需要透過各種交易來轉移風險。交易過程中，承擔較高風險的投資人，當然有理由要

求取得高於無風險投資的報酬，就如同飛機試飛員或鐵器工人可以要求較高的工資，用以彌補他們所承擔的較高風險。就金融市場的術語來說，承擔額外風險而取得的報價，稱為風險溢價（risk premium）或經濟租（economic rent）。

以下是金融市場存在幾種風險溢價：

• **股票市場風險溢價**：投資人提供營運資金給新成立的企業，用以換取高於無風險投資的報酬，因為他們承擔了企業經營失敗、景氣衰退…等風險。

• **期貨與外匯避險轉移溢價**：投機客在期貨交易中做為商業避險者的交易對手而建立多頭或空頭部位，其報酬來自相對簡單之順勢操作策略所能夠掌握的獲利趨勢。

• **流動性溢價**：投資人在相對缺乏流動性的資產上建立部位，或承接投資人為了短期變現壓力而賣出的證券。持有缺乏流動性的資產，或買進最近表現較弱之股票（採用逆勢操作策略），可以取得較高的報酬。

• **促進市場效率的資訊或價格尋覓溢價**：投資人驅使價格移向理性水準之買、賣行為所得到的額外報酬。由於這些買、賣決策通常都是採用相當複雜的模型，所以又稱為複雜性溢價（complexity premium）[96]。舉例來說，放空價值高估股票而同時買進對應的價值低估股票，可以協助價格移向理性水準（價格尋覓功能）。

以風險溢價形式出現的報酬，具備一項好性質，它們比較具有持久性，通常會繼續存在於未來。當然，每個分析師都期望自己能夠找到市場缺乏效率的情況，藉以賺取無風險報酬[97]。可是，缺乏效率的現象通常都是曇花一現。這種現象遲早都會被發現，然後消失。反之，風險溢價做為提供服務的對應報酬，比較容易持久。

　　風險溢價如何用以解釋系統性價格走勢呢？這類價格走勢提供一種機制，使得願意接受風險的人，可以得到因此風險溢價的報酬。承接某些投資人急著出脫的股票，他們提供流動性而換取短期之內的系統性獲利趨勢，這可以視為逆趨勢的反向操作策略[98]。

　　因此，處在效率市場架構之下，技術分析策略賺取的利潤，可以被視為風險溢價；換言之，這是提供服務給其他投資人或整體市場而換取的報酬。技術分析訊號可以產生獲利，因為如果要掌握這類機會，就必須承擔其他投資人想要避免的風險。

　　請注意，投資人願意承擔額外的風險，並不代表他一定能夠賺取這部分報酬。換言之，你必須足夠精明。就如同粗魯的飛機試飛員或鐵器工人，他們未必能夠活著拿到蘊含著高度職業風險的薪水，草率的投資人也未必能夠持續留在場內，實際收取代表風險溢價的報酬。

避險溢價與期貨順勢操作的獲利

　　本節準備說明，期貨市場順勢操作策略賺取的利潤，可以解釋為轉移風險的溢價。商品期貨市場具備的功能，基本上不同於股票與債券市場。股票與債券市場提供一種機制，讓企業能夠藉此籌措營運股本[99]與債務融通。由於股票與公司債投資蘊含的風險，高於無風險投資（譬如：國庫券），投資人願意持有這類風險相對較高的證券，自然會要求風險溢價的報酬：股票風險溢價與公司債風險溢價。

　　期貨市場的經濟功能與募集資本完全無關，主要在於價格風險轉移。對於商品使用者、生產者與加工者來說，價格變動（尤其是巨幅變動）是導致風險與不確定性的主要因素。期貨市場讓業者

（商品避險者）可以把價格風險轉移給投資人（投機客）。

　　乍看之下，關於商品避險者為何需要投資人來幫他們承擔風險，這點似乎有些令人覺得疑惑。因為有些避險者需要賣出，有些需要買進，前者例如種植小麥的農夫，後者例如麵包工廠，他們為什麼不彼此簽訂契約呢？他們會的，但避險需求往往不能完全一致。農夫想賣的小麥數量可能超過麵包工廠或其他小麥商業使用者的需求，反之亦然。所以，農夫的小麥供給與麵包廠的需求之間，可能存在缺口，這就需要第三方市場參與者，由他們來彌補供需之間的缺口。

　　供需之間存在缺口，這是供需法則的必然結果；小麥價格上漲時，供給會增加，需求會減少。當價格下跌時，供給會下降，需求會增加。根據商品期貨交易委員會（Commodity Futures Trading Commission, CFTC）追蹤商品避險者的買、賣活動資料，確認期貨市場發生的情況正是如此。當價格處於上升趨勢，商業避險賣出超過避險買進（換言之，避險者屬於淨賣方）；當價格處於下降趨勢，商業避險買進超過避險賣出（避險者屬於淨買方）。

　　期貨市場的買進數量必須等於賣出數量，就如同房屋市場的買進房屋必須等於賣出房屋一樣。不可能有其他情況。如果上升趨勢導致商業避險賣出超過避險買進，那就需要額外的買盤承接超額的避險賣出。反之，處於下降趨勢，超額的商業避險買進需要額外的賣家。

　　面對著價格趨勢，投機客願意在上升趨勢買進，消化商業避險者在這種情況下創造的超額避險賣出，他們也願意在下降趨勢賣出，迎合商業避險者創造的超額避險買進。換言之，期貨市場需要投機客做為順勢交易者。就是這隻看不見的市場之手，創造趨勢來

補償投機客提供的服務。

可是，順勢操作者暴露在很大的風險之中。舉例來說，多數順勢操作系統提供的訊號，可能有50～65％是無法獲利的。這通常也就是行情缺乏明確趨勢的時候；不幸地，這正是市場最經常發生的情況。這些期間內，順勢操作者的帳戶淨值可能顯著下降；如果碰到連續虧損，交易資本損失30％是很正常的。所以，投機客之所以樂意接受他們很可能碰到的風險，必須要有強烈的動機。這個動機就是獲利機會，雖然不敢保證，但顯著趨勢通常會創造獲利機會。換言之，順勢操作者如果擁有充裕的資本，並且妥當控制其信用擴張，就可以等待顯著趨勢就帶來的豐厚利潤。

順勢操作報酬的盧卡斯管理指數

盧卡斯管理指數（Mt. Lucas Management Index，簡稱MLM）衡量商品順勢操作者賺取風險溢價的基準指數。MLM顯示的是一種極度簡單之順勢操作方法的歷史報酬紀錄。換言之，這項指數假定投機客不具備專業知識、沒有採用高度精密的模型；否則的話，就不適合稱之為基準指數，因為後者是估計投機客對於相關資產不具備特殊知識情況下所賺取的報酬。

MLM指數賺取的風險調整後報酬，顯示商品期貨市場存在的系統性價格走勢，可以透過相對簡單的技術方法來掌握。MLM指數的月份報酬資料，可以回溯到1960年代，其採用的技術方法為12個月期移動平均穿越系統，運用於25種不同的商品市場[100]。每個月底，觀察每個市場之最近交割月份契約價格與其12個月期移動平均。如果價格高於移動平均，則建立多頭部位；如果價格低於移動平均，則建立空頭部位。

　　請參考圖7.13，其中顯示MLM指數與其他資產類別基準指數之間的年度化報酬率與風險（由年度化報酬的標準差衡量）比較[101]。

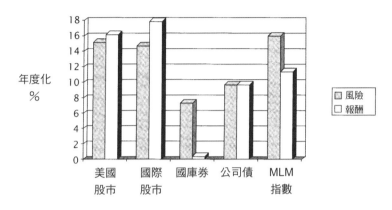

圖7.13　五個基準的報酬與標準差

　　圖7.14比較MLM指數與其他資產類別指數之間的風險調整後超額報酬（也就是夏普率）。期貨市場順勢操作者賺取的風險溢價，稍高於其他資產類別[102]。MLM指數提供一些證據顯示，期貨市場存在系統性價格走勢，用以彌補順勢操作者承擔的額外風險。

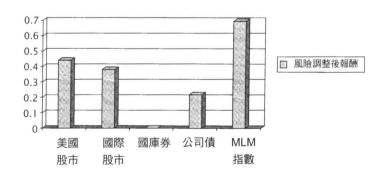

圖7.14　風險調整後超額報酬

期貨順勢操作者賺取的額外報酬，如果確實能夠由風險轉移溢價的角度解釋，那麼順勢操作系統運用於股票市場，效果應該不如期貨市場。股票市場的順勢操作者，並沒有提供風險轉移的服務。有些資料顯示，股票市場順勢操作的獲利情況確實較差[103]。拉司‧凱斯特納（Lars Kestner）（《計量技術操盤策略(上)(下)》作者，請參閱寰宇出版公司）。曾經比較順勢操作系統運用於股票與期貨之投資組合的績效。期貨涵蓋8個部門的29種商品[104]。股票則由9個產業的31家大型企業與3種股價指數做為代表[105]。此處採用5種順勢操作系統，涵蓋期間由1990年1月1日到2001年12月31日，比較基準是風險調整後報酬（夏普率）[106]。5套順勢操作系統的平均夏普率，期貨為0.604，股票為0.046。研究結果顯示，期貨市場順勢操作者能夠賺取的風險溢價，並不存在於股票市場（請參考圖7.15）。

流動性溢價與股票逆勢操作的報酬

股票市場提供另一種形式的報酬給風險承擔交易者。投資人如果願意提供流動性給那些急著想出脫股票的交易者，就可以藉由這

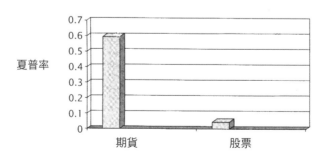

圖7.15 順勢操作系統賺取的風險調整後報酬：期貨與股票的比較

方面服務賺取溢價。換言之，逆勢操作策略可以掌握股票市場存在的系統性價格走勢。所謂逆勢操作策略，是指在短期急跌過程買進的投資方法。

　　股票持有者如果急著想出脫股票，就需要找到接手的買盤。這種情況下，對於那些願意提供流動性的投資人，似乎應該可以賺取額外的報酬。麥可・古柏（Michael Cooper）的研究資料顯示，超賣股票可以在短期之內提供高於平均水準的報酬[107]。股票呈現負性動能而成交量萎縮者，可以賺取超額報酬。換言之，這種型態代表持股者急著想找接手的買盤。

　　這種超額報酬似乎就是流動性溢價。古柏的研究資料顯示，最近兩週之內價格急跌而成交量萎縮的股票，未來一週內存在系統性上漲傾向。成交量萎縮的條件很合理，因為這可以解釋流動性不足。為了防範資料探勘的可能性，古柏採用前行樣本外模擬（walk-forward out-of-sample simulation）建構1978～1993年期間的多/空部位。

　　這些多/空投資組合是利用300支大型股建構，賺取的年度化報酬為44.95%，相較於買進-持有策略的17.91%。所以，這種系統性價格走勢也可以被解釋為風險溢價，但此處可供技術分析運用的是流動性溢價。

　　就高效率的股票市場或期貨市場來說，技術分析方法的訊號，可以被視為市場存在某種特殊需求；如果願意提供服務滿足這些需求，就有賺取額外報酬的機會。換言之，這些訊號相當於「徵才廣告」：如「避險者急徵風險承擔者」或「急徵流動性提供者」。技術分析者藉由這種機會賺錢，並不是免費午餐。這些人能夠察覺市場的徵才廣告。

結論

　　本章顯示金融市場為何存在非隨機價格走勢的理由。如果沒有這些非隨機價格走勢，技術分析就沒有立足的餘地。反之，則技術分析就有掌握這些非隨機走勢的機會。總之，任何技術分析方法是否確實有用，必須藉由事實證明。

第II篇

案例研究：
S&P 500指數的訊號法則

第8章
S&P 500 資料探勘法則
案例研究

本章談論技術法則資料探勘的案例研究，結果刊載於本書第9章。這份研究測試6,402種個別技術分析法則運用於S&P 500指數的情況，測試期間由1980年11月1日到2005年7月1日，並評估其統計顯著性。

資料探勘偏頗與技術法則評估

這份案例研究的主要目的，是說明統計方法的運用，其中考慮資料探勘偏頗造成的影響。我們知道，資料探勘是比較很多技術法則獲利能力的程序，用以挑選一種或數種績效優異的法則。如同本書第6章提到的，這種篩選程序會讓所挑選的法則，其績效呈現向上偏頗。換言之，歷史測試最佳法則的觀察績效，會高估其未來的期望績效。這種偏頗會讓統計顯著性的評估變得複雜，也可能讓資料探勘者找到一個沒有預測功能的法則（換言之，其歷史績效純粹來自於運氣）。這是客觀技術分析者誤以為黃金的虛幻之物。

運用特殊的統計推論方法，可以減緩這個問題。目前的案例研究準備說明兩種運用方法：懷得的現實檢視（White's reality check）改良方法，以及馬斯特的蒙地卡羅排列（Master's Monte Carlo permutation）方法。兩者都採用最近發展的一些改進[1]，藉以降低優異

法則遭到忽略的可能性（第II類型錯誤）。案例研究的另一個目標，是希望發現一種或多種具備統計顯著性的獲利法則。可是，當我們準備進行這項研究之前，並不知道是否能夠找到統計顯著性。

避免資料窺視偏頗

除了資料探勘偏頗之外，技術法則研究還可能碰上另一種更嚴重的問題：資料窺視偏頗（data-snooping bias）。資料探勘偏頗是運用其他分析者過去進行的技術法則研究結果。由於這些研究通常都不會透露其結果運用的資料探勘程度，所以其他運用者無法考慮資料探勘可能造成的影響，自然也不能適當評估結果的統計顯著性。如同本書第6章提到的，取決於所採用的方法是懷得的現實檢定或蒙地卡羅排列方法，凡是接受測試的每種法則，資料必須存在而可供建立適當的抽樣分配。

舉例來說，假定本書的案例研究包含馬丁・史威格博士（Dr. Martin Zweig）設計的雙重9：1上漲／下跌成交量法則（double 9:1 upside／downside volume rule）。根據這個法則，凡是紐約證交所每天的上漲／下跌成交量比率，在3個月的視窗內，兩度超過超過門檻水準9，就建立多頭部位。請注意，這個法則採用三個自由參數，包括：門檻水準9、視窗寬度3個月，以及比率讀數超過門檻水準的次數2。根據我的學生們所做的測試顯示，這個法則在未來3、6、9與12個月之內具有預測功能。換言之，這個技術法則具有統計顯著性，但前提是史威格沒有透過資料探勘方法設定前述三個參數值：9、3與2。史威格並沒有說明，這個法則是否測試過其他參數組合，如果有的話，究竟測試過多少參數組合才得到目前技術法則

使用的9-3-2。如果我們的案例研究採用史威格的法則，而且該法則又是經過資料探勘挑選出來的，那我們根本無從評估這個法則的資料探勘偏頗。

為了避免發生資料窺視偏頗，我們的案例研究不包含其他研究者討論的任何技術法則。雖然我們的法則可能類似於過去某些研究討論的法則，但這種類似純屬巧合，並不是故意設計的。這種謹慎處理方法可以減緩資料窺視偏頗，但畢竟不可能完全排除，因為我們總共測試了6,402種法則，不可能完全不受過去研究的影響。

分析採用的資料數列

此處考慮的所有技術法則，部位完全都建立在S＆P 500指數，但技術法則的訊號大多不是來自S＆P 500指數。技術法則買、賣訊號採用的資料數列，包括：其他市場指數（例如：運輸類股指數）、市場寬度（股價上漲成交量與下疊成交量）、同時採用價格與成交量的指標（例如：能量潮）、債務工具價格（例如：BAA等級債券）、利率碼差（10年期公債與90天期國庫券的碼差）。這種處理方式，符合墨菲（Murphy）（《金融市場技術分析》(上)(下)，請參閱寰宇出版公司）。討論的市場互動分析精神[2]。所有資料數列與技術法則的細節，請參考後文。

技術分析法則的緣起概念

此處考慮的6,402種技術法則，其緣起概念有三：（1）趨勢，（2）物極而反，（3）背離。關於「趨勢」的技術法則，是根據所分

析之資料數列目前呈現的趨勢推演多、空訊號。關於「物極而反」的技術法則，是根據所分析之資料數列達到極端水準而折返的現象，推演多、空訊號。關於「背離」的技術法則，則是S＆P500指數顯示某種趨勢，另一種相關資料數列顯示相反的趨勢。至於每種技術法則特定的資料轉變與訊號邏輯判斷，請參考本章稍後的說明。

很多技術法則都運用幾種常見的分析方法，包括：移動平均、通道突破與隨機指標，後者也就是我所謂的通道常態化。

績效統計量：平均報酬

評估各種技術法則採用的績效統計量，是運用於抽離趨勢之S＆P 500的平均報酬，涵蓋期間為1980年到2005年。如同本書第1章提到的，抽離趨勢是把S＆P500指數在測試期間內的平均每日報酬，由實際的每天報酬數據中扣減。經過如此調整之後，新的每天報酬數列平均值為零。

如同本書第1章談到的，如果技術法則存在多頭或空頭偏頗，抽離趨勢的資料可以避免造成技術法則之績效受到前述偏頗的不當影響。對於多、空二元的技術法則，如果建立某種部位所受到的限制，相對多於另一種部位，就會造成部位偏頗。舉例來說，相較於空頭部位，如果多頭部位的條件比較難以滿足，則該技術法則就會存在空頭偏頗，因為該法則多數情況下都持有空頭部位。對於這種存在空頭偏頗的技術法則，如果運用於上升趨勢的市場資料（每日價格平均變動量大於0），其平均績效將受到懲罰。換言之，該技術法則的績效不彰，並不是其預測能力較差，而是因為運氣不好遇到上升趨勢。

不考慮複雜的技術法則

　　為了讓案例研究保持在可處理的範圍內，我們只考慮個別法則的測試。凡是透過數學或邏輯運算因子而結合兩種或多種法則的複雜法則，此處都不考慮。前述的結合方法可能很單純（例如：未經加權的平均數），也可能很複雜（例如：資料處理軟體提供的非線性函數）。

　　侷限於個別技術法則的測試，案例研究存在兩方面的不利影響。第一，技術分析者很少仰賴單一法則擬定交易決策。第二，複雜法則往往能夠讓多種個別法則產生綜效（synergies）。所以，複雜法則的績效可能較高。至少有一份研究資料顯示[3]，用以建構複雜法則的個別法則即使不具預測功能，複雜法則仍然可能展現預測功能。根據直覺來結合技術法則，操作上非常困難，但現在已經有功能強大的自動化方法[4]，可以建構具有綜效的複雜法則。

根據統計觀念界定的案例研究

　　此處討論的案例研究，引用幾種重要的統計觀念：相關母體、相關參數、所採用的樣本資料、相關統計量、所考慮的虛無與替代假設，以及設定的統計顯著程度。

母體

　　相關母體是指技術法則在切合實際之最近未來期間內[5]，運用於S＆P 500產生的每天報酬數列。這是一個抽象的母體，因為其觀察值尚未發生，而且數量有無限多。

母體參數

母體參數是指在切合實際之最近未來期間內，技術法則的年度化期望平均報酬。

樣本

樣本是技術法則在歷史測試期間內（1980年11月1日～2005年7月1日），運用於S＆P 500指數的每天報酬數列。

樣本統計量（測試統計量）

樣本統計量是技術法則在歷史測試期間內（1980年11月1日～2005年7月1日），運用於S＆P 500指數的年度化平均報酬。

虛無假設（H_0）

對於此處考慮的所有6,402種技術法則，虛無假設都是：技術法則沒有預測功能。這意味著，歷史測試期間的觀察績效完全是運氣因素使然（抽樣便異性）。

實際運用上，此處採用的虛無假設有兩整版本，因為我們透過兩種方法評估統計顯著性：懷德的現實檢視，以及馬斯特的蒙地卡羅排列方法。雖然這兩種方法的虛無假設都認定技術法則沒有預測功能，但實際採用的虛無假設形式則不同。懷德的現實檢視，其虛無假設為技術法則的期望報酬等於零（或小於零）。馬斯特的蒙地卡羅排列，其虛無假設是技術法則的多、空部位呈現隨機型態。換言之，就市場的一天期前行價格變動來說，多、空呈現隨機排列。

替代假設

　　這份研究的替代假設，主張技術法則在歷史測試過程顯現的獲利能力，來自於真正的預測功能。可是，兩種方法的替代假設在形式上也不同。就懷德的現實檢測來說，替代假設認為，接受測試的技術法則之中，至少有一種的期望報酬大於零。請注意，懷德的現實檢視並不主張觀察績效最佳者也必然就是最佳法則（換言之，觀察績效最佳者未必就是期望報酬最高者）。可是，在相當合理的條件之下，觀察績效最佳者也就是期望報酬最高者[6]。馬斯特的替代假設認為，技術法則在歷史測試期間顯示的獲利能力，是多、空部位與市場一天期前行價格變動之間的資訊配對造成的。

統計顯著水準

　　用以拒絕虛無假設的門檻，其統計顯著水準設定為5％。這也就是說，虛無假設為真而遭到拒絕的發生機率為0.05。

實際顯著程度

　　技術法則實際運用價值的顯著程度，當時不同於此處討論的統計顯著性。後者是指技術法則不具備預測功能（換言之，H_0為真）而歷史測試過程因為運氣使然而導致績效很好的可能性。反之，技術法則實際運用的顯著程度，是指觀察報酬的經濟價值。如果樣本夠大（此處的樣本超過6,000天），那麼技術法則的報酬數值即使很小，H_0也可能被拒絕。換言之，統計顯著性很高的技術法則，實際運用上可能沒有價值。實際運用價值（顯著程度）取決於交易者個人的觀點。某些人可能滿意5％的報酬，另一些人可能不願接受20％以下的期望報酬。

技術法則：把資料數列轉換為市場部位

技術法則是一種關於輸入因素／輸出結果的處理程序。換言之，技術法則把包含一種或多種時間序列的輸入因素，轉換為輸出結果，後者是由+1與－1構成的新時間序列，+1與－1分別代表在Ｓ＆Ｐ 500建立多頭或空頭部位。這種轉換程序是由一種或多種數學[7]、邏輯[8]或時間序列[9]運算因子作用於輸入時間序列。換言之，技術法則是由一組運算界定的，請參考圖8.1。

某些技術法則運用的輸入因素是原始時間序列。這也就是說，技術法則運用做為輸入因素的一種或多種時間序列，在技術法則將其轉換為市場部位之前，沒有先經過任何的轉換，例如：Ｓ＆Ｐ 500收盤價。請參考圖8.2。

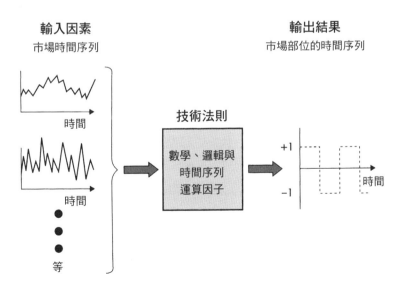

圖8.1　技術分析法則把輸入因素轉換為輸出結果

圖8.2 原始市場時間序列直接做為技術法則的輸入因子

　　某些技術法則運用的輸入因子，是由一種或多種市場數列經過某些轉換而取得的。這種先經過處理的輸入因子，稱為經過處理的資料數列或指標。譬如說，負數成交量指數（negative volume index）就是一種指標。這種指標是由兩種原始市場數列構成的：S＆P 500指數與紐約證交所每天成交總量，請參考圖8.3。至於負數成交量指標與此處考慮的其他指標，其建構方式請參考下文說明。

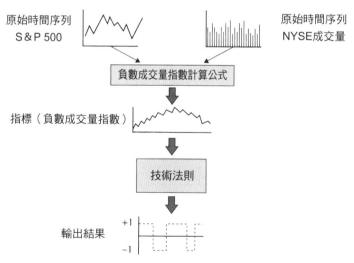

圖8.3 原始市場時間序列經過處理，然後做為技術法則的輸入因子

時間序列運算因子

本節準備討論案例研究把原始資料轉換為指標的時間序列運算因子。時間序列運算因子是一些數學函數，把某時間序列轉換為另一時間序列。這份研究資料常用的幾種時間序列運算因子包括：通道突破、移動平均與通道常態化。通道突破運算因子可供技術法則辨識時間序列蘊含的趨勢。移動平均運算因子也可以辨識趨勢，此處用做為平滑工具。通道常態化運算因子也就是隨機指標，用以消除時間序列蘊含的趨勢（抽離趨勢）。

通道突破運算因子（CBO）

「趨勢辨識方法的目的，是看穿時間序列表面呈現的無意義雜訊，藉以釐清時間序列發展的真正方向[10]。」「n期通套突破運算因子就是辨識趨勢的一種方法[11]。」此處，n是指用以界定通道上限與通道下限的過去期數（天、週或其他）。通道下限是時間序列在過去n期內的極小值（不包含當期在內）。通道上限是時間序列在過去n期內的極大值（不包含當期在內）。通道突破運算因子雖然很簡單，但其效果甚至超越一些更複雜的順勢操作方法[12]。

根據傳統的解釋，如果接受分析的時間序列穿越過去n期的極大值，通道突破運算因子顯示多頭部位。反之，如果時間序列穿越過去n期的極小值，通道突破運算因子顯示空頭部位。請參考圖8.4。實務運用上，每當新資料點出現，就需重新繪製通道，但圖8.4為了說明方便起見，只顯示數量很有限的幾個通道。通道的回顧期間雖然為固定，但通道的垂直寬度則會根據回顧期間內（n期）的資料變化，做動態的調整。這項性質可以彰顯這種方法的有效之

處。換言之，當價格數列的實際趨勢沒有變化，但波動加劇或減
緩，通道寬度會呈現動態調整，降低假訊號發生的可能性。

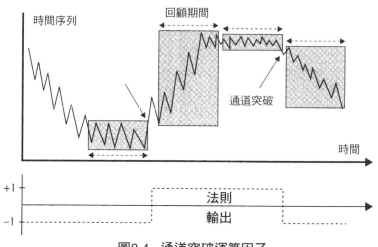

圖8.4　通道突破運算因子

　　n期通道突破運算因子只有一個自由參數，也就是其回顧期間
的時間長度，或運算因子用以建構通道的歷史期間數量。一般來
說，回顧期間愈長，通道的垂直寬度也愈大，指標也比較不敏感
（比較不容易發出訊號）。所以，分析愈長期的趨勢，n也要愈大。
我們這份研究採用11種不同的回顧期間長度，每個期間長度大約是
前一個期間長度的1.5倍，明確來說：3, 5, 8, 12, 18, 27, 41, 61, 91,
137, 205。

移動平均運算因子（MA）

　　移動平均可能是技術分析運用最普遍的時間序列運算因子之
一。這種運算因子可以過濾高頻率（短期）波動，但允許低頻率
（長期）波動成分通過，藉此辨識時間序列蘊含的根本趨勢。所

以，移動平均被稱為低通濾波器（low-pass filter）。請參考圖8.5，移動平均置中[13]（期數減一期，再乘以0.5）。請注意，移動平均運算因子的輸出結果，基本上只存在波動緩和的根本趨勢，高頻波動被過濾掉了。

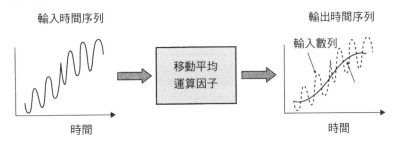

圖8.5　移動平均運算因子：低通濾波器

　　根據特定期間長度的移動視窗（稱為回顧期間），計算時間序列的平均數，可以產生平滑效果。對於期間等於或小於回顧期間的波動，其幅度會被移動平均運算因子消除或減緩。所以，對於10天期移動平均平均來說，凡是「峰位到峰位」或「谷底到谷底」期間小於10天的波動，其幅度都會被減緩，而剛好等於10天期的波動，則會被完全消除。

　　取得這種平滑效果，必須付出代價：時間落後。換言之，經由移動平均運算因子的作用，原始價格數列的波動會被平滑化，但時間有幾天的落後。所以，當原始價格資料出現谷底（低點），移動平均的對應谷底可能要在幾天之後才出現。至於落後的程度，則取決於回顧期間長度。回顧期間愈長，平滑作用造成的落後程度也愈嚴重。

　　視窗內所有資料都具有同等重要性（相同權術）的移動平均，稱為簡單移動平均，其時間落後程度等於回顧期間減去1，然後再

除以2。所以，對於11天期的移動平均來說，落後程度為(11－1)/2 = 5天。換言之，當輸入時間序列的趨勢發生反轉時，11天期移動平均在5天之後才會顯示。

移動平均有很多不同的計算方法，包括視窗內資料點的權數都相同的簡單移動平均，乃至於運用複雜加權函數的精密平滑方法。運用複雜的加權方法，目的是要提升過濾績效：在既定平滑水準之下，減少時間落後程度。數位訊號處理程序考慮的重點之一，就是加權函數的設計，藉以極大化過濾效果。與技術分析有關的數位過濾器討論，請參考艾勒斯（Ehlers）的兩本著作[14]。

簡單移動平均的計算公式如下[15]：

移動平均運算因子

$$MA_t = \frac{P_t + P_{t-1} + P_{t-2} \ldots + P_{t-n+1}}{n}$$

$$= \frac{\sum_{i=1}^{n} P_{t-i+1}}{n}$$

其中

P_t＝時間 t 的價格

MA_t＝時間 t 的移動平均

n＝移動平均的回顧天數

如果採用線性加權移動平均，既可維持簡單移動平均的相同平滑程度，也可減緩時間落後程度。如同艾勒斯指出的[16]，相較於簡單移動平均的落後程度 (n－1) /2，線性加權移動平均的時間落後為 (n－1) / 3。所以，對於10天期移動平均來說，線性加權均線的落後為3天，簡單平均的落後為4.5天。n天期線性加權移動平均採用的

權數，最近一天資料的權數為n，前一天資料的權數為 (n－1)，前兩天資料的權數為 (n－2)，其他依此類推。至於計算移動平均的分母，則是所有權數的加總和，請參考下列公式：

線性加權移動平均

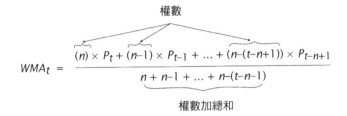

$$WMA_t = \frac{(n) \times P_t + (n-1) \times P_{t-1} + ... + (n-(t-n+1)) \times P_{t-n+1}}{n + n-1 + ... + n-(t-n-1)}$$

其中

P_t＝時間 t 的價格

WMA_t＝時間 t 的加權移動平均

n＝移動平均的回顧天數

在案例研究之中，如果技術法則的指標來回穿越關鍵門檻值，我們採用4天期線性加權移動平均做為平滑程序。透過平滑化程序，可以減緩指標反覆穿越關鍵值而產生過多訊號的問題。下列方程式顯示4天期線性加權移動平均的計算程序：

4天期線性加權移動平均

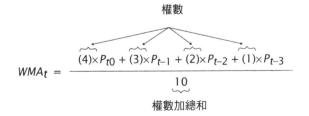

$$WMA_t = \frac{(4) \times P_{t0} + (3) \times P_{t-1} + (2) \times P_{t-2} + (1) \times P_{t-3}}{10}$$

其中

P_t＝時間 t 的價格

WMA_t＝時間 t 的加權移動平均

n＝移動平均的回顧天數

通道常態化運算因子（隨機指標）（CN）

通道常態化運算因子（channel-normalization operator，CN）可以移除時間序列的趨勢，因此而呈現短期波動。通道常態化程序衡量移動通道內的目前位置，藉此移除時間序列的趨勢。通道是由時間序列特定回顧期間的極大值與極小值界定。這種方法類似稍早討論的通道突破運算因子。

通道常態化之後的時間序列，其讀數介於0到100之間。當原始時間序處於回顧期間的極大值，CN讀數為100；反之，當原始時間序處於回顧期間的極小值，CN讀數為0。CN讀數為50，意味著時間序列當時處在極大值與極小值的中間。

下列運算說明CN的計算程序：

通道常態化運算因子

$$CN_t = \left[\frac{S_t - S_{min-n}}{S_{max-n} - S_{min-n}} \right] 100$$

其中

CN_t ＝ n 天期通道常態化的第 t 天數值

S_t ＝時間數列在時間 t 的數值

S_{min-n} ＝時間序列在最近 n 天內的極小值

S_{max-n} ＝時間序列在最近 n 天內的極大值

n ＝通道的回顧天數

圖8.6顯示通道常態化的例子。

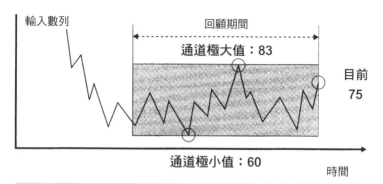

通道常態化數值 = (75-60) / (83-60) = 0.65

圖8.6　通道常態化

就濾波器的性質來說，CN運算因子的功能屬於高通濾波器（high-pass filter）。CN運算因子的情況剛好與移動平均相反，移動平均屬於低通濾波器，CN會凸顯時間序列的短期（高頻率）波動，但把長期波動（趨勢）過濾掉了。

相關情況請參考圖8.7，請注意輸入時間序列存在顯著的上升趨勢，但輸出時間序列只呈現短期波動。

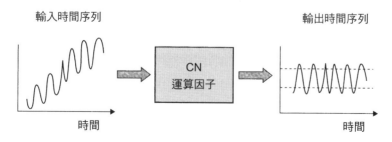

圖8.7　通道常態化運算因子：高通濾波器

　　CN運算因子的運用歷史，至少可以回溯到1965年，當時海比
（Heiby）用來處理背離指標[17]。他取S＆P500的通道常態化數值與
市場寬度指標的常態化數值，比較兩者之間的背離情況。海比採用
50天的回顧期間，每當某數列的讀數處於最高四分位（CN > 74）
而另一數列的讀數處於最低四分位（CN < 26）。1970初期，喬治‧
雷恩（George Lane）提出一個幾乎完全相同的指標[18]，稱為隨機指
標（stochastic）。不幸地，這個指標的名稱顯然不恰當，因為sto-
chastic是統計學術語，代表隨機變數在時間過程上的變動。可是
CN運算因子完全沒有隨機變數的性質，其數值可以由時間序列的
資料唯一決定。本書採用通道常態化（CN）而不是雷恩的術語，
因為這才能精確反應這項運算因子的真正性直。目前，多數技術分
析文獻都採用「隨機指標」。我們的案例研究把CN運算因子運用於
兩類型的技術法則：（1）物極而反，（2）背離。細節請參考下文
討論。

技術指標電腦語言描述

　　稍早曾經提到，做為技術法則輸入因子的時間序列，可以是直
接取自市場的原始格式，也可以是指標格式，後者是一種或多種原
始時間序列經由一種或多種數學、邏輯或時間數列運算因子作用之
後產生的時間序列。技術指標可能需要運用多種運算因子，這取決
於指標規格。舉例來說，原始時間序列可能需要先經過移動平均的
平滑化，然後該移動平均再做通道常態化。技術指標的建構如果需
要多重步驟，表示為技術指標描述語言（indicator scripting language，
簡稱ISL）往往更方便。ISL可以很簡潔地說明如何在原始時間序列
上套用一系列轉移運算而產生技術指標。

我最初接觸的ISL，稱為Gener，這是在1983年左右，由我的朋友兼同事約翰・沃伯格教授（Professor John Wolberg）開發而提供給雷登研究集團（Raden Research Group）使用。目前，ISLs使用得很普遍。所有技術法則的歷史測試平台[19]，例如：TradeStation、Wealth-Lab、Neuro-Shell、Financial Data Calculator……等，都使用ISL。雖然每種ISL都有其獨特功能，但語法頗為類似。最基本的ISL陳述，是一個時間序列運算因子，後面跟著一組括弧，括弧內顯示運算因子使用的變數。所謂的變數，是讓運算因子能夠運作而必須定義的項目。不同的運算因子，使用的變數數量往往也不同。舉例來說，移動平均運算因子需要兩個變數：一個是運算因子作用的資料數列，另一個是移動平均的回顧期間。所以，移動平均技術指標可以表示為：

移動平均技術指標＝MA（輸入數列,N）

其中

MA是移動平均運算因子

N是移動平均的天數

　　技術指標表示為電腦描述語言，其一般格式為：

技術指標＝運算因子（變數 1, 變數 2,……, 變數 i）

其中

i是運算因子需要的變數數量。

　　圖8.8顯示我們截至目前為止討論之運算因子的ISL語法：通道突破、移動平均與通道常態化。

通道突破運算因子（CBO）
變數數量＝2
指標＝CBO（時間序列, n）

移動平均運算因子（MA）或線性加權MA（LMA）
變數數量＝2
指標＝MA或LMA（時間序列, n）

通道常態化運算因子（CN）
變數數量＝2
指標＝CN（時間序列, n）

圖8.8　三種技術分析運算因子的電腦描述語言

使用ISL的重要功能之一，是藉由多種運算因子的依次套疊，定義複雜的技術指標。依次套疊過程中，某種運算因子的輸出結果，變成第二個運算因子的變數，依此類推。舉例來說，我們可以定義道瓊運輸類股指數之10天期移動平均的60天期通道常態化指標，表示為ISL則是：

技術指標＝CN [MA(DJTA, 10), 60]

技術法則的輸入數列：原始時間序列與指標

本節將說明案例研究使用的24種原始時間序列，以及最終用做為技術法則輸入因子的39種時間序列。這39種輸入因子之中，10種屬於未經處理的原始時間數列，例如：S＆P 500收盤價、道瓊運輸類股指數收盤價、NASDAQ綜合指數收盤價、…等。剩餘29種輸入因子則是由一種或多種原始時間序列推演的技術指標。

原始時間序列

　　此處案例研究使用的24種原始時間序列，取字兩個來源：金融終極系統[20]（Ultra Financial Systems）與市場時效報告[21]（Market Timing Reports），請參考表8.1。

表8.1　原始時間序列

＃	原始資料數列	縮寫	資料來源
01	Ｓ＆Ｐ 500每天收盤價	SPX	金融終極系統
02	Ｓ＆Ｐ 500開盤價	SPO	金融終極系統
03	道瓊工業指數盤中高價	DJH	金融終極系統
04	道瓊工業指數盤中低價	DJL	金融終極系統
05	道瓊工業指數收盤價	DJC	金融終極系統
06	Ｓ＆Ｐ工業指數	SPIA	市場時效報告
07	道瓊運輸指數	DJTA	市場時效報告
08	道瓊公用事業指數	DJUA	市場時效報告
09	紐約證交所金融指數	NYFA	市場時效報告
10	道瓊20種債券指數	DJB	金融終極系統
11	NASDAQ綜合指數收盤價	OTC	金融終極系統
12	價值線幾何指數收盤價	VL	金融終極系統
13	紐約證交所價格上漲家數	ADV	金融終極系統
14	紐約證交所價格下跌家數	DEC	金融終極系統
15	紐約證交所價格不變家數	UNC	金融終極系統
16	紐約證交所52週新高價	NH	金融終極系統
17	紐約證交所52週新低價	NL	金融終極系統
18	紐約證交所總成交量	TVOL	金融終極系統
19	紐約證交所上漲家數成交量	UVOL	金融終極系統
20	紐約證交所下跌家數成交量	DVOL	金融終極系統
21	3個月期國庫券殖利率	T3M	市場時效報告
22	10年期公債殖利率	Y10Y	市場時效報告
23	AAA等級債券殖利率	AAA	市場時效報告
24	BAA等級債券殖利率	BAA	市場時效報告

指標

39種技術法則輸入因子之中的29種，是由一種或多種時間序列透過數學、邏輯或時間序列運算因子作用而產生的指標。本節說明這些指標的建構過程。

這些指標可以劃分為四大類：（1）價格與成交量函數，（2）市場寬度指標，（3）債務工具價格，（4）利率碼差指標。

價格與成交量函數

結合價格與成交量資訊的函數總共有15個。很多研究資料顯示，不論是成交量本身，或是成交量與價格資料配合使用，都能夠提供有用的資訊[22]。技術分析者專家設計了不少有關價格與成交量配合運用的函數，例如：能量潮（on-balance volume）、承接出貨成交量（accumulation distribution volume）、資金流量（money flow）、負數成交量（negative volume）與正數成交量（positive volume）。以下分別說明這些函數。

價格─成交量函數被用來建構兩類指標：（1）累積加總和，（2）移動平均。累積加總和指標是價格-成交量函數先前所有每天讀數的代數加總和。價格-成交量函數的每天讀數，可能是正數，也可能是負數。所以，在任何時間點，定義為能量潮累積加總和的指標，等於能量潮先前所有每天讀數的加總和。定義為累積加總和的技術指標，會呈現長期趨勢，就如同資產價格走勢圖或利率價格走勢圖一樣。反之，價格成交量函數的移動平均，屬於穩定的時間序列。換言之，不會呈現趨勢。這是因為移動平均只考慮回顧期間內的觀察值。由於價格-成交量函數值可能是正數，也可能是負數，所以其移動平均通常會圍繞著零值跳動，上下幅度有一定限

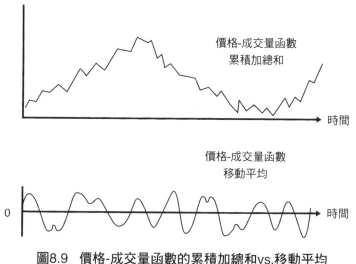

價格-成交量函數
累積加總和

時間

價格-成交量函數
移動平均

時間

圖8.9　價格-成交量函數的累積加總和vs.移動平均

度。請參考圖8.9。

累積能量潮　累積能量潮指標（cumulative on-balance volume）是由約瑟夫‧葛蘭威爾（Joseph Granville）等人提出[23]，這可能是有關價格-成交量函數的第一個技術指標。累積能量潮是市場成交量的累積加總和，但成交量有正、負代數符號，當天價格指數上漲的成交量為正數，當天價格指數下跌的成交量為負數。除了每天的累積能量潮之外，也可以考慮每週、每月或任何時間單位的累積能量潮。

目前這份案例研究考慮S&P 500的每天行情變動，藉此設定成交量的代數符號。某天的股價指數如果上漲，則當天的成交股數就直接加到昨天的累積加總和。反之，如果某天的股價指數下跌，則當天的成交股數就由昨天的累積加總和扣減。

累積能量潮的計算過程如下[24]：

累積能量潮（COBV）

$$COBV_t = COBV_{t-1} + (f_t V_t)$$

如果 $Pc_t > Pc_{t-1}$　則 $f_t = 1.0$

如果 $Pc_t < Pc_{t-1}$　則 $f_t = -1.0$

如果 $Pc_t = Pc_{t-1}$　則 $f_t = 0$

其中‧

$OBV_t = (f_t V_t) =$ 第 t 天的能量潮

$COBV_t =$ 第 t 天的累積能量潮

$V_t =$ 第 t 天的紐約證交所成交量

$Pc_t =$ 第 t 天的S&P 500收盤價

能量潮移動平均　除了累積能量潮之外，我們還考慮能量潮每天讀數的兩個移動平均：10天與30天（OBV10與OBV30）。運用ISL表示如下：

$$OBV10 = MA(OBV, 10)$$
$$OBV30 = MA(OBV, 30)$$

其中OBV代表當天的能量潮。

承接-出貨累積成交量（CADV）　承接出貨成交量（accumulation distribution volume）另一種價格-成交量函數，最初是由馬克‧柴肯（Marc Chaiken）提出[25]。除此之外，還有很多類似的指標，例如：大衛‧波斯提恩（David Bostian）的盤中強度指標（Intraday Intensity）與拉利‧威廉斯（Larry Williams）的承接出貨變數（Variable Accumulation Distribution）。這些函數都試圖克服能量潮的一些限制，因為價格指數只要小漲或小跌，整天的成交量就分別

設定為正數或負數。一般認為，價格指數小漲小跌，處理方式不應該與大漲大跌相同。換言之，能量潮這種「全有」或「全無」的處理方式需要修正。

柴肯認為，每天的價格活動，應該根據收盤價落在當天交易區間的位置來做量化標示。更明確來說，他的計算考慮收盤價與當天價格區間中點之間的差值，除以當天價格區間。這項指標秉持的概念如下：如果收盤價落在當天價格區間的中點以上，代表當天的價格呈現多頭氣勢，成交量屬於承接的成交量，意味著後續價格將走高；反之，如果收盤價落在當天價格區間的中點以下，代表當天的價格呈現空頭氣勢，成交量屬於出貨的成交量，意味著後續價格將走低。唯有當天價格以最高價收盤或最低價收盤，指標的前一天餘額才加上或減去當天的整個成交量數據。一般情況下，收盤價會落在價格區間的內部；因此，應該根據收盤價落在當天價格區間的相對位置，把「部分」成交量解釋為承接或出貨，承接成交量為正數，出貨成交量為負數。根據收盤價與價格區間的相對位置決定的「部分」成交量，也就是區間因子（range factor），詳細的定義請參考下文。每天成交量乘以區間因子，然後加到前一天的指標餘額，計算累積加總值。詳細計算程序如下[26]：

承接-出貨累積成交量

$$CADV_t = CADV_{t-1} + (V_t \times Rf_t)$$

$$區間因子\ (Rf_t)\ =\ \frac{(Pc_t - Pl_t) - (Ph_t - Pc_t)}{(Ph_t - Pl_t)}$$

其中：

$$ADV_t = V_t \times Rf_t = 第\ t\ 天的承接\text{-}出貨成交量$$

$$CADV_t = 第t天的承接\text{-}出貨累積成交量$$

$$V_t = 紐約證交所第\ t\ 天成交量$$

$$Rft = 第\ t\ 天的區間因子$$

$$Pc_t = 道瓊工業指數第\ t\ 天收盤價$$

$$Pl_t = 道瓊工業指數第\ t\ 天盤中低價$$

$$Ph_t = 道瓊工業指數第\ t\ 天盤中高價$$

前述計算採用道瓊工業指數用以計算價格區間因子，是因為S＆P 500沒有提供必要的資料。這個計算程序假定道瓊工業指數收盤價相對於價格區間的位置，應該等於S＆P 500的對應情況。

承接-出貨成交量的移動平均　我們計算承接-出貨每天成交量的10天期與30天期移動平均。根據ISL表示如下：

$$ADV10 = MA(ADV, 10)$$

$$ADV30 = MA(ADV, 30)$$

累積資金流量（CMF）　累積資金流量（cumulative money flow）很類似CADV，差別只在於成交量與區間因子的乘積，另外還要乘以S＆P 500的金額水準。這是為了衡量成交量的金額總值。此處的「金額水準」是收盤價、盤中高價與盤中低價的平均值。相關計算如下[27]：

累積資金流量

$$CMF_t = CMF_{t-1} + (V_t \times Ap_t \times Rf_t)$$

$$區間因子\ (Rf_t) = \frac{(Pc_t - Pl_t) - (Ph_t - Pc_t)}{(Ph_t - Pl_t)}$$

其中：

$$MF_t = (V_t \times Ap_t \times Rf_t) = 第\ t\ 天的資金流量$$

$$CMFt = 第\ t\ 天的累積資金流量$$

$$Ap_t = 第\ t\ 天的S＆P\ 500平均價：（最高價+最低價+收盤價）÷3$$

$$V_t = 紐約證交所第\ t\ 天成交量$$

$$Rf_t = 第\ t\ 天的區間因子$$

$$Pc_t = 道瓊工業指數第\ t\ 天收盤價$$

$$Pl_t = 道瓊工業指數第\ t\ 天盤中低價$$

$$Ph_t = 道瓊工業指數第\ t\ 天盤中高價$$

　　資金流量移動平均　　此處考慮資金流量的10天期與30天期移動平均。根據ISL表示如下：

$$MF10 = MA(MF, 10)$$

$$MF30 = MA(MF, 30)$$

　　負數成交量累積指數（CNV）　　負數成交量累積指數（cumulative negative volume index）是成交量較前一天減少之日子的價格變動百分率累積加總值。如果成交量大於或等於前一天成交量，則當天的CNV維持不變。

　　我們不清楚CNV的創始者是何人。有幾個資料來源顯示，創始者是諾門‧佛斯貝克（Norman Fosback）[28]，但另一些來源（包括佛斯貝克本人在內），則將此歸功余保羅‧戴沙特[29]（Paul Dysart）。可是，將CNV發展為客觀訊號技術法則、並評估其預測功能的人，顯然是佛斯貝克[30]。

　　負數成交量指標的根本概念如下。「成交量顯著放大的日子，通常是那些門外漢交易的結果，真正內行人的買進或賣出（換言

之，精明資金的動向），通常發生在成交量下降的平靜行情裡。因此，發生負數成交量的日子，其行情動向可以反映真正玩家的承接（買進）或出貨（賣出）行動[31]。」

這項指數的計算程序如下：

負數成交量累積指數（CNV）

$$CNV_t = CNV_{t-1} + f_t$$

$$f_t = [(Pc_t / Pc_{t-1})-1] \times 100 \quad 如果\, V_t < V_{t-1}$$

$$f_t = 0 \qquad\qquad 如果\, V_t > V_{t-1}$$

其中：

$NV_t = f_t = $ 第 t 天的負數成交量指數

$CNV_t = $ 第 t 天的負數成交量累積指數

$V_t = $ 紐約證交所第 t 天的成交量

$Pc_t = $ S＆P 500第 t 天的收盤價

負數成交量指數移動平均　此處考慮10天期與30天期的負數成交量指數（換言之，顯示成交量減少日期的價格指數變動百分率）移動平均，其ISL表示為：

$$NV10 = MA(NV, 10)$$

$$NV30 = MA(NV, 30)$$

正數成交量累積指數（CPV）　　正數成交量累積指數也就是CNV的相反情況，顯示成交量較前一天增加之日子的價格變動百分率累積加總值。正數成交量指數的創始者眾說紛紜，有人說是佛斯貝克[32]，有人說是戴沙特。根據我觀察，正數成交量指數是由戴沙特提出，並且由主觀角度做解釋，佛斯貝克則定義客觀的技術法則，並做正式的測試。

這項指數的計算程序如下：

正數成交量累積指數（CPV）

$$CPV_t = CPV_{t-1} + f_t$$

$$f_t = [(Pc_t / Pc_{t-1})\text{-}1] \times 100 \quad \text{如果}\, V_t > V_{t-1}$$

$$f_t = 0 \qquad\qquad\qquad \text{如果}\, V_t < V_{t-1}$$

其中：

$$PV = f_t = 第\ t\ 天的正數成交量指數$$

$$CPV = 第\ t\ 天的正數成交量累積指數$$

$$V_t = 紐約證交所第\ t\ 天的成交量$$

$$Pc_t = S\&P\ 500第\ t\ 天的收盤價$$

　　正數成交量指數移動平均　此處考慮10天期與30天期的正數成交量指數移動平均，其ISL表示為：

$$PV10 = MA(PV, 10)$$

$$PV30 = MA(PV, 30)$$

市場寬度指標

　　市場寬度（market breadth）是指特定期間內（天、週或其他）股價上漲家數與股價下跌家數之間的差異。寬度有多種不同的衡量方法，哈羅（Harlow）曾經提出這方面的學術研究報告[33]。就我們的案例研究還說，寬度定義為每天的騰落比率；換言之，上漲家數與下跌家數之差值，除以總交易家數。請注意，我們的資料是採用紐約證交所的所有股票，並非只侷限為紐約證交所的普通股。有人認為，只採用普通股的資料比較好，因為其中不包含股票、債券型封閉基金與優先股，但這部分資料不存在電腦可直接閱讀的格式。

　　這份案例研究採用的寬度指標有兩種格式：每天數據的累積加

總值，以及每天數據的移動平均。如同先前解釋的理由，累積加總值的寬度指標會呈現趨勢，移動平均寬度指標則會呈現相當穩定的平均數與波動區間。

累積騰落比率（CADR）　累積騰落比率（cumulative advance decline ratio）是每天騰落比率的累積加總值：

$$CADR_t = CADR_{t-1} + ADR_t$$

$$ADR_t = \frac{adv_t - dec_t}{adv_t + dec_t + unch_t}$$

其中：

$CADR_t =$ 第 t 天騰落比率累積值

$ADR_t =$ 第 t 天騰落比率

$adv_t =$ 紐約證交所第 t 天股價上漲家數

$dec_t =$ 紐約證交所第 t 天股價下跌家數

$unch_t =$ 紐約證交所第 t 天股價不變家數

騰落比率移動平均　此處考慮10天期與30天期的每天騰落比率，表示為ISL：

$$ADR10 = MA(ADR, 10)$$

$$ADR30 = MA(ADR, 30)$$

淨成交量累積比率（CNVR）　淨成交量比率（net volume ratio）是另一種衡量市場寬度的指標。這是考慮每天上漲家數成交量與下跌家數成交量的差值。每天上漲（下跌）家數成交量，是指每天收盤價上漲（下跌）之所有股票的總成交量。這項指標引用的概念，最初是由黎曼·羅利（Lyman M. Lowry）在1938年提出[34]。每天淨成交量比率，是計算上漲股票成交量減去下跌股票成交量之差值，

除以總成交量的比率，結果可能是正數或負數。我們採用紐約證交所每天公布的統計數據。這項指標的計算程序如下：

淨成交量累積比率（CNVR）

$$CNVR_t = CNVR_{t-1} + NVR_t$$

$$NVR_t = \frac{upvol_t - dnvol_t}{upvol_t + dnvol_t + unchvol_t}$$

其中：

$CNVR_t =$ 第 t 天淨成交量累積比率

$NVR_t =$ 第 t 天淨成交量比率

$upvol_t =$ 紐約證交所第 t 天上漲股票成交量

$dnvol_t =$ 紐約證交所第 t 天下跌股票成交量

$unchvol_t =$ 紐約證交所第 t 天價格不變股票成交量

淨成交量比率移動平均 此處考慮10天期與30天期的淨成交量比率移動平均，其ISL表示如下：

NVR10 = MA(NVR, 10)

NVR30 = MA(NVR, 30)

新高-新低價累積比率（CHLR） 第三種寬度指標，是新高-新低價累積比率（cumulative new highs and new lows ratio），反映比較長期的觀點。不同於CADR與CNVR，後兩者是考慮每天價格變動與成交量，CHLR則是考慮目前股價相較於最近一年內最高價與最低價的關係。更明確來說，CHLR是計算下列比率的累積值：每天創52週新高價家數與每天創52週新低價家數之間的差值，結果除以總家數，這個比率可能是正數，也可能是負數。

　　此處的回顧期間採用52週，並沒有什麼特殊緣故，只是因為52週新高價與新低價的資料最容易取得。1978年之前，創新高或新低價家數的數據，回顧期間未必完全是52週。當時，每年3月中旬之後，這項指標只比較該年的價格數據；在3月中旬之前，則比較該年與前一年的價格數據。所以，在1978年之前，股價創新高或先低的回顧期間，可能是2.5個月（3月中旬稍後），也可能是14.5個月（3月中旬稍前）。這份案例研究考慮的資料，絕大部分屬於1978年之後。

　　雖然1978年之前的指標回顧期間不固定，但技術法則測試結果顯示，這部分扭曲並沒有影響這項指標應有的功能。舉例來說，佛斯貝克曾經設計與測試一種叫做新高-新低邏輯指數的指標，涵蓋期間為1944年到1980年。他的測試結果顯示，該指標在整個期間內都具有預測功能，雖然其中的資料絕大部分都存在不固定回顧期間的問題[35]。這項指標的計算程序如下[36]：

新高價-新低價累積比率（CHLR）

$$CHLR_t = CHLR_{t-1} + HLR_t$$

$$HLR_t = \frac{nuhi_t - nulo_t}{adv_t + dec_t + unch_t}$$

其中：

$CHLR_t$ = 第 t 天新高價-新低價比率累積值

HLR_t = 第 t 天新高價-新低價比率

$nuhi_t$ = 第 t 天創52週新高價家數

$nulo_t$ = 第 t 天創52週新低價家數

adv_t = 紐約證交所第 t 天股價上漲家數

dec_t = 紐約證交所第 t 天股價下跌家數

$unch_t$ = 紐約證交所第 t 天股價不變家數

新高價-新低價比率移動平均（HLR10與HLR30） 此處考慮10天期與30天期的每天新高價-新低價比率的移動平均，其ISL如下：

$$HLR10 = MA(HLR, 10)$$
$$HLR30 = MA(HLR, 30)$$

利率衍生的債務工具價格

一般來說，利率與股價呈現相反方向的變動關係。可是，如果我們取利率的倒數（1／利率），則可以把利率轉換為價格狀的時間序列，其走勢通常與股票價格之間保持高度相關。這個時間序列可以乘以某種常數，例如：100。所以，如果利率為6.05％，對等的數據為15.38（1/6.05 ×100）。我們的案例研究採用前述轉換，並且運用於四種利率數列：個月期國庫券、10年期公債、穆迪AAA等級公債、穆迪BAA等級公司債。

利率碼差

利率碼差是指兩種可對照利率之間的差值。此處準備考慮兩種類型的利率碼差：期間（duration）碼差與等級（quality）碼差。期間碼差也就是殖利率曲線的斜率，這是兩種信用等級相同而到期期間不同之債務工具的殖利率差值。在我們的案例研究中，期間碼差是採用10年期公債殖利率減去3個月期國庫券殖利率（10年期殖利率減去3個月期殖利率）。請注意期間碼差是透過前述方向定義，不是用3個月期減去10年期，所以碼差呈現向上趨勢，應該對於股票市場（S&P 500）有多頭的影響[37]。

等級碼差衡量到期時間相同而信用等級（違約風險）不同之債務工具的殖利率差異。就我們的案例研究來說，等級碼差考慮穆迪的兩個長期公司債[38]：AAA等級債券[39]與BAA等級債券[40]，前者是

信用等級最高的公司債，後者的信用等級稍差。等級碼差定義為
AAA殖利率減去BAA殖利率。如果BAA信用等級的殖利率，其下
跌速度超過最高信用等級之AAA債券，這意味著投資人承擔信用
風險的意願轉強，試圖賺取較高的殖利率。換言之，如果等級碼差
呈現上升趨勢，代表投資人願意承擔較高的風險，藉以賺取較高的
報酬。所以，等級碼差與股票價格應該呈現相同方向的趨勢。

案例研究採用之40種輸入因子數列表格

　　表8.2列舉這份案例研究運用做為技術法則輸入因子的全部資
料數列。

技術法則
　　這份案例研究測試的技術法則可以劃分為三大類，分別代表技
術分析的不同主題：（1）趨勢，（2）物極而反（反轉），（3）背
離。以下各節分別討論這三個主題。

趨勢技術法則
　　第一類技術指標建立在趨勢之上。技術分析的基本原理顯示，
價格與殖利率會呈現趨勢，而且可以及時辨識，藉以賺取利潤。技
術分析者設計許多客觀指標，用以界定目前趨勢的發展方向，並提
供趨勢反轉的訊號。這類指標之中，最常見者莫過於移動平均、移
動平均帶狀、通道突破、亞力山大濾網（Alexander filters，又稱為
曲折濾網 [zigzag filter]）。關於這些指標，詳細內容請參閱考夫曼
（Kaufman）的著述，此處沒有必要談論其細節。

表8.2 案例研究使用之輸入資料數列

#	說明	簡稱	格式
01	S&P 500收盤價	SPX	原始
02	S&P 500開盤價	SPO	原始
03	S&P 500工業指數收盤價	SPIA	原始
04	道瓊運輸類股指數	DJTA	原始
05	道瓊公用事業類股指數	DJUA	原始
06	紐約證交所金融指數	NYFA	原始
07	那司達克綜合指數	OTC	原始
08	價值線幾何指數收盤價	VL	原始
09	累積能量潮	COBV	指標
10	累積能量潮能量潮10天移動平均	OBV10	指標
11	累積能量潮能量潮30天移動平均	OBV30	指標
12	承接-出貨累積成交量	CADV	指標
13	承接-出貨成交量10天移動平均	ADV10	指標
14	承接-出貨成交量30天移動平均	ADV30	指標
15	累積資金流量	CMF	指標
16	資金流量10天移動平均	MF10	指標
17	資金流量30天移動平均	MF30	指標
18	負數成量累積指數	CNV	指標
19	負數成交量10天移動平均	NV10	指標
20	負數成交量30天移動平均	NV30	指標
21	正數成交量累積指數	CPV	指標
22	正數成交量10天移動平均	PV10	指標
23	正數成交量30天移動平均	PV30	指標
24	騰落累積比率	CADR	指標
25	騰落比率10天移動平均	ADR10	指標
26	騰落比率30天移動平均	ADR30	指標
27	漲跌成交量累積比率	CUDR	指標
28	漲跌成交量比率10天移動平均	UDR10	指標
29	漲跌成交量比率30天移動平均	UDR30	指標
30	新高-新低累積比率	CHLR	指標
31	新高-新低比率10天移動平均	HLR10	指標
32	新高-新低比率30天移動平均	HLR30	指標
33	紐約證交所成交量	TVOL	原始
34	道瓊20種債券指數	OJB	原始
35	3個月期國庫券價格	PT3M	指標
36	10年期公債價格	PT10Y	指標
37	AAA等級公司債價格	PAAA	指標
38	BAA等級公司債價格	PBAA	指標
39	期間碼差（10年期－3個月期）	DURSPD	指標
40	等級碼差（AAA－BAA）	QUALSPD	指標

這份研究採用通道突破運算因子（CBO）界定輸入時間序列的趨勢。所以，CBO運算因子會把輸入時間序列轉換為二元數值，後者由+1與－1構成。當輸入時間序列處於上升趨勢（根據CBO的判斷），技術法則輸出結果為+1；反之，如果CBO認為輸入時間序列處於下降趨勢，技術法則輸出結果為－1。

透過CBO辨識輸入時間序列的趨勢反轉，會有時間落後（lag）的問題。任何趨勢指標都曾有時間落後，由輸入數列出現趨勢反轉現象，到運算因子偵測到反轉訊號，兩者之間存在時間落差。增強指標的敏感程度，可以縮短落差時間。譬如就CBO來說，減少回顧期間，就能夠縮短時間落差。可是，如此一來，雖然解決了一個問題，但又產生另一個問題——發生假訊號的頻率會提高（訊號反覆）。換言之，順勢操作指標的時間落差與訊號精確程度之間，存在一得一失的取捨關係。因此，所有的趨勢指標都試圖在訊號精確性與訊號及時性之間，找到某種最合理的均衡點。對於任何訊號系統來說——不論是火警偵測器或技術分析趨勢法則——如何找到這種最佳的均衡點，都是一項嚴苛的挑戰。歸根究底，所謂的「最佳」也就是讓指標的績效表現——平均報酬、風險調整後報酬或其他——極大化。由於金融市場的時間序列會隨著時間經過而不斷變化，所以CBO的最佳回顧期間也會隨著時間經過而變動。我們的案例研究沒有採用隨著外在環境變動而自行調整的CBO。

對於表8.2列舉的40種輸入數列，其中有39種運用做為趨勢法則的輸入因子。S＆P 500開盤價（表8.2的第2項）不包含在內，因為這與S＆P 500收盤價重疊。

每個趨勢法則都由兩個參數決定：CBO的回顧期間，以及表8.2的39個候選對象之一。關於回顧期間長度的參數，我們測試11

個數據：3, 5, 8, 12, 18, 27, 41, 61, 91, 137, 205天。相鄰的兩個數據，大約相差1.5倍，例如：205大約是137的1.5倍。結果總共有859個趨勢法則，其中429個（11 × 39）是根據傳統技術分析的解釋，額外429個則是逆趨勢的法則。

對於傳統版本的趨勢法則，如果CBO判定輸入時間序列處於上升趨勢，則輸出值為+1（在S&P 500建立多頭部位）；反之，如果CBO判定輸入時間序列處於下降趨勢，則輸出值為－1（在S&P 500建立空頭部位）。對於逆趨勢的法則，情況則剛好相反（例如：當輸入時間序列處於上升趨勢，在S&P 500建立空頭部位）。

本書第9章將列舉測試結果，由於相關法則的數量很多，所以傳統趨勢與逆趨勢將用比較簡潔的縮寫名稱。命名語法如下（請注意，此處的語法不同於先前的指標描述語法）：

技術法則（TT或TI）─輸入數列編號─回顧期間長度
TT代表傳統趨勢，TI代表逆趨勢。

舉例來說，TT-15-137代表傳統趨勢法則運用於輸入數列＃15（累積資金流量），採用的回顧期間為137天。另外，TI-40-41代表逆趨勢法則運用於輸入數列＃40（等級碼差AAA－BAA），回顧期間為41天。

物極而反

這份案例研究考慮的第二類技術法則為「物極而反」或E型法則。這類法則的根本概念如下：時間序列呈現某種極端讀數（極大或極小），往往意味著讀數即將朝另一個極端發展。如果時間序列的平均數很穩定，則讀數會相當固定地波動在兩個極端值之間。E

型法則運用的所有輸入時間序列，其平均數都很穩定，並引用CN運算因子。

總計40種輸入數列之中，有39種供E型法則之用。S&P 500開盤價沒有被列入，因為是多餘的。E型法則使用的輸入數列，都先經過4天期線性移動平均（LMA）的平滑，然後再運用CN運算因子。輸入數列之所以先經過平滑，目的是過濾高頻波動的雜訊。對於某些輸入數列來說，例如：負數成交量的30天移動平均，這種預先平滑的程序可能不恰當，因為該數列原本就是平滑化的數據。可是，為了一致性緣故，所有的輸入數列都先運用LMA。

對於E型法則，輸入時間序列處理的ISL如下：

= CN (LMA (輸入數列, 4), N天)

其中：

CN代表通道常態化運算因子

LMA代表線性加權移動平均運算因子

圖8.10說明這一系列的轉換處理。

經過平滑的通道常態化數列一旦穿越門檻水準，E型法則就產生交易訊號。由於有兩個門檻水準（通道上限與下限），而且每個門檻都可能由上往下或由下往上穿越，所以門檻穿越總共有4種可能性：

1. 往下穿越下限門檻。

2. 往上穿越下限門檻。

3. 往上穿越上限門檻。

4. 往下穿越上限門檻。

關於上述事件，請參考圖8.11的說明。

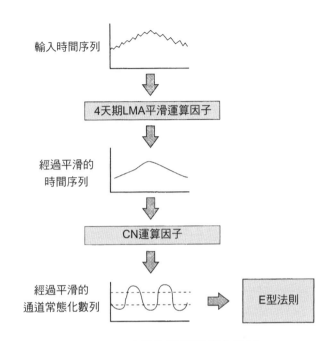

圖8.10　平滑化通道常態化數列

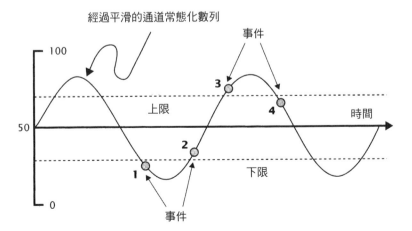

圖8.11　門檻穿越事件

每個E型法則都是由兩種門檻穿越事件來界定：一種決定結束空頭部位而建立多頭部位，另一種決定結束多頭部位而建立空頭部位。整體而言，總共有12種可能循環，請參考表8.3。由於這已經

表8.3　由門檻穿越事件定義的12種E型法則

E型法則種類	結束空頭部位而建立多頭部位	結束多頭部位而建立空頭部位
1	事件1	事件2
2	事件1	事件3
3	事件1	事件4
4	事件2	事件3
5	事件2	事件4
6	事件3	事件4
7	事件2	事件1
8	事件3	事件1
9	事件4	事件1
10	事件3	事件2
11	事件4	事件2
12	事件4	事件3

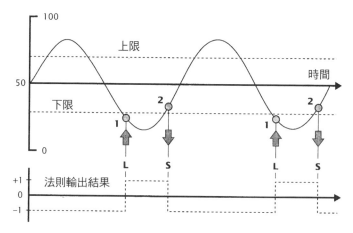

圖8.12　物極而反的法則：第1種類

涵蓋所有的可能性，所以沒有必要再考慮相反可能性。請注意，第
7種等於是第1種的相反，第8種則是第2種的相反，其他依此類推。

圖8.12到圖8.13分別說明這12種E型法則。

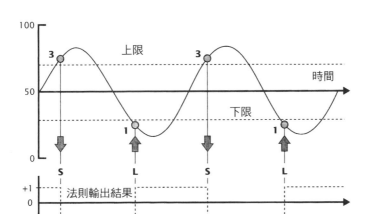

圖8.13　物極而反的法則：第2種類

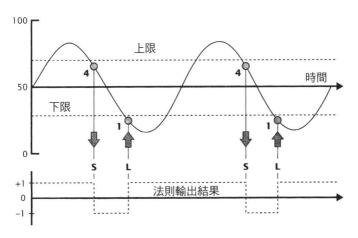

圖8.14　物極而反的法則：第3種類

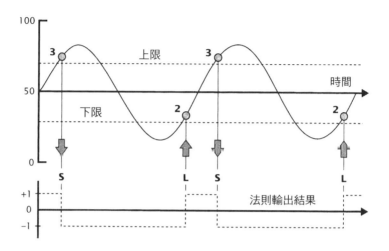

圖8.15　物極而反的法則：第4種類

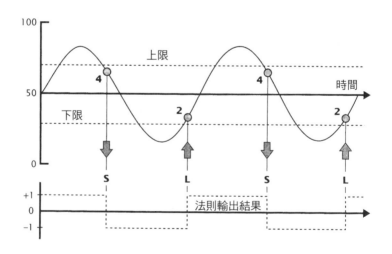

圖8.16　物極而反的法則：第5種類

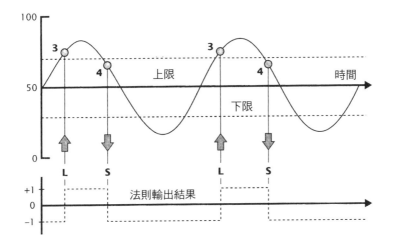

圖8.17　物極而反的法則：第6種類

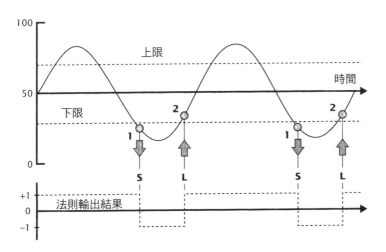

圖8.18　物極而反的法則：第7種類

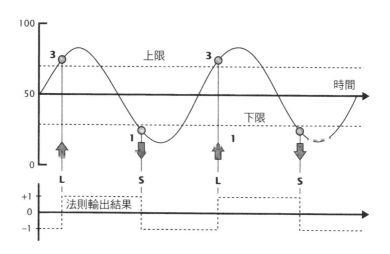

圖8.19　物極而反的法則：第8種類

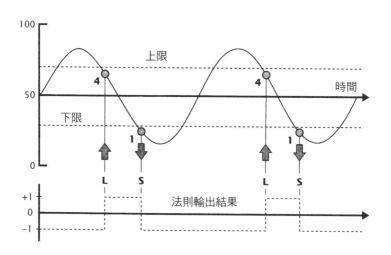

圖8.20　物極而反的法則：第9種類

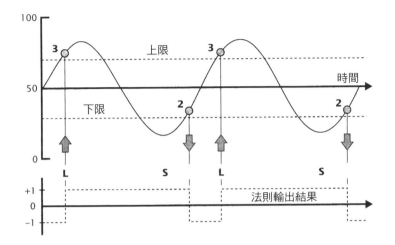

圖8.21　物極而反的法則：第10種類

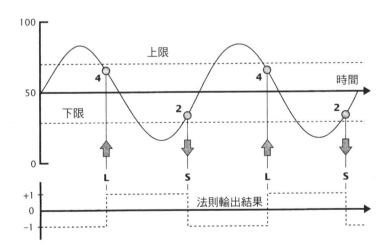

圖8.22　物極而反的法則：第11種類

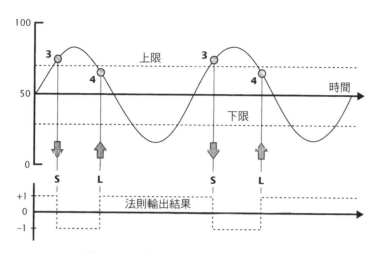

圖8.23　物極而反的法則：第12種類

參數組與E型法則總數量　任何E型法則都是由4個參數設定：
種類（1～12），輸入數列，門檻距離50的位移程度，通道常態化程
序的回顧期間。由於上限／下限門檻與中心水準50的位移程度相
同，所以只要透過單一數據就能界定位移程度。舉例來說，如果門
檻的位移程度為10，則上限門檻為60（50+10），下限門檻為40
（50－10）。此處採用兩個位移程度的參數：10與20。如果位移參數
為20，則上限與下限門檻分別為70與30。至於通道常態化回顧期
間，此處考慮3個數據：15、30與60天。所有參數值的選擇，都是
根據直覺判斷，沒有經過最佳化程序。整體而言，總共有12個種
類、39個可能輸入數列、2種位移程度、與3種通道常態化回顧期
間，所以E型法則有2,808種（12 × 39 × 2 × 3）。

物極而反法則的命名慣例　本書第章列舉的測試結果，E型法
則的命名採用下列慣例：

（E）-（種類）-（輸入數列）-（門檻位移）-（通道常態化回顧期間）

　　舉例來說，E-4-30-20-60代表E型法則，輸入數列＃30（新高-新低累積比率），門檻位移20（上限＝70，下限＝30），通道常態化回顧期間60天。

背離法則

　　背離分析是技術分析的根本概念之一，考慮兩組時間序列之間的關係。讓我們考慮這種分析的根據，假定在正常情況下，某兩個市場時間序列通常會呈現同漲、同跌的走勢。若是如此，一旦兩者背離常態的同漲、同跌走勢，就蘊含著某種資訊。所謂背離，就是指兩個時間序列之一，突然偏離了共有的趨勢。一般來說，背離現象發生的情況如下：兩個數列原本朝相同方向發展，但其中一個數列的趨勢發生反轉，另一個數列則繼續呈現原有的趨勢。根據背離分析，這種情況意味著原先共有的趨勢已經轉弱，即將發生反轉，請參考圖8.24。哈斯門（Hussman）認為，許多原本應該呈現相同走勢的時間序列，如果有相當數量都出現背離現象，這種訊號非常具有意義[42]。

　　道氏理論（Dow theory）就是屬於背離分析的理論。根據這個理論，道氏工業指數與運輸類股指數如果朝相同方向發展，顯示當時的趨勢很健全，應該會繼續發展。可是，一旦其中某個指數出現背離，意味著原有趨勢已經轉弱，很可能會反轉。背離分析還有另一種運用，價格視為一種時間序列，價格變動率視為另一種時間序列。這屬於價格與其變動率之間的背離分析，相關討論請參考普林

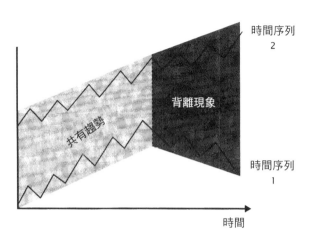

圖8.24 背離分析

（Pring）（《技術分析精論(上)(下)》作者，請參閱寰宇出版公司）。
的著述[43]。

　　背離的可能結果有二：或是繼續朝原來趨勢方向發展的時間序
列也跟著反轉，兩個時間序列重新呈現相同方向的走勢，但與先前
趨勢相反；或是率先背離的時間序列，再度發生反轉，兩個時間序
列又呈現相同方向的走勢，而且與原有趨勢方向相同。唯有當兩個
時間序列都已經明確反轉，而且朝相同方向發展，反轉訊號才算完
成。所以，背離分析的基本概念是一致性，也就是說兩個時間序列
呈現應該有的相同方向趨勢（請參考圖8.25）。當兩個時間序列呈
現一致性走勢，其共通趨勢被視為健全，預期會繼續發展。可是，
一旦兩個時間序列的趨勢不一致，原有趨勢產生不確定。因此，背
離分析適用的對象，是通常應該呈現一致性走勢的時間序列，一旦
其走勢發生背離，意味著其中一個時間序列出現領先走勢。換言
之，對於這類時間序列，彼此之間通常有很穩定的領先-落後關係。

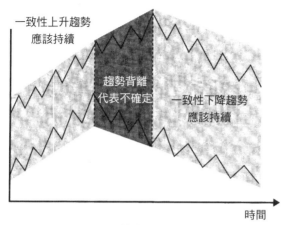

圖8.25　趨勢一致性與背離

主觀的背離分析　　主觀背離分析通常是比較兩個時間序列的峰位與谷底。當某個時間序列繼續創新高，但另一個時間序列的對應峰位卻沒有創新高，這稱為空頭背離或負性背離。第二個時間序列的對應峰位沒有創新高，代表空頭意義的缺乏確認，請參考圖8.26。

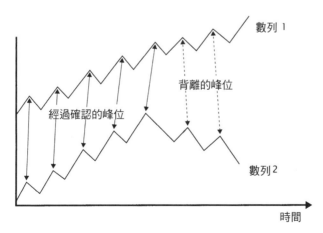

圖8.26　負性背離（比較兩者的峰位）

如果某個時間序列的谷底持續創新低，但另一個時間序列的對應谷底並沒有持續創新低，這稱為正性或多頭背離，代表多頭意義的缺乏確認，請參考圖8.27。

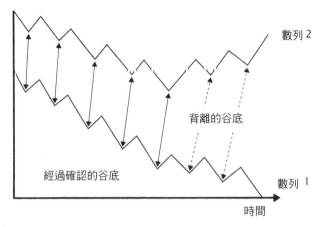

數列 2

背離的谷底

經過確認的谷底

數列 1

時間

圖8.27　正性（多頭）背離：比較兩者的谷底

　　主觀背離分析（或其他任何的主觀分析）有一個問題，其程序既不能重複，也不能接受檢定。分析者必需透過主觀方式判斷峰位（谷底）之間的比較，但由於兩個時間序列的峰位（谷底）發生時間未必相同，究竟比較哪兩個峰位（谷底），有時候未必很明確。背離存在的期間也是個問題：背離現象究竟要存在多久，才視為背離現象發生？還有第三個麻煩，價格由低點彈升（由高點下跌）到什麼程度，才能判定新的谷底（峰位）已經形成？

　　客觀的背離分析　客觀的背離分析，可以解決前述問題。考夫曼（Kaufman）[44]設計一種方法，能夠客觀比較峰位（谷底），並提供電腦碼。另外，考夫曼也談到第二種處理方法，運用線性迴歸估計兩個時間序列的斜率，比較兩個斜率之間的差異，藉此定義背離

的意義。這兩種方法都很有意思，但沒有提供績效統計量。

我們這份案例研究採用的背離法則，是運用海比（Heiby）在其著述《透過動態合成方法創造股票市場獲利》（Stock Market Profits through Dynamic Synthesis）引用的客觀背離方法[45]。海比先運用通道常態化運算因子抽離兩個時間序列的趨勢，然後藉由兩個時間序列的通道常態化讀數來界定背離：某個數列讀數大於75，另一個數列讀數小於25。換言之，背離是藉由通道常態化讀數之間的差異來定義。

這說明了下面方程式定義的背離指標初步架構。請注意，我們比較的兩個時間序列之中，有一個必定是S&P 500，也是這份案例研究的標的。至於另一個用來和S&P 500做比較的時間序列，可以是道瓊運輸類股指數。在我們這份研究中，表8.2的所有時間序列（S&P 500開盤價為例外）都用來和S&P 500做比較。

背離指標

（初步架構）

$$= CN\,(對應數列,\, n\,) - CN\,(S\&P\ 500,\, n\,)$$

其中：

$CN =$ 通道常態化運算因子

$n =$ 通道常態化的回顧期間

由於任何一個時間序列的通道化常態讀數都可以介於0到100之間，所以這項背離指標的讀數介於－100與+100之間。舉例來說，如果對應數列處在通道下端底部（CN＝0），S&P 500處在通道上

端頂部（CN＝100），則背離指標讀數是－100。請注意，這只是背離指標的量化方法之一，其他方法可能更好。

前述背離指標的限制　前述背離指標衡量兩個時間序列在其個別通道上，呈現位置的相似程度。一般來說，這通常可以合理量化兩個時間序列相位的吻合程度。舉例來說，如果指標讀數為0，亦意味著完全沒有背離；兩個時間序列的通道常態化讀數相同，兩者應該呈現相同趨勢。可是，某些情況下，指標讀數為0，並不代表兩個時間序列的相位吻合。舉例來說，如果兩個數列之間呈現負相關，則兩者的通道常態化讀數走勢剛好相反，當背離指標讀數為0，意味著兩個常態化時間數列彼此相交。這種情況下，背離指數為0，並不代表兩個時間序列朝相同趨勢發展，請參考圖8.28，這顯然是前述背離指標的重大限制。

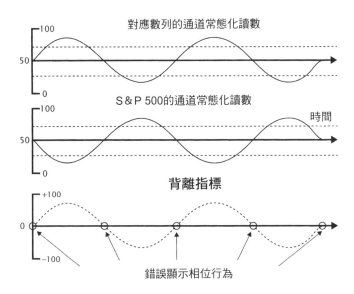

圖8.28　錯誤顯示相位相符

如果引用計量經濟學的共積（cointegration）概念[46]建構比較複雜的背離指標，就可以避免前述問題。共積概念是在1987年由恩格爾（Engle）與格蘭傑（Granger）提出[47]。這種更精密的背離衡量方法，運用迴歸分析判斷兩個時間序列之間是否存在線性關係[48]。由於這種方法很容易處理兩個時間序列之間存在顯著負相關的情況（相位相差180度），所以能夠解決我們稍早提到通道常態化背離指標的問題。共積分析還有另一個長處，這種方法先檢定兩個時間序列之間是否存在相關趨勢（換言之，是否是共積）。如果相關檢定顯示兩者是共積，自然會產生平穩背離指標[49]。根據共積的術語，這種指標稱為錯誤修正模型（error-correction model）。該指標衡量某時間序列偏離兩個時間序列之典型線性關係的程度。

關於共積的運用，多數情況是運用錯誤修正模型預測共積時間序列之間差異的行為。就這方面的運用來說，當錯誤修正模型的讀數呈現極端正數或負數，背離就很可能會反轉，使得兩個時間序列重返共同趨勢的常態。換言之，當錯誤——偏離兩個時間序列之間正常線性關係的程度——變得很極端，很可能就會朝向常態零值的方向修正。

配對交易（pairs trading）是這種分析的典型運用。舉例來說，假定我們發現福特汽車與通用汽車股票屬於共積時間序列，但福特股價最近的走勢相對太高而偏離了兩者之間應有的正常價格關係。這種情況下，我們可以買進通用汽車，同時放空福特汽車。如此一來，只要背離現象修正（相對於通用汽車，福特股價下跌較多或上漲較少），配對交易就能獲利。

佛斯貝克（Fosback）很有創意地運用共積分析[50]，建構一種股票市場預測指標。他採用錯誤修正模型產生的衡量，做為第三個變

數——S＆P 500——而不是共積變數之間差值行為的預測指標，這正是佛斯貝克的創意所在。這項指標稱為佛斯貝克指數，運用利率與共同基金現金水準做為共積變數。請注意，佛斯貝克的這項設計，發表時間較恩格爾與格蘭傑的共積論文早了10年以上。當共同基金所持有的現金水準，一旦偏離其與短期利率之間應該保持的線性關係，佛斯貝克指數產生訊號。

這項指標的根本概念如下：當共同基金經理人對於股票市場的展望非常悲觀，其持有的現金部位就會超過當時短期利率水準所預測的正常程度；非常樂觀的情況則剛好相反。佛斯貝克認為，透過這種方式衡量的過份樂觀或過份悲觀看法，與股票市場未來報酬之間存在相關。事實上，佛斯貝克指數把短期利率的影響，由共同基金的現金水準中抽離，因此成為純粹衡量共同基金經理人心理狀態的人氣指標，而不是受到利率污染的原始現金水準。

基於單純性的考量，這份案例研究的背離指標，並沒有運用共積方面的相關技巧。根據推論，如果對應數列與S＆P 500之間的相關程度不高，則背離技術法則的表現應該很差。可是，我相信[51]，關於技術指標的設計，共積處理方法值得進一步深入研究。

雙重通道常態化的必要　先前討論的初步背離指標存在另一個更嚴重而避需處理的問題。案例研究的背離分析，把38種時間序列與S＆P 500做配對處理。這些時間序列與S＆P 500的相關程度各自不同，背離指數的波動區間差異程度很大。所以，對於背離指數的讀數，我們不太可能設定共通的門檻水準。

圖8.29顯示這方面的問題。請注意，如果某時間序列與S＆P 500之間的走勢相關程度很低，這種背離指標適用的門檻水準，顯然不適用於與S＆P 500指數高度相關的時間序列。所以，我們最初

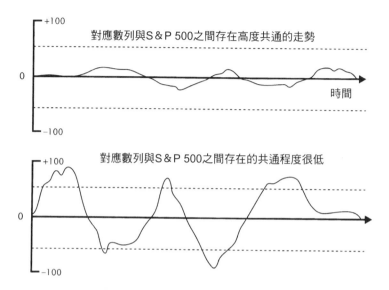

圖8.29　背離指標：波動缺乏一致性

提到的背離指標顯然不符合實際運用。

關於這個問題，此處提出修正版本的背離指標，其結構請參考下文。這個指標運用兩次的通道常態化運算因子。換言之，這個指標是起始背離指標的通道常態化版本。

背離指標

（雙重通道常態化）

$$= CN\{CN(數列1, n) - CN(S\&P\ 500, n), 10n\}$$

其中：

CN ＝ 通道常態化運算因子

數列1 ＝ 對應數列

n ＝ 第一個通道常態化的回顧期間

　　第二個通道常態化會把起始背離指標的波動區間考慮在內。這可以解決38種時間序列波動區間不一致的問題。所以，對於修正版本的背離指標來說，不管採用哪組時間序列，讀數的波動區間都大致相同，所以實務運用上可以採用單一門檻水準。

　　第二個通道常態化回顧期間，設定為10乘以第一個通道常態化回顧期間。所以，如果第一個通道常態化回顧期間為60天，則第二個通道常態化回顧期間為600天。根據假定，10倍的回顧期間就足以建立基本背離指標的波動區間。請注意，修正版本的背離指標，其讀數範圍介於0到100之間，就如同任何通道常態化變數一樣，請參考圖8.30。

背離法則的種類

　　修正版本的背離指標藉由上限與下限產生訊號。正性或多頭背離，是指背離指標讀數向上穿越上限。換言之，相較於S&P 500，對應時間序列的上升較快或下跌較慢，意味著對應時間序列的相對位置，顯著高於其與S&P 500之間該維持的正常程度。

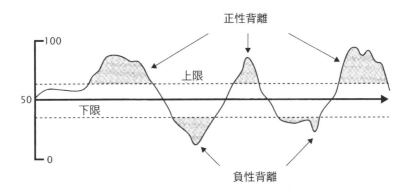

圖8.30　修正版本背離指標

　　反之，負性或空頭背離，是指背離指標讀數向下穿越下限。換言之，相較於S&P 500，對應時間序列的上升較慢或下跌較快，意味著對應時間序列的相對位置，顯著低於其與S&P 500之間該維持的正常程度。這部分情況，請參考圖8.30。

　　問題是如何藉由修正版本的背離指標產生訊號。明顯的法則有兩個，一是多頭背離法則，當背離指標讀數向上穿越上限，則在S&P 500建立多頭部位。另一是空頭背離法則，當背離指標讀數向下穿越下限，則在S&P 500建立空頭部位。

　　前述這兩個法則假定對應時間序列是S&P 500的領先指標。如果對應數列的走勢強過S&P 500（正性背離），意味著&P500將跟進轉強，所以適合在S&P 500建立多頭部位。同理，如果對應數列的走勢弱於S&P 500（負性背離），意味著S&P500將跟進轉弱，所以適合在S&P 500建立空頭部位。可是，前述假設未必正確。實際情況可能是負性背離代表S&P 500將轉強，正性背離代表S&P 500將轉弱。換言之，領先指標可能是S&P 500。這意味著我們也該測試相反的法則版本。總之，我們將測試所有12種可能的背離法則種類。

　　這12個法則種類與先前的物極而反法則完全相同。這很合理，因為修正本版的背離指標類似於E型法則的指標，讀數波動區間介於0到100之間，有上限與下限的兩個門檻水準。

　　表8.4列舉這12種法則種類，包括基本的多頭背離（第6種）與空頭背離（第7種），以及其相反版本（第12種與第1種）。這12種法則沒有特別做說明，因為整個情況與物極而反一節的情況相同，沒有必要重複。

表8.4 背離法則與相關的門檻事件

背離法則種類	多頭進場／空頭出場	空頭進場／多頭出場
01	向下穿越下限	向上穿越下限
02	向下穿越下限	向下穿越上限
03	向上穿越下限	向上穿越上限
04	向上穿越下限	向下穿越上限
05	向上穿越下限	向下穿越上限
06	向上穿越上限	向下穿越上限
07	向上穿越下限	向下穿越下限
08	向下穿越上限	向下穿越下限
09	向上穿越上限	向上穿越下限
10	向下穿越上限	向上穿越下限
11	向下穿越上限	向上穿越下限
12	向下穿越上限	向上穿越上限

背離指標的參數組合與命名慣例

　　每個背離法則都是由四個參數界定：種類、對應數列、門檻位移、通道常態化回顧期間。背離指標總共有12種（表8.4），38種對應數列，2種門檻位移（10與20），以及3種回顧期間（15、30與60）。所以，總計有2,736種背離法則（2 × 38 × 2 × 3）。

　　本書第9章列舉的測試結果，背離法則（D法則）的命名慣例如下：（D）-種類-對應數列-門檻位移-通道常態化回顧期間。舉例來說，

D-3-23-10-30

代表背離碼則，第3種，對應數列＃23（正數成交量指數30天

移動平均），門檻位移＝10（上限為60，下限為40），通道常態化回
顧期間＝30。

　　以上說明案例研究測試的全部法則。相關結果列舉在本書第
9章。

第 9 章
案例研究
結果與技術分析未來展望

這份案例研究的主要目的，是針對資料探勘所找到之技術法則，透過兩種適當的統計推論方法做評估。如同本書第6章解釋的，傳統的顯著性檢定並不適用，因為沒有考慮資料探勘造成的偏頗效應。此處採用的兩種方法是懷德的現實檢視（WRC）與蒙地卡羅排列（MCP）。

這份案例研究的第二個目的，則是想要找到具有統計顯著性報酬的技術法則（運用於S＆P 500指數）。就此而言，本書第8章提出6,402個技術法則進行歷史測試與評估。

關於第一個目的，這份案例研究明確顯，運用特別為資料探勘偏頗設計的顯著性檢定是很重要的。關於第二個目的，沒有發現任何具有統計顯著性報酬的技術法則。更明確來說，在所有6,402個接受歷史測試的技術法則之中，在0.05的顯著性水準之下，沒有任何技術法則的報酬高到足以否定虛無假設。換言之，對於「沒有任何技術法則具備預測功能」的主張，我們的證據不足以反駁。

對於所有技術法則的歷史測試，績效最佳者為E-12-28-10-30[1]，運用於抽離趨勢的市場資料，其年度化報酬平均數為10.25％。請參考圖9.1，這個技術法則的報酬與WRC抽樣分配進行比較。該法則報酬的p值為0.8164，遠高於顯著性門檻0.05。根據圖9.1顯示，6,402種法則之最佳績效法則的表現，落在抽樣變異性的

正常區間內。事實上，其績效數據甚至落在抽樣分配的中間值11％之下。結果相當令人失望[2]。

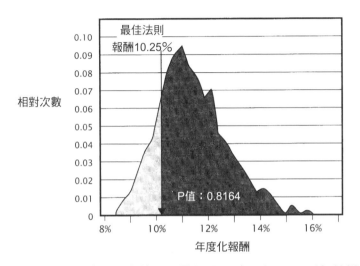

圖9.1　運用懷得現實檢視的最佳法則（取自6,402種）抽樣分配

　　這個抽樣分配是來自1,999次重複的靴環程序。如果重複次數更多，分配的形狀會更平滑一些，但結論仍然相同：技術法則的績效不足以拒絕虛無假設。

　　圖9.2顯示E-12-28-10-30報酬在MCP抽樣分配的情況。P值的情況也差不多0.8194。

　　請注意，這兩個抽樣分配的平均數都大約是11％。這個特定數值是我們這個案例研究的結果：特定的6,402個技術法則，其報酬的相關性，計算平均報酬的觀察值，Ｓ＆Ｐ 500的特定資料。換言之，在前述特定狀況之下，6,402個沒有預測功能之技術法則中，最佳法則的期望報酬大約是11％。請注意，並不是0％。

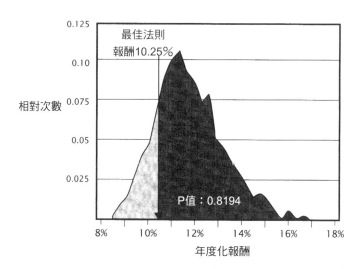

圖9.2　運用蒙地卡羅排列的最佳法則（取自6,402種）抽樣分配

讓我們重新整理第6章的論點，N個技術法則（N＝6,402）的最佳績效者，其平均報酬的抽樣分配，中心點並不在0，而是呈現某個正數，代表N個平均數之最大平均數統計量的抽樣分配。

圖9.1與圖9.2顯示最佳績效法則如果要具備統計顯著性，所需要的報酬水準。報酬如果超過15％，就具有0.05的顯著性；報酬如果超過17％，就非常具有顯著性（p值＜0.001）。

非常諷刺地，針對資料探勘偏頗進行調整之後，沒有任何法則能夠創造具有統計顯著性的報酬，這更凸顯了運用統計推論方法考慮資料探勘偏頗之影響的重要性。如果採用一般的統計顯著性檢定方法，完全不考慮資料探勘偏頗，最佳法則的平均報酬具有高度顯著性（p值為0.0005），圖9.3顯示這種情況。這是適用於單一技術法則的靴環抽樣分配（不考慮資料探勘）結果明顯不同於圖9.1與圖9.2，圖9.3的抽樣分配中心點在0。箭頭標示位置是最佳法則E-12-

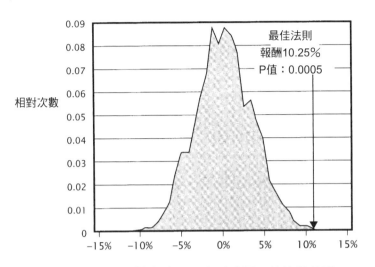

圖9.3　單一技術法則歷史測試運用的抽樣分配

28-10-30的平均報酬。

　　如果採用傳統的顯著性檢定，所有接受測試的6,402個法則之中，大約有320個具備0.05水準的顯著性。所反映的，大概也就是純粹機運作用的結果。資料探勘者如果採用傳統的顯著性檢定方法，將自以為發現很多具有預測功能的技術法則；事實上，這只不過是愚人眼中的黃金罷了。

　　整個測試結果的相關資料，讀者可以造訪下列網站下載：www.evidencebasedta.com。表9.1列舉平均報酬最高的100個技術法則。各欄的內容如下：第1欄為法則名稱，採用第8章介紹的命名慣例；第2欄是技術法則運用於抽離趨勢之S＆P 500指數的測試期間平均報酬；第3與第4欄是透過靴環與蒙地卡羅方法，針對單一法則進行測試的p值（請注意，這些p值沒有考慮資料探勘偏頗）；第5、第6與第7欄，是運用三種推論方法的結果，顯著性為0.05，資

表9.1 測試績效最佳的100個法則

技術法則	報酬	靴環單一法則	蒙地卡羅單一法則	靴環	現實檢視	蒙地卡羅	80%下限	80%上限
		P值	P值	顯著性	顯著性	顯著性	信賴水準	信賴水準
E-12-28-10-30	0.102501	0.0015	0.002				-0.02932	0.23527
D-8-4-10-60	0.102395	0.001	0.0015				-0.02943	0.23516
E-1-28-10-15	0.100562	0.0025	0.0005				-0.03126	0.23333
E-12-21-20-15	0.098838	0.0005	0.0015				-0.03299	0.23161
E-12-28-10-15	0.097502	0.001	0.0025				-0.03432	0.23027
E-12-24-20-15	0.095904	0.0005	0.001				-0.03592	0.22867
E-11-28-10-15	0.094635	0.003	0.002				-0.03719	0.2274
E-11-39-10-60	0.092282	0.001	0.0015				-0.03954	0.22505
D-7-37-10-30	0.092078	0.0025	0.003				-0.03975	0.22485
D-7-37-10-15	0.090196	0.0045	0.004				-0.04163	0.22296
TT-37-5	0.089024	0.0045	0.003				-0.0428	0.22179
TI-20-41	0.08862	0.0045	0.0045				-0.0432	0.22139
E-1-22-10-60	0.088591	0.0055	0.007				-0.04323	0.22136
TI-21-8	0.086963	0.0035	0.0075				-0.04486	0.21973
D-10-28-10-30	0.086939	0.004	0.0025				-0.04489	0.21971
D-11-28-10-15	0.085266	0.0055	0.0055				-0.04656	0.21804
D-7-38-10-30	0.085206	0.005	0.006				-0.04662	0.21798
TI-28-12	0.084912	0.0035	0.0035				-0.04691	0.21768
TI-24-8	0.084021	0.007	0.005				-0.0478	0.21679
E-2-28-10-15	0.083267	0.0075	0.0025				-0.04856	0.21604
E-5-36-10-30	0.083087	0.0055	0.0065				-0.04874	0.21586
D-9-34-10-30	0.081577	0.008	0.009				-0.05025	0.21435
E-11-15-20-60	0.08058	0.007	0.0075				-0.05124	0.21335
D-1-21-10-30	0.080499	0.008	0.008				-0.05132	0.21327
D-8-32-10-15	0.08048	0.006	0.0085				-0.05134	**0.21325**
D-7-36-10-30	0.079943	0.0065	0.0055				-0.05188	**0.21271**
D-8-27-10-30	0.079601	0.007	0.0085				-0.05222	**0.21237**
E-12-22-10-30	0.077796	0.009	0.008				-0.05403	**0.21057**
D-1-24-10-30	0.077582	0.01	0.0125				-0.05424	**0.21035**
D-7-36-20-30	0.077312	0.0095	0.0135				-0.05451	**0.21008**
D-8-33-20-15	0.077101	0.0095	0.0085				-0.05472	**0.20987**
E-1-19-10-60	0.077092	0.0075	0.0125				-0.05473	**0.20986**
D-8-32-20-15	0.076434	0.0105	0.009				-0.05539	**0.2092**
TI-8-18	0.076144	0.009	0.01				-0.05568	**0.20891**
TI-26-137	0.075767	0.009	0.0105				-0.05606	**0.20854**
TI-24-5	0.075732	0.008	0.009				-0.05609	**0.2085**
D-7-36-10-60	0.0755	0.0105	0.0105				-0.05632	**0.20827**
E-1-28-20-15	0.07541	0.013	0.0135				-0.05641	**0.20818**
E-6-38-20-30	0.074831	0.0085	0.0125				-0.05699	**0.2076**
E-12-24-10-15	0.074809	0.0115	0.0135				-0.05701	**0.20758**
TT-37-3	0.074756	0.0125	0.01				-0.05707	**0.20753**
TT-38-5	0.074579	0.0135	0.012				-0.05724	**0.20735**

E-11-21-10-15	0.074168	0.0145	0.011				-0.05766	0.20694
D-9-4-10-60	0.07409	0.0125	0.0125				-0.05773	0.20686
E-1-25-10-60	0.073966	0.0155	0.01				-0.05786	0.20674
E-1-18-20-60	0.073439	0.015	0.0155				-0.05838	0.20621
E-11-25-10-15	0.073131	0.01	0.018				-0.05869	0.2059
D-10-32-20-15	0.072548	0.0205	0.0145				-0.05928	0.20532
E-5-38-10-30	0.07245	0.014	0.014				-0.05937	0.20522
D-11-28-10-30	0.07245	0.0185	0.013				-0.05937	0.20522
E-11-15-20-15	0.072363	0.012	0.018				-0.05946	0.20513
E-2-24-20-15	0.072286	0.018	0.011				-0.05954	0.20505
D-9-34-10-60	0.072065	0.012	0.016				-0.05976	0.20483
D-7-11-10-15	0.071859	0.0135	0.0115				-0.05996	0.20463
D-8-37-20-60	0.071562	0.0205	0.022				-0.06026	0.20433
E-2-21-10-15	0.071546	0.0175	0.015				-0.06028	0.20432
E-6-37-20-15	0.071509	0.016	0.0135				-0.06031	0.20428
TI-12-12	0.071403	0.0135	0.0095				-0.06042	0.20417
E-12-21-10-15	0.07114	0.016	0.0195				-0.06068	0.20391
TI-23-5	0.071013	0.0155	0.0115				-0.06081	0.20378
E-2-1-20-30	0.070897	0.016	0.013				-0.06093	0.20367
TT-36-5	0.070709	0.0235	0.017				-0.06112	0.20348
E-6-38-20-15	0.070681	0.017	0.021				-0.06114	0.20345
TI-21-12	0.070672	0.017	0.0105				-0.06115	0.20344
E-1-21-10-15	0.070672	0.02	0.016				-0.06115	0.20344
D-8-38-20-30	0.070308	0.02	0.0225				-0.06152	0.20308
D-10-4-10-60	0.070298	0.0145	0.016				-0.06153	0.20307
TI-32-61	0.070203	0.0215	0.0135				-0.06162	0.20297
E-2-19-10-60	0.070192	0.015	0.016				-0.06163	0.20296
TI-18-8	0.069985	0.019	0.0135				-0.06184	0.20275
TT-36-3	0.069962	0.0185	0.0195				-0.06186	0.20273
D-8-23-20-60	0.069884	0.0175	0.019				-0.06194	0.20265
D-7-16-10 -30	0.069749	0.013	0.0145				-0.06207	0.20252
D-7-34-10-60	0.069721	0.016	0.0235				-0.0621	0.20249
E-2-28-20-5	0.069572	0.017	0.02				-0.06225	0.20234
D-9-37-10-30	0.069551	0.0235	0.0195				-0.06227	0.20232
D-9-29-10-60	0.069538	0.013	0.0185				-0.06229	0.20231
D-9-36-20-30	0.069506	0.0225	0.018				-0.06232	0.20228
D-8-36-10-60	0.068993	0.018	0.022				-0.06283	0.20176
D-8-33-10-15	0.068802	0.025	0.023				-0.06302	0.20157
D-10-23-20-60	0.068752	0.0145	0.02				-0.06307	0.20152
D-7-37-20-30	0.068628	0.02	0.021				-0.0632	0.2014
E-2-1-10-30	0.068546	0.016	0.018				-0.06328	0.20132
D-8-31-10-30	0.06831	0.019	0.023				-0.06351	0.20108
D-9-32-10-15	0.068112	0.0175	0.022				-0.06371	0.20088
E-5-20-10-30	0.068035	0.0185	0.011				-0.06379	0.2008

E-3-36-10-30	0.067922	0.0205	0.019			-0.0639	0.20069
TI-23-41	0.067856	0.0225	0.019			-0.06397	0.20063
E-2-9-10-15	0.067833	0.0185	0.0215			-0.06399	0.2006
E-7-36-20-60	0.067749	0.0255	0.0205			-0.06408	0.20052
TI-21-5	0.067723	0.022	0.0205			-0.0641	0.20049
E-6-38-10-30	0.067453	0.0225	0.024			-0.06437	0.20022
D-6-33-10-15	0.067088	0.023	0.022			-0.06474	0.19986
D-8-34-20-60	0.066988	0.025	0.023			-0.06484	0.19976
E-12-21-20-60	0.066859	0.0175	0.025			-0.06496	0.19963
E-1-18-10-60	0.066816	0.027	0.0235			-0.06501	0.19959
D-5-15-10-30	0.066604	0.024	0.017			-0.06522	0.19937

料探勘偏頗考慮在內（如果任何方法具備顯著性的話，相關欄位就會打上星號）。由於沒有任何方法具備0.05的顯著性，所以這三個欄位都沒有星號。第8與第9欄分別代表80％信賴區間的上限與下限。

考慮資料探勘偏頗的三種推論方法如下：

1. 靴環（Boot）是WRC的改進版本，如同本書第6章提到的，此處採用羅梅諾（Romano）與吳爾夫（Wolf）建議提升靴環方法的功能[3]，藉以減少第II類型錯誤發生的可能性。

2. 現實檢視（Reality Check）是Quantmetrics目前使用的WRC版本，沒有考慮羅梅諾與吳爾夫建議的改善方法。

3. 蒙地卡羅排列方法（Monte Carlo permutation）是由馬斯特設計，採用羅梅諾與吳爾夫的改善建議。

80％信賴區間的上限與下限，數學理論是根據懷特最初的設計[4]，運算方法根據羅梅諾與吳爾夫，電腦碼則由馬斯特博士提供。此處的信賴區間已經考慮資料探勘偏頗。換言之，信賴區間的上限與下限，有80％的機率可以涵蓋所有技術法則的真實報酬。這意味著，如果我們根據1,000組獨立資料重複進行測試（實務上顯然不可能，因為我們總共只有一組資料），則有800個測試預期將落

在這些信賴區間內。

我們可以這麼說，在這1,000個測試中，大約有950個測試，我們不會錯誤地拒絕虛無假設，大約只有50個會如此。這種情況下，該特定測試沒有任何法則會具備顯著性。可是，把顯著水準設定為0.05，案例研究實際上會有1/20的機會發生第I類型錯誤；換言之，技術法則實際沒有預測功能，但其p值卻小於0.05，使我們錯誤地拒絕虛無假設。

案例研究批評

正面性質

運用基準評估技術法則　　我們的案例研究透過某特定基準來評估技術法則的績效，這點是正確的。如同本書第1章指出的，技術法則的歷史測試，唯有擺在特定基準上做評估才有意義。績效絕對讀數是沒有參考價值的。

我們的案例研究採用最低的合理基準，也就是沒有預測功能之法則的績效。在這個基準之下，技術法則具有效用，除非、也唯有該法則能夠在充分統計顯著性之下，勝過無預測功能的法則。對於特定案例，當然可以採用水準更高的基準。譬如，假定我們認定某個兩條移動平均穿越系統的績效很好，基準可以設定為某傳統的移動平均系統。

控制市場趨勢的影響　　如同本書第1章談到的，我們的案例研究採用趨勢被抽離之後的市場資料，計算相關法則的報酬，如此可以避免績效受到扭曲。如同稍早解釋的，如果某技術法則存在多頭或空頭部位的偏頗，那麼直接採用上升趨勢或下降趨勢的市場資

料，就會導致扭曲。

控制先見之明的偏頗　技術法則如果引用決策當時不該有的資訊，就會造成先見之明的偏頗，也就是預先洩漏未來資訊。舉例來說，如果某技術法則在盤中擬定進、出決策，則不該採用當天收盤價做為決策根據。至於進、出決策可能成交的第一個價位，則是隨後發生的價位。如果採用每天資料（這個案例研究就是如此），則第一個可執行價位，是隔天的開盤價。

另外，如果技術法則採用的報告資料，公布時間有落後的問題，例如：共同基金公布的現金數據，或所採用的報告資料隨後會修正，例如：政府公佈的經濟數據，也會產生先見之明的偏頗。這種情況下，引用落後數據時，必須考慮報告或修正的延遲問題。

為了避免先見之明的偏頗，案例研究的進、出場決策，都是根據部位反轉訊號隔天的開盤價進行交易。另外，我們的資料數列都沒有報告時間落後或修正的問題。

控制資料探勘偏頗　普通討論的技術法則歷史測試，很少引用統計顯著性檢定。這種情況下，測試結果根本沒有考慮相關績效來自於一般抽樣誤差的可能性。這是很嚴重的疏失，只要採用一般的假設檢定、很容易就可以修正這方面的缺陷。

可是，一般的顯著性檢定只適用單一法則的歷史測試。假定有很多法則同時接受測試，然後挑選其中績效最佳者；這種情況下，一般的假設檢定會讓統計顯著性看起來非常凸出，遠超過實際具備的程度（因此會錯誤地拒絕虛無假設）。為了避免第I類型的錯誤，可以引用進階的假設檢定，例如：本書第6章討論的WRC或蒙地卡羅排列。我們的案例研究採用這類檢定。如同稍早指出的，根據WRC與MCPM，6,402個法則的最佳績效者並不具備統計顯著性。

資料窺視偏頗的控制　資料窺視偏頗或許應該稱之為窺視先前研究的偏頗（prior-research-snooping bias）也就是說我們所做的資料探勘，其中引用的法則，某些是前人已經做過研究的結果。換言之，引用過去研究顯示有效的技術法則。這是一個很隱密的問題，因為我們不知道這些法則到底是由多少法則經過測試挑選出來的結果。由於接受測試的法則數量，是決定資料探勘偏頗程度的最重要因素之一，如果新的資料探勘引用過去研究挑選的績效優異法則，就不可能適當評估統計顯著性。

關於資料窺視偏頗的問題，我們的案例研究沒有故意納入其他研究的結果。由於我們測試的法則數量高達6,402種，其中難免有些與其他研究者的法則雷同，但這純屬巧合。如同本書第8章解釋的，我們考慮的法則，是根據特定一組參數、透過組合方式建構的全部可能結果。舉例來說，趨勢法則是取自11種通道突破回顧期間，以及39種可能的時間序列。我們總共考慮429種（11×39）可能法則。如果其中某個法則與先前研究的法則相同，則純屬巧合，不是故意安排的。所以，這份案例研究是在特定範圍內，考慮所有可能的法則，然後挑選績效最佳者。

負面性質

未考慮結構複雜的法則　這份案例研究的最大缺失，可能是沒有考慮結構複雜的技術法則。複雜法則是由多種單一法則蘊含的資訊結合、濃縮而成。基於幾個理由，這種處理方式會造成缺失。第一，不論是主觀或客觀的技術分析者，很少人會根據單一法則擬定交易決策。由這個角度來看，我們的案例研究並沒有複製技術分析者實際操作的情況。可是，如同本章稍後所做的評論，主觀技術分

析者很難恰當地解釋多重技術法則所蘊含的型態資訊。

第二，對於困難的預測問題（譬如：金融行情），結構複雜的法則，其績效應該比較理想。由數個簡單法則之非線性結合構成的複雜法則，其提供的資訊豐富程度，超過個別成分法則之資訊的加總和。根據艾西彼（Ashby）的「多樣性必要法則」[5]（Law of Requisite Variety），問題與其解必須有類似程度的複雜性。就金融行情預測來說，這意味著設計用來預測複雜系統（金融市場）之行為的模型（技術法則），其結構也必須複雜。關於複雜法則（即使是線性格式）具備的優異性，可以參考某份研究資料測試的39,832個法則[6]，包括單純與複雜法則在內。這些法則運用於四種股價指數的歷史資料：道瓊工業指數、S＆P500指數、那司達克指數與羅素2000指數，涵蓋期間由1990年到2002年。在接受測試的所有法則之中，有3,180個法則屬於複雜法則（約佔8％）。測試結果顯示，有229種法則的預測功能具備統計顯著性，其中有188種屬於複雜法則（約佔有效法則的82％）。這份研究考慮資料探勘偏頗的問題，採用WRC方法計算統計顯著性。順便提一點，對於道瓊工業指數與S＆P 500，沒有任何法則具備統計顯著性的預測功能。

為了處理上的考量，我們的案例研究只考慮單純技術法則。可是，我原本認為6,402個法則之中，至少有幾個法則的預測功能具備統計顯著性。結果證明我的看法太樂觀了。

只考慮多、空反轉的技術法則　同樣地，為了處理單純化起見，我們只考慮二元型態的法則：多頭部位一旦結束，必須反轉為空頭部位，反之亦然。如同本書第1章談到的，這方面的限制可能扭曲某些技術分析方法的根本概念。我們必須認知二元法則的限制，尤其是多、空反轉法則。在這種限制之下，我們必須永遠持有

市場部位，這意味著市場將永遠顯示缺乏效率的現象，永遠存在獲利機會。反之，更具選擇性的法則，則要判斷市場是否缺乏效率而值得操作；換言之，市場只會偶爾出現缺乏效率的現象，這顯然是比較合理的假設。因此，允許持有「多頭／空頭／中性」部位的三元法則，或允許持有「多頭／中性」或「空頭／中性」的二元法則，可能是比較合理的情況。我們的案例研究沒有考慮這類的法則。

技術法則只侷限於S＆P 500的交易　同樣地，為了單純性起見，技術法則只運用於單一市場：S＆P 500指數。我們稍早提到的更大型研究[7]，其資料也顯示沒有任何單純或複雜法則能夠有效運用於S＆P 500指數。當我挑選S＆P500做為技術法則的交易對象時，並不知道這份大型研究的發現：某些法則能夠有效運用於那司達克指數與羅素2000指數。如果我預先知道結果，並因此挑選那司達克指數或羅素2000做為交易對象，那等於是窺視先前研究的結果，我們提供的p值，其效用也很有限。反之，如果我是在不知道的情況下挑選那司達克指數或羅素2000，那麼相關發現就有效，p值也是精確的。

案例研究的可能延伸

前一節提到的一些缺失，意味著這份案例研究可以朝幾個方向做延伸。

運用於季節性程度較低的股價指數

稍早提到由蘇氏（Hsu）與鄺氏（Kuan）進行的研究資料顯

示，某些法則能夠有效運用於那司達克指數與羅素2000，這意味著技術法則或許比較適用於季節性程度較低的股價指數。所以，可能的延伸方向之一，是把這些技術法則運用於包含較少季節性企業的其他國家股價指數。當然，前提是這些股票市場必須能夠提供技術法則所需要的原始資料，例如：上漲（下跌）家數、創新高（低）家數、價格上漲（下跌）家數成交量、……等。一些研究文獻資料顯示[8]，相較於成立時間較久、效率較高的市場，新成立的股票市場可能比較適合做預測。可是，新成立的股票市場，由於歷史較短暫，可供運用的資料也比較有限。

改善指標與技術法則的規格

技術法則的獲利能力，取決於該法則所運用之技術指標蘊含的資訊內容。技術指標愈能夠有效呈現市場行為，技術法則的獲利潛能也就愈高。此處考慮的6,402個法則，根據的三個主軸分別為：趨勢、物極而反與背離。雖然我們認為所採用的技術指標能夠在合理程度內表達這三個主軸，但這方面無疑還有改善空間。如同我們稍後將提到的，技術分析者將來的最重要工作之一，是發展一些更能有效呈現市場行為資訊的計量指標。

舉例來說，如同本書第8章提到的，根據共積（conintegration）建構的背離指標可能更適用[9]。用以衡量極端值的指標，如果採用艾勒斯（Ehlers）建議的費雪轉換（Fisher trasnform），可能更有用[10]。他指出，根據通道常態化建構的指標，其次數分配的特性並不理想，因為極端值發生的頻繁程度，甚至超過指標的中間讀數。對於偵測極端現象的指標來說，這顯然不是我們期待的性質。可是，艾勒斯表示，通道常態化資料運用費雪轉換之後，結果會更接

近常態分配。指標讀數如果接近常態分配，則極端值發生的情況就會很罕見，這正是我們希望這類指標具備的性質。如此一來，指標也更能夠提供我們想要的資訊。由於艾勒斯並沒有提供有關費雪轉換效率的資料，所以現在還只能做猜測而已，有待進一步研究。

考慮複雜法則

複雜法則是由兩個或多個簡單法則結合而成，藉以增進預測能力。關於複雜法則的推演，有兩個關鍵議題：由哪些簡單法則構成？如何構成？所謂「如何」，是運用數學或邏輯運算因子來結合簡單法則的輸出結果，藉以產生複雜法則的輸出結果。

線性結合是最簡單的結合方法。線性結合是加總簡單法則的輸出結果。這是將每個簡單法則的結果，都視為是複雜法則輸出結果的獨立構成因子。換言之，每個簡單法則的貢獻，都不會受到其他法則的影響。最簡單的線性結合方法，是設定每個成分的權數都相同。

所以，兩個二元反轉法則的簡單線性結合，其結果讀數有三：－2、0與+2。如果兩個簡單法則都顯示空頭部位，複雜法則的輸出讀數為－2；如果兩個簡單法則都顯示多頭部位，複雜法則的讀數為+2；如果兩個簡單法則分別顯示多頭與空頭部位，則複雜法則的輸出讀數為0。當然，構成簡單法則的權數未必要設定為相等。我們可以根據構成法則的預測功能強弱，分別設定不同的權數。每個法則的相對權數，可以表示為係數，此處以a代表。整組權數的數值——根據某種評估基準來設定，譬如：最小預測誤差或最大績效——可以透過最佳化程序設定。下列方程式代表加權線性結合的通式：

線性結合具有可加性：

$$Y = a_0 + a_1 r_1 + a_2 r_2 + \cdots + a_n r_n$$

其中：

Y代表複雜線性法則的輸出結果

r_i代表第 i 個法則的輸出結果

a_i代表第 i 個法則的權數

a_0代表常數，Y的截距

　　不同於線性結合，非線性結合考慮構成法則之間的彼此互動。換言之，複雜法則輸出值Y，並不是個別法則輸出值的加權加總和。非線性結合情況下，個別構成法則對於複雜法則輸出結果Y的貢獻程度，取決於其他法則的輸出值。反之，對於線性結合來說，每個構成法則對於Y的貢獻程度，都不受其他法則的影響（獨立於其他法則）。非線性結合的優點，是可以處理更複雜的資訊型態。可是，有某一方面的好處，往往就產生另一方面的缺點：非線性結合通常不能表示為簡潔的方程式。如果我們不知道非線性結合運用的明確方法，這類模型往往稱為「黑盒子」。由類神經網路軟體產生的非線性結合，就是「黑盒子」模型的例子。

　　如果我們考慮連續變數而不是二元法則輸出結果的話，線性與非線性結合之間的差別比較容易說明。連續變數可以代表某區間內的所有數值，而不只偏限於某些離散數值，如同二元法則的+1與－1。我們可以運用圖9.4的圖形，說明線性模型的對應曲面，後者代表複雜法則的輸出結果，結構為平面狀。線性曲面上沒有峰位或谷底。換言之，以每個輸入變數（X_1與X_2）為準，對應曲面的斜率在整個區間內都是常數。輸入變數X_1為準的曲面斜率標示為a_1係

數，輸入變數X_2為準的曲面斜率標示為a_2係數。至於a_1與a_2的數值，通常都是根據一組資料，透過一種叫做迴歸分析的統計方法計算。除了a_1與a_2之外，還有決定Y之截距的第三個係數a_0，三個模型係數可以決定用以估計資料點的最佳套入曲面。對應曲面的斜率為常數，顯示輸入變數之間不存在非線性的互動關係。換言之，輸入變數X_1與X_2之間呈現加法的互動。

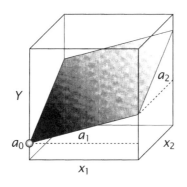

圖9.4　$Y = a_0 + a_1 x_1 + a_2 x_2$

　　對於非線性模型，輸入變數之間允許存在非可加性的互動。這意味著Y值不只是個別輸入變數之值的加權總和。非線性模型之內，每個輸入變數（技術指標）的貢獻，都取決於其他輸入變數。非線性模型的對應曲面包含峰位與谷底。換言之，對於以任何輸入變數為準，模型曲面的斜率不會在整個區間內都是常數。在輸入變數的區間之內，斜率變動會導致對應曲面呈現圖9.5的形狀。

　　某個主軸內的線性結合　　加法雖然是很單純的結合方式，但透過線性結合產生的複雜法則還是有用的。蘇氏與酈氏進行的研究[11]，運用三種方法建構複雜法則，其中兩種屬於線性格式：投票

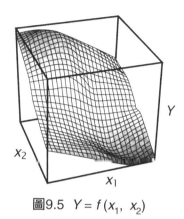

圖9.5　$Y = f(x_1, x_2)$

（voting）與部分（fractional）法則。至於第三種法則，他們稱為學習法則，並不是採用單純法則的結合，而是自動挑選一組法則內最近表現最佳的單一法則。投票與部分方法建構的複雜法則，原則上就是加總某個主軸內的所有單純法則。所謂主軸可能是（譬如說）通道突破的所有法則，或能量潮移動平均的所有法則。根據投票機制產生的複雜法則輸出結果，是讓主軸內每個單純法則都有一票投票權，然後透過多數法則的意見，建立一單位部位。譬如說，如果大部分法則建議空頭部位，則建立一單位的空頭部位。根據部分機制產生的複雜法則輸出結果，也同樣是讓主軸內每個單純法則都有一票投票權，但最後根據投票結果的多、空比率（多頭票數減去空頭票數，除以總票數）建立部位。舉例來說，蘇氏與鄺氏考慮2,040個能量潮法則。如果有1,158個法則主張空頭部位，有882個法則主張多頭部位，則建立0.135單位的空頭部位（[882－1152]÷2040 =－0.135）。

　　所以，我們的案例研究也可以透過投票與部分方法，建構線性的複雜法則。這可以根據某個主軸內的所有法則進行，譬如說：所

有的背離法則。有一種常用的技術指標稱為擴散指標（diffusion indicator），就是建立在類似觀念上。紐約證交所成分股位在200天移動平均之上的股票家數百分率，就是很著名的擴散指標。對於這個例子，百分率也就是未經加權的線性結合。

擴散指標也就是背離法則呈現之多、空訊號的淨百分率。如果採用投票機制，則當50％以上的背離法則顯示+1，則建立多頭部位，否則建立空頭部位。如果採用部分機制，則所持有的多、空部位必須反映多、空訊號之間的比率關係。有一點務必要注意，如果要根據我們案例研究的6,402個法則建構擴散指標，則必須排除反向法則，否則擴散指標的數值永遠是0。所以，根據趨勢法則建構的擴散指標，只能採用TT法則，不能採用TI法則。同理，根據物極而反法則建構的擴散指標，只能採用第1～6種法則，不能採用第7～12種法則，因為後者是前者的反向法則。

機械衍生的非線性結合　我們的案例研究法則，也可以透過非線性、非加總方式產生複雜法則。可是，這需要採用自動化機械學習（資料探勘）系統，例如：神經網路[12]（neutral networks）、決策樹與決策樹套件（decision trees and decision tree ensembles）、多元迴歸樣條曲線[13]（multiple regression splines）、核心迴歸[14]（kernel regression）、多項式網路[15]（polynomial networks）、基因程式[16]（genetic programming）、支援向量的機械[17]（support-vector machines）、…等。這些系統採用歸納方法，由很多歷史案例中學習，然後合成非線性的複雜法則（模型）。每個歷史案例都是根據一組既定資料產生的指標數值，以及該模型試圖預測的輸出變數讀數。

非線性的複雜法則可以透過兩種方式產生。一是提交二元格式

的法則，就如同輸入法則一樣。一是提交用於法則的技術指標。

根據我的瞭解，目前用以提供非線性複雜法則的產品，都沒有處理資料探勘偏頗的統計顯著性檢定功能。缺少這方面的保障，透過資料探勘尋找複雜法則，就必須仰賴巧妙的樣本外測試來保障，這涉及三組資料（訓練、測試與評估），細節請參考下文討論。

技術法則的複雜程度允許被最佳化，而不是尋找複雜程度固定的法則最佳參數值，這有優點，但也有缺點。複雜程度允許最佳化的優點，是可以提高找到優異法則的機會。缺點則是在挑選最佳法則之前，需要考慮的法則數量顯著增加。這會增添最佳績效法則過度套入（overfitted）的可能性。所謂過度套入，是指該法則不只反映樣本資料的有效型態，也反映了隨機影響（雜訊）。過度套入的法則，其未來績效通常不理想。換言之，這類法則的樣本外表現，通常遠不如樣本內顯示的績效。資料探勘偏頗就是這類的例子。

為了防範複雜程度最佳化程序可能產生的過度套入，歷史資料通常劃分為三部分：訓練、測試與驗證。讀者應該還記得本書第6章談到的，當我們尋找固定複雜程度之法則的最佳化參數值[18]，為了防範資料探勘偏頗，歷史資料被劃分為兩部分：訓練與測試。

為了尋找最佳化複雜程度的非線性法則，機械學習程序會透過兩個不同的循環在訓練與測試組資料內運算。內部循環用以尋找既定複雜程度之最佳化參數。外部循環尋找最佳複雜程度。一旦找到最佳複雜法則之後，就利用第三組資料進行評估，這組資料稱為驗證組（validation set）。在尋找最佳化複雜法則之參數值與複雜程度的過程中，沒有使用第三組資料。由於法則搜尋過程沒有使用驗證組資料，所以最佳法則在該組資料內的表現，屬於未來表現的不偏估計。請參考圖9.6。

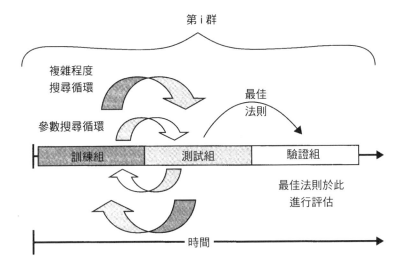

圖9.6　搜尋最佳法則的參數值與複雜程度

　　三組資料的運作，可以採用前行的（walk-forward）方式處理。在第一群資料內（包括：訓練／測試／驗證）找到最佳法則之後，三組資料視窗可以往前滑行，整個程序再度運作於下一群資料，請參考圖9.7。

　　視窗內的資料為何要劃分為三組，其動機或許值得稍做說明。市場行為是由系統性行為（將來會重複發生的型態）與隨機雜訊構成。對於特定一組資料，只要增加法則的複雜程度，絕對可以提升技術法則套入資料的程度。換言之，只要把複雜程度提高到某種水準，就可以讓某個法則在每個低點買進，然後在每個高點賣出。這絕非好點子[19]。技術法則如果能夠精準拿捏歷史資料的時效，絕對是受到雜訊污染的結果。換言之，完美或接近完美的訊號，代表技術法則在很大程度內反映了歷史雜訊（換言之，過度套入）。

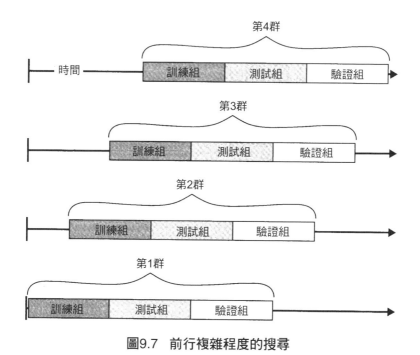

圖9.7　前行複雜程度的搜尋

　　把技術法則運用在測試組資料，會顯現過度套入的問題。在此處，技術法則的表現會不如訓練組資料。這是因為訓練組資料內的系統性型態會重複發生在測試組資料，但訓練組資料內的雜訊則不會。如果訓練組的獲利能力，不能重複發生於測試組，則我們可以推論這很可能是過度套入的問題。

　　從事複雜程度最佳化的過程，技術法則遭到過度套入的第一個徵兆，是測試組的績效到達高峰而開始退化。複雜程度最佳化的進行方式如下。首先由複雜程度很低的技術法則開始，運用該法則的各種不同參數值，在訓練組資料內重複進行操作。每進行一次操作，就會產生某特定參數組的一個績效數據（例如：報酬率）。在

訓練組資料內，讓該技術法則產生最佳績效的參數組，我們稱為最佳法則1。然後，最佳法則1在測試組資料內操作，並記錄其測試績效，這完成了複雜程度的第一個循環。接著，開始進行複雜程度的第二個循環，取出某個較最佳法則1稍微複雜的技術法則，也就是說其參數數量更多一些。

同樣地，在訓練組資料中操作而尋找最佳的參數組。對於該複雜程度的最佳法則，我們稱其為最佳法則2，該法則在訓練組的表現幾乎一定優於最佳法則1，因為其複雜程度較高。然後，最佳法則2在測試組資料內操作，並記錄其測試績效，這完成了複雜程度的第二個循環。依此類推，繼續進行複雜程度的第三個、第四個……循環，不斷提高技術法則的複雜程度，在訓練組資料內尋找最佳參數組，然後在測試組內進行操作，記錄其測試績效。

一般來說，複雜程度提高，該複雜程度之最佳技術法則的測試績效，應該會優於複雜程度較低的最佳法則。可是，複雜程度成長到某個水準之後，測試組的績效會開始下降。這意味著，最近增添的複雜程度，已經開始反映訓練組資料的隨機雜訊（不會重複發生於測試組資料）。換言之，到了這種程度，技術法則已經開始過度套入。

如果技術法則的複雜程度在此之前就停止繼續提高，則技術法則不能擷取訓練組資料的全部有效型態。這類法則稱為套入不足（underfitted）。關於套入不足與過度套入的現象，請參考圖9.8。請注意，對於訓練組資料來說，提高複雜程度一定會提高技術法則的績效，這在圖9.8內表示為不斷成長的實線。過度套入與套入不足的分界點，位在測試組資料績效曲線（圖9.8以虛線表示）的峰位。

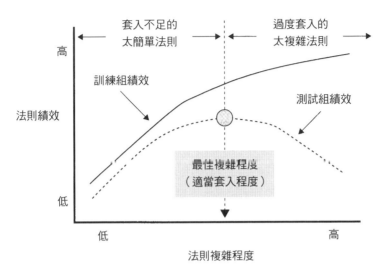

圖9.8　技術法則複雜程度最佳化

　　有關複雜程度搜尋的概念，對於某些讀者來說，可能很生疏，所以讓我引用明確的例子做說明，不過此處採用人力指引而非機械指引的複雜程度最佳化。首先考慮兩個移動平均穿越系統的反轉法則[20]。這個法則需要界定兩個參數：短期均線的回顧期間，以及長期均線的回顧期間。首先，我們要根據訓練組資料，不斷嘗試各種不同參數組合的績效。如果每個移動平均的回顧期間都有10參數值可供考量，那麼我們總共要做100次嘗試[21]，才能找到兩條移動平均穿越系統的最佳法則。接著，這個最佳法則要在測試組資料內操作。假定這個最佳法則在訓練組資料內的年度化報酬為30％，在測試組資料內的報酬為15％。截至目前為止，這只代表一般的參數最佳化程序，因為測試組資料只被使用一次，15％報酬是該法則未來績效的不偏估計。

　　現在，假定我們並不滿足於15％的年度化報酬，所以打算開始

進行資料探勘，準備運用兩條移動平均穿越系統建立更複雜的技術法則[22]。我們回到計畫桌上，準備根據韋達（Wilder）的相對強弱指數（RSI）建構複雜法則。RSI是衡量價格變動率的指標。這個例子中，我們採納RSI法則，把兩條移動平均穿越系統的反轉法則，改變為允許持有中性部位（退場觀望）的法則。我們準備把RSI當做濾網：如果RSI讀數超過某門檻值rsi_max，則移動平均穿越系統的賣出訊號只代表結束多頭部位，但不同時建立空頭部位；換言之，保持空手。反之，如果RSI讀數低於某門檻值rsi_min，則移動平均穿越系統的買進訊號只代表結束空頭部位，但不同時建立多頭部位；換言之，保持空手。這個複雜法則有4個參數需要設定：短期均線長度、長期均線長度、rsi_max與rsi_min。現在，訓練組資料需要嘗試更多的參數組合。

　　如同我們預期的，增添技術法則的複雜程度，使得4個參數的法則在訓練組資料內的報酬提高。假定現在的訓練組報酬為50％，先前2個參數的移動平均穿越法則報酬為30％。訓練組資料的表現改善是理所當然的，因為技術法則的複雜程度提高（參數數量由2個增加為4個）。可是，我們發現4個參數的法則在測試組資料內的表現，也由稍早的15％提高為20％。在測試組資料內，較複雜法則的表現較好，我們有理由相信這是因為複雜程度提高，使得技術法則能夠掌握更多的系統性價格行為。

　　因此，我們又回到計畫桌上，準備再提高複雜程度，嘗試進一步改善法則績效。這需要增添一些新條件與額外的參數。新條件可以是其他濾網，或是替代進場訊號。每次提高技術法則的複雜程度，就在訓練組資料內尋找績效最佳的參數組合，藉此挑出最佳法則，然後在測試組資料內操作。提高技術法則複雜程度的整個作

業，將繼續進行到測試組資料的績效開始下降為止。這意味著技術
法則已經由套入不足演變為過度套入；這個時候，如果繼續提升複
雜程度，就會把訓練組資料的雜訊套入技術法則。最佳複雜化程度
法則，是測試組資料表現最佳、複雜程度最高的法則。

　　可是，如此一來，第三組（驗證組）資料又有什麼作用呢？截
至目前為止，我們還沒有使用這組資料。某些讀者或許已經發現，
最佳複雜程度技術法則在測試組資料內的績效存在正值偏頗。我們
為了尋找最佳複雜程度的技術法則，曾經不斷在測試組資料內運
作，這會引進正值偏頗——資料探勘偏頗。因此，如果想要取得最
佳複雜程度法則未來期望績效的不偏估計，我們必須進入驗證組資
料。由於驗證組資料並沒有用來設定最佳參數值或最佳複雜程度，
所以屬於還沒有被污染的資料。

技術分析的未來展望

　　技術分析的發展，目前正處在岔路的關鍵，其未來發展取決於
我們的選擇。傳統途徑將繼續是不科學、主觀的理論，建立在無法
驗證的論述、傳聞與直覺分析之上。另一個途徑則是科學的，也就
是我們所謂的「證據為基礎的技術分析」（EBTA）。這套處理方
式，只採用可供驗證的方法，講究客觀的證據，然後抱著質疑的態
度，運用適當的統計推論工具做嚴格的檢驗。所以，EBTA踏出的
途徑，是介於迷信與懷疑論之間。

　　現在，容我提出下列這個不能被證明為誤的大膽預測：在技術
分析的領域之內，凡是沒有現代化的，都勢必被邊緣化。科學發展
史上有太多的例證可以支持這個論述。占星學逐漸發展為天文學，

但前者現在處於人類文化的邊緣地帶，而天文學則成為蓬勃發展的主流學科。

　　技術分析究竟會繼續停留在傳統的不科學途徑上，就如同許多歷史例證一樣，被拋棄在一旁呢？或是採納EBTA而成為主流學科？由歷史發展的先例觀察，情況似乎不太樂觀。科學發展史顯示，人們對於自己所執著的思考模式，很少會放棄的。這種現象也符合本書第2章顯示的證據：既定的信念非常難以改變。研究資料告訴我們，即使有充分的證據顯示當初導致某種信念的根據完全錯誤，該信念還是能夠繼續殘存下來。如果技術分析還要繼續停留在傳統途徑上，那實在太不幸了。我相信，這會讓技術分析將其原本佔有的領地，讓出來給更嚴格的學科，譬如：實證行為金融學。

　　這並不是說傳統技術分析會喪失所有的信徒。算命師永遠不缺顧客。預告未來畢竟是歷史第二悠久的古老行業[23]。某些人永遠相信這套，因為他們需要藉此減緩未來不確定性造成的深沈壓力。根據預測理論專家史考特・阿姆斯壯（Scott Armstrong）的說法，預測未來這個行業的需求旺盛，原因絕對不是因為預測準確。阿姆斯壯在其論文「預言傻瓜理論：預言專家的價值」（The Seer-Sucker Theory: The Value of Experts in Forecasting）表示[24]，即使專家的看法根本沒有精確性可言，人們還是非常重視專家的看法。客戶真正需要的，是藉由這種管道減緩不確定造成的壓力，把責任轉移給專家。阿姆斯壯認為這類客戶就像自欺欺人的傻子一樣，因為他在其論文中提出許多研究資料顯示，專家的預測並不會比非專家好上多少。關於預測缺乏精確性，這種現象普遍存在於各領域，包括金融預測在內。

　　阿姆斯壯的文章引用了亞弗雷特・考利斯（Alfred Cowles）的

論文[25]，後者曾經追蹤1930年代後期市場專家漢彌爾頓（Hamilton，《華爾街日報》編輯）的績效紀錄。雖然漢彌爾頓的聲譽卓越，但根據考利斯的資料顯示，在1902年到1929年之間，這位大師的行情方向預測有50%是錯誤的。考利斯也評估其他法人機構或專家的預測表現，包括：20家保險公司、16家金融服務公司、24家金融出版業者，他們的預測績效都不怎麼樣。郝伯特（Hulbert）的金融文摘統計資料也顯示類似的結論，該文摘目前追蹤500多個投資組合的績效。郝伯特的某份研究資料顯示，57家投資快訊在1987年8月到1998年8月的10年期間內，能夠擊敗威爾夏5000指數（Wilshire 5000 Index）複利報酬率的投資快訊家數不到10%。

阿姆斯壯認為，除了在很有限度的範圍內，專家意見對於預測精準性沒有什麼幫助。所以，消費者如果非要聽取專家的意見，最好購買一些最廉價的預測，因為其預測精準程度大致上與最昂貴的預測相同，他也建議投資人不要花太多精力做預測，因為一般程度的預測，其精準性就足以媲美最昂貴的專家。

最近，有些徵兆顯示，市場上的某些主要投資機構已經不願採納傳統技術分析。2005年，華爾街的兩家大型經紀公司關閉傳統技術分析研究部門[26]。這究竟是偶發事件，或是某種趨勢的開端，仍有待觀察。

證據為基礎的技術分析：科學途徑

採納科學方法，可以讓技術分析立即受惠。排除主觀的技術分析，不論是重新建構為客觀、可驗證的方法，或是完全捨棄，都可以把技術分析轉移到正統的科學領域。唯有可供驗證的觀念才會被接納、唯有那些具備客觀證據者才會被認定為知識。

這並不是說採納了EBTA之後，就可以找到所有明確的答案，所有的爭論都會結束——絕非如此。爭論是科學程序的一部份。即使在最嚴格的科學領域，重要的問題需要尋找答案，但問題就是最終將提供可驗證之結論的假說。

EBTA有其限制。最主要的問題，在於不能進行控制性的實驗，後者是科學研究的基準。在可控制的實驗中，我們可以只考慮單一變數的影響，而讓所有其他變數都維持不變。技術分析註定只能觀察科學，必須在歷史過程尋找新知識。

就這方面來說，技術分析並不孤獨。考古學、古生物學與地質學都要仰賴歷史資料。雖說如此，它們仍然是科學，所處理的問題是可供驗證的，並藉由客觀證據來判別有用或無用的觀點。

缺乏實驗控制的問題，在某種程度上，可以由統計方法來彌補。舉例來說，當佛斯貝克（Fosback）衡量共同基金經理人的樂觀／悲觀看法時，他利用迴歸分析排除短期利率對於基金持有之現金準備的複雜影響[27]。把短期利率對於共同基金持有現金準備之重要影響中性化之後，他最終得到一種未經污染的人氣指標，可以反映基金經理人對於行情的看法，這稱之為佛斯貝克指數。同樣地，傑柯布（Jacobs）與李維（Levy）採用多重迴歸分析，藉以減緩多重變數造成的複雜影響[28]。這使他們得以推演純粹的指標，用以衡量股票的相對績效表現。舉例來說，他們可以衡量純粹的報酬-反轉效應[29]，因此而成為股票相對績效的最有效、最一致性預測指標之一。換言之，他們發現一種真正有用的技術分析效應：最近一個月以來表現疲弱的股票，次一個月通常有相對強勁的表現。

沒有辦法進行控制實驗的另一項缺點，是不能創造新的資料樣本。技術分析研究者只有一組市場歷史資料可供運用；必要的情況

下，這組資料必須不斷被重複使用。這會產生資料探勘偏頗的問題。同一組資料中，接受測試的技術法則數量愈多，愈有可能出現某個法則純粹因為機運因素而產生優異表現。由於不能像實驗科學一樣做全新的觀察，使得技術分析必須引用統計推論方法來處理資料探勘偏頗的問題。

在人與電腦合作關係中，專家扮演的角色

我認為，技術分析的未來發展，最高潛能存在技術分析專家與電腦之間的合作關係。這不是什麼新點子。大約在30多年前，我在費爾森（Felsen）的著述中第一次看到這種觀點[30]，最前衛的技術分析專家始終都充分運用著最先進的資料模型與機械學習科技[31]。過去十年來，專業期刊的無數論文都充分顯示，把先進的資料探勘方法引用到技術分析與基本分析指標的重大效益：發現有效的客觀型態[32]。

這種合作關係可以讓人類專家與電腦之間產生綜效（synergy）。綜效之所以存在，因為兩者處理資訊的能力具有互補功能──電腦的長處正是人類的短處，反之亦然。特別是裝載資料探勘軟體的電腦，以及某個特殊領域（技術分析、細胞學、油田地質學…等）的處理專家。

這雖然是過份簡化的觀點，人類具有創新力，電腦則否。人類可以提出問題，然後把看似無關的事實整理為型態，並擬定解釋的假說。可是，人類具備的這種獨特能力，也有其黑暗的一面；這使得我們容易受騙。我們之所以容易受騙，原因之一是我們比較容易繼續接受既有信念，比較不容易懷疑既有信念。因此，雖然我們擅長創新，能夠提出新的指標或新的技術法則，但不擅長處理不恰當

的觀念。另外，基於人類的演化背景，我們不擅長解釋高度複雜或隨機的現象。所以，我們的配置思考（configural thinking）能力非常有限，不擅長同時考慮許多變數來做綜合預測或判斷。

電腦雖然沒有創新能力，但資料探勘軟體允許它們處理不相干的指標，使之合成複雜的模型，同時運用許多變數於預測。換言之，電腦很擅長配置分析。電腦能夠合成複雜的高維度模型，唯一的限制是可供運用的資料數量。對於預測模型來說，數學家里查・貝爾曼（Richard Bellman）把這方面的限制稱為維度的詛咒（curse of dimensionality）。換言之，當構成多維度空間的指標數量增加時（每個指標都代表一個維度），支援該空間的觀察資料密度會按照指數速度下降。資料探勘軟體要由背景隨機雜訊中找出有效型態，需要一定水準的資料密度。隨著維度增加，如果要維持既定的資料密度，則觀察資料的數量必須按照指數速度增加。舉例來說，如果2個維度需要的資料密度為100個觀察，3個維度就需要1,000個觀察資料，4個維度需要10,000個觀察資料。雖然這方面的限制是非常真實的，但現代資料探勘軟體的配置推理能力與複雜型態偵測能力，仍然遠超過萬物之靈的人類。

總之，電腦擅長人類所不擅長的，人類擅長電腦所不擅長的。兩者是絕配。

主觀預測是徒勞之舉

人類與電腦之間的綜效，雖然潛力無窮，但很多傳統技術分析者還是堅持採用主觀方法，根據諸多指標來進行預測或擬定決策。過去50多年來，有太多證據顯示這種處理方式是徒勞無功的。這些研究資料告訴我們，對於重複性的預測問題，不論在哪個領域裡，

主觀預測基本上都不能勝過最簡單的統計法則（模型）。所謂的重複性預測問題，是對於類似的一組資訊，重複做類似型態的預測。這類例子包括：技術分析，犯人出獄的暴力傾向預測，借款者違約行為的預測，以及其他等等。可供決策者運用的資料，是由很多變數構成的一系列讀數。在技術分析方面，可供運用的資料，是一些指標的讀數。在信用評估方面，可供運用的資料，是一些財務分析的比率。決策者的工作是判斷可供運用的資料與所預測的結果之間，是否存在穩定的函數關係，評估該關係的性質，然後根據函數關係來結合變數。如果前述關係很複雜，涉及很多變數，決策者面臨的配置思考問題就超過人類智識能夠處理的限度。碰到這種情況，對於主觀專家來說，唯一的抉擇就是訴諸直覺判斷。

1954年，保羅・密爾（Paul Meehl）曾經提出一份有關主觀預測（專家直覺）與統計法則（模型）預測之精確性比較的論文[33]。這是一份綜合評估先前研究的論文，也就是研究資料分析的資料，該文檢視20篇有關心理學家或精神病醫生之主觀診斷與線性統計模型之診斷的比較論文。這些論文探討的主題包括：學業表現預測、罪犯再犯可能性預測、電擊療法結果的預測。每種情況下，專家都是根據主觀方式評估一系列變數，然後做成判斷。「所有的研究資料都顯示，統計模型提供的預測比較精確，或起碼一樣精確[34]。」沙耶（Sawyer）隨後也提出一份論文[35]，這是針對45份研究所做的資料分析的資料。「同樣地，沒有任何一份研究資料顯示，全面的診斷優於統計預測[36]（沙耶稱之為『機械結合』，mechanical combination）。」

沙耶的調查特別值得注意，因為他考慮的研究資料都允許人類專家接觸到統計模型所不能接觸的資料；雖說如此，統計模型的表

現仍然比較優異。舉例來說，有一份資料研究37,500個水手在訓練學校的學業表現；在這個例子中，統計模型只能接觸學員們的入學考試成績，但人類專家除了可以接觸這些入學考試成績之外，還做面談測試。這些人類專家顯然太過重視面談過程的一些無關資訊（雜訊），輕忽了客觀的可衡量資料。

克莫勒（Camerer）發表一篇論文[37]，比較專家主觀預測與兩種客觀預測方法：迴歸分析推演的多變量線性模型，以及模擬專家如何做判斷的數學模型。結果，預測精確程度最差的，是專家的主觀判斷。最精確的預測，則來自線性迴歸模型。圖9.9是羅梭（Russo）與修馬克（Shoemaker）引用克莫勒之研究結果編輯而成的資料[38]。關於預測方法之間的比較，此處採用預測結果與實際結果之間的相關係數做為計分標準。相關係數介於0與1之間，0代表預測結果與實際結果全然無關（預測毫無價值），1代表預測結果與實際結果完全吻合。

預測問題涵蓋九個不同的領域：（1）研究生的學業表現，（2）癌症病患預期存活期間，（3）股票價格變動，（4）運用人格測試預測心理疾病，（5）心理課程的分數與態度，（6）運用財務分析比率預測經營失敗，（7）學生對於教學有效程度的評等，（8）人壽保險推銷員的表現，（9）透過羅撒哈測試評估IQ。

請注意，統計模型的相關係數平均值為0.64，專家主觀預測為0.33。就R2衡量的資訊內容來說，模型預測蘊含的資訊程度平均是專家的3.76倍（＝$0.64^2 \div 0.33^2$）。

比較專家判斷與統計模型之預測精確性的其他無數研究結果都確認前述發現，使得我們不得不承認，當人們嘗試運用多變量因素來做預測或判斷時，表現是非常差的。1968年，歌德伯格

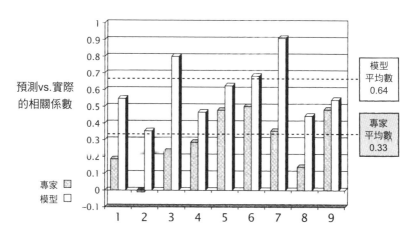

圖9.9　九個領域的預測績效比較：主觀專家vs.客觀線性模型

（Goldberg）的研究資料顯示[39]，運用人格測試分數的一種線性預測模型，其判別精神官能患者與神經病的精確程度，勝過有經驗的醫師診斷。模型判斷的精確程度在70％，專家判斷的精確程度介於52％到67％之間。1983年的一份研究資料顯示，當變數的數量增加時，人類專家的表現會變得很差。針對新近承認罹患精神病的男性患者，根據19項輸入因素預測暴力傾向，專家預測的精確程度只有0.12（讀數代表預測暴力與實際呈現暴力之間的相關係數），其中預測精確程度最高的最佳專家，其讀數為0.36。至於線性統計模型，同樣運用19項輸入因素，相關係數為0.82。就目前這個例子來說，模型預測蘊含的資訊內容將近是專家的50倍（0.822÷0.12247）。

密爾（Meehl）繼續從事專家判斷與統計模型預測之間的比較，並於1986年提出結論表示：「這在社會科學領域裡已經沒有爭議，因為有來自各方面的研究都呈現一致性的結論。當這些調查的數量已經接近90種（目前已經超過150種[40]），預測的對象包括足球

比賽結果到肝病患者，結果卻只有不到半打的研究，勉強顯示人為判斷稍具優勢，現在已經是做成結論的時候了[41]。」

證據仍然持續累積，但很少專家給予重視。關於專家預測與線性統計模型預測之間的比較，最完整的一份研究可能是葛拉夫（Grove）與密爾在1996年提出的報告[42]，涵蓋136篇論文。在這些研究個案之中，有96％顯示統計模型優於或等於專家判斷。在2000年發表的類似論文中，史威特（Swets）、莫納罕（Monahan）與道伊斯（Dawes）比較醫學與心理學方面運用的三種預測方法：（1）專家主觀判斷，（2）統計模型，（3）結合前兩者，統計模型的結論經由專家做調整。結果符合先前的研究。因此，專家如果繼續進行主觀的判斷，不只預測精確性有問題，可能也不符合職業道德 [43]。

根據前文談到的資料，哈斯帝（Hastie）與道伊斯（Dawes）[44] 歸納下列結論：

1. 專家與初學者運用相對少數的輸入因子（3～5個）做主觀判斷。牲口評估與氣候預測是例外，通常運用相當多的輸入因子。如果可以得到立即而精確的回饋，則可以採用大量的資訊，使得這兩個領域的專家們得以學習。至於其他領域，例如：醫學診斷、入學測試、金融預測等，回饋通常會延遲或根本不會回饋。哈斯帝與道伊斯的結論，說明了主觀技術分析者為什麼不能由錯誤中學習：因為沒有客觀的型態定義與評估準則，所以沒有精確的回饋。

2. 對於相當廣泛的判斷工作，專家的判斷可以透過可加性（線性）模型解釋。

3. 很少判斷會運用非線性／配置思考而結合很多輸入因子進行判

斷，即使這些人表面上會裝著這麼做。可是，當他們實際運用配置推理時，表現通常很差[45]。

4. 專家並不瞭解自己是如何達成判斷結論的。愈有經驗的專家，這方面的問題愈顯著。因此，在不同的場合，給予相同的輸入因子，他們所做的判斷往往缺乏一致性。

5. 很多領域裡，面對相同一組資訊，專家的判斷往往不一致，這意味著某些判斷是錯的。

6. 既定輸入因素一旦增添一些不相干的資訊，專家判斷會變得更有自信，但判斷精確程度並不會改善。顯然地，專家沒有辦法區別有關與無關的資訊。

7. 很少裁判能夠展現優異的表現。

　　哈斯帝與道伊斯的結論又得到泰德洛克（Tetlock）的確認[46]，他評估各種領域裡的專家預測，以及運用相對單純的統計模型根據最近趨勢向外推斷（extrapolate），然後比較兩者的差異。泰德洛克對於專家判斷的研究，看起來好像是政治與經濟領域裡最嚴格的長期研究，顯示某些主觀型態的認知決策確實比較優異。他稱這種風格為狐狸（the fox）。可是，他顯示所有人為基礎的預測（不論風格如何），都無法媲美正式模型為基礎的預測。運用兩個維度——區別與校正——的架構來做預測精確性評估，根據一般自動迴歸分配落後（generalized autoregressive distributed lags）方法建構的正式模型，其預測精確性遠遠超過人類專家[47]。

專家的主觀預測表現為何很差？

　　對於那些學習專家判斷的人們來說，一般都同意這類判斷很少會優於客觀預測；可是，對於究竟是什麼原因造成這種結果，看法

就不太一致了。可能的原因很多：情緒因素的干擾，缺乏一致性方法權衡各種因素的重要性，過份強調一些預測功能有限、但很鮮明的性質，忽略一些具備預測功能的抽象統計數據，不能適當運用配置法則，受到虛幻的相關性影響，沒有察覺有效的相關性，受到其他人之行動或陳述的影響。本書第2章曾經討論一些這方面的論點，包括錯誤信念的緣起與堅持，本書第7章也談論一些，包括資訊串連與群居行為，我不打算在此重複說明。現在，我準備考慮情緒因子對於主觀預測者的影響，因為這是先前各章沒有談到的話題。

在不確定環境下，情緒會如何影響主觀判斷，這方面的研究很多。羅恩斯坦（Loewenstein）等人曾經提出一個模型[48]，認為主觀預測會受到決策者對於預測結果之預期情緒反應的影響。專家們會擔心自己的預測錯誤，這方面的憂慮雖然不該影響預測，但實際上卻是如此。諾夫辛格（Nofsinger）運用圖形來說明羅恩斯坦的模型[49]（請參考圖9.10）。請注意，當某人做預測時，他對於預測之可能結果的情緒反應，將會干擾其預測。這方面的干擾不只會影響資訊的認知評估（cognitive evaluation），也會影響決策者當時的情緒狀態[50]。

斯洛維克（Slovic）、費納肯（Finucane）、彼得斯（Perters）與麥克葛雷格（MacGregor）[51]等人運用「干擾」（affect）來解釋情緒如何影響主觀決策者。「干擾」（affect）是指刺激所關連的感覺，這種感覺可以是好的，也可以是壞的。這類感覺經常是在無意識狀態下發揮作用，產生不受決策者意識控制的快速反射狀行為。斯洛維克指出，即使是適合就證據做純解析、純理性考量的判斷，經常也會受到感覺與影像的顯著影響。舉例來說，如果市場分析師

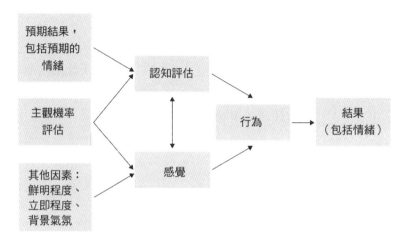

圖9.10　羅恩斯坦的模型：判斷受到影響

本身持有多頭部位，對於行情下跌就會產生不好的感覺，其判斷的偏多程度可能就會超過應有的程度。可是，並不是所有根據干擾所做的判斷都是壞的。某些情況是由感覺精確表示，所以需要透過這種思考模式產生快速的反射狀決策。人類演化的過程中，干擾式決策程序（affective decision making）可能是最主要的判斷模式。換言之，干擾式決策程序代表的速度，可能意味著人種的生存或絕滅。懼高或害怕大型掠食動物，往往需要快速的反應，而不是仔細琢磨、權衡得失。「可是，就如同其他通常能夠提供調適性反應而偶爾會造成誤導的啟發，仰賴干擾則會欺騙我們[52]。」當情況的相關性質並不適合由刺激的感覺來表示，往往就會如此。金融行情預測就是這類的情況，但主觀預測者勢必會不知不覺地受到干擾而來的啟發影響。

約瑟夫・弗格斯（Joseph Forgas）提供的模型[53]，更進一步說明主觀預測的徒勞無功之處。「情況愈複雜、愈不確定，決策會受

到愈多的情緒影響[54]。」這精準描述主觀技術分析者試圖透過理性方式評估許多指標時，所面臨的狀況與無可克服的障礙。我主張，主觀預測已經不是分析者應該提供的服務。

在人與電腦合作關係中，專家扮演的適當與重要角色

在人與電腦的合作關係中，技術分析者的適當任務有二：（1）提供適合資料探勘軟體使用、蘊含豐富資訊的輸入變數，（2）設定資料探勘軟體所要解決的問題（也就是設定目標變數）。換言之，技術分析專家應該扮演的適當角色，是提供電腦所缺乏的東西，也就是技術分析領域內的專業知識與創新能力。

說起來或許有些荒唐，在高科技時代，分析者竟然扮演最核心的角色。這是資料探勘經濟層面發生變化所造成的結果。最近十年來，電腦運算與資料探勘軟體的價格急遽下降。這些在一、二十年前屬於機構法人專用的資源，現在已經是一般市場參與者都有能力消費的東西。這種發展趨勢使得資料探勘領域變得更平坦（平等）。那些過去代表競爭優勢、屬於大型法人機構專用的資源，現在則是多數投資人普遍運用的工具。這方面的競爭優勢已經消失了。因此，競爭優勢——增值來源——現在又回到人類分析者。現在，所謂競爭優勢，是指技術分析專家對於如何處理指標、如何設定目標變數的專業技巧。那些秉持著EBTA哲學的技術分析者，非常適合扮演這項重要角色。

指標設計與目標設定，是需要透過整本書篇幅來討論的龐大課題。市面上有很多專門探討技術指標[55]的書籍，我們不打算在此重複討論這個主題。市面上還有一些書籍，它們處理更一般性的輸入因素（預測變數）設計問題，這些因素適合特定類型的資料探勘運

算[56]。不同運算方法各有不同需要。舉例來說，對於神經網路，輸入變數必須有適當大小，但對於決策樹運算來說，則不需如此。馬斯特[57]（Masters）、派爾[58]（Pyle）、以及魏斯（Weiss）與印多加[59]（Indurkhya）的著作，相當完整地討論這些概念。

指標設計是把市場原始資料，轉換為資料探勘工具適合處理的指標。資料探勘者經常把這部分工作，稱為前置處理（preprocessing）。針對特定資料探勘問題，提供一系列資訊蘊含豐富、設計恰當的指標，這需要分析者創新才華與專業技巧。

任何曾經在資料探勘工作內打滾的人，都知道下列事實：資料探勘成功的必要條件，是一組好的候選指標。所謂「好」，並不是說所有的輸入因子都具有資訊價值。可是，某些變數必須提供有關目標變數的有用資訊。資料探勘方面的權威學者之一多利安·派爾（Dorian Pyle）表示，「找到想要解決的正確問題之後，資料前置處理經常是解決問題的關鍵。這很可能代表成或敗、見解有用或無用、精確預測或徒勞猜測之間的分野[60]。」

另一位資料探勘權威提摩西·馬斯特（Timothy Masters）說，「前置處理是成功的關鍵……如果前置處理得當，能夠充分顯露重要資訊，那麼即使是最粗糙的預測模型也能夠發揮功能[61]。」魏斯（Weiss）與印多加也認同這種概念，他們在《預測性資料探勘》（Predictive Data Mining）一書中表示，「更大的績效表現，往往來自描述更多的預測功能（指標）。這些功能是由人設定的……也就是研究如何把原始功能轉換為較佳功能的人。」「電腦擅長刪除不當功能，但相對不擅長處理一些更艱鉅的工作：調和新功能，或把原始資料轉換為更具預測性的格式……如何調和功能往往是決定最後結果之品質的關鍵，而不是用來產生該結果的特定預測方法。多

數情況下，功能調和將取決於運用者的知識[62]。」

那些瞭解資料探勘方法與指標設計等重要議題的技術分析者，非常適合在21世紀技術分析的人-電腦合作關係內扮演關鍵角色。秉持著科學導向，把電腦當作智識擴大器，證據為基礎的技術分析者擁有獨特的優勢，可以加速推廣市場知識的前緣。人性智識的重要性仍然不變，但電腦智慧呈現加速成長[63]；處在這種環境下，技術分析的其他任何處理方法都是沒有意義的。

附 錄

證明：抽離趨勢對等於根據
部位偏頗建立的基準

為了彌補多-空偏頗造的行情偏頗，我們需要針對隨機系統，計算具備相同多-空偏頗的期望報酬，然後扣掉這種與偏頗有關的報酬。

由歷史原始報酬母體內抽取的單一原始報酬，其期望值根據定義就是這些報酬的平均數：

$$E_{原始} = \frac{1}{n} \sum_{i=1}^{n} R_i \qquad （A.1）$$

假定Pi代表交易系統在機會i持有的部位。這些部位包括：多頭、空頭與中性部位。交易系統建立之隨機部位的期望報酬為：

$$E_{隨機} = \sum_{P_i=多} E_{原始} - \sum_{P_i=空} E_{原始} \qquad （A.2）$$

候選系統的總報酬，等於候選系統持有多頭部位的原始報酬總和，減掉系統持有空頭部位的原始報酬總和：

$$總計 = \sum_{P_i=多} R_i - \sum_{P_i=空} R_i \qquad （A.3）$$

候選系統的總報酬[方程式（A.3）]必須根據多-空偏頗進行修正，所以要減掉隨機系統類似的偏頗[方程式（A.2）]。換言之：

$$修正 = \sum_{P_i = 多} (R_i - E_{原始}) - \sum_{P_i = 空} (R_i - E_{原始}) \qquad （A.4）$$

請注意，經過修正的報酬[方程式（A.4）]，基本上也就是未經修正的報酬[方程式（A.3）]，唯一差異是每項個別原始報酬必須減掉原始報酬平均數。換言之，為了移除偏頗市場多-空部位不平衡造成的影響，原始報酬必須置中。

附 註（下）

導論

1. 技術分析處理的資料，通常包括金融交易工具的價格、成交量，以及期貨與選擇權的未平倉量；還包括其他足以顯示市場參與者行為與態度的衡量指標。

2. J. Hall, Practically Profound: Putting Philosophy to Work in Everyday Life, (Lanham, MD: Rowman & Littlefield Publishers, 2005)。

3. 同上，第4頁。

4. 同上，第4頁。

5. 同上，第5頁。

6. 同上，第5頁。

7. 同上，第5頁。

8. 同上，第6頁。

9. 同上，第5頁。

10. 同上，第81頁。

11. R.D. Edwards and J. Magee, Technical Analysis of Stock Trends, 4th ed., Springfield, MA: John Magee, 1958. 《股價趨勢技術分析》。

12. 關於艾略特波浪理論的完整討論敘述，請參考R. R. Prechter and A.J. Frost的Elliot Wave Principle, New York: New Classics Library, 1998。

13. 關於這些方法，經過調整之後的客觀程度，如果能夠到達足以進行歷史測試，那麼前述批評就不適用。

14. 市場技術分析師協會（Market Technicians Association，簡稱MTA）是由專業技術分析師組成的公會，其成員必須遵守證券交易商國家協會（National Association of Securities Dealers）與紐約證券交易所（NYSE）的規定。這幾個自律性組織規定「研究報告必須有合理的基礎，不得發表沒有根據的主。」更甚者，MTA規定其成員「不得發表有關證券、市場及其任何部分或層面的技術主張，除非該陳述有明確的根據，而且符合既有證據與技術分析知識。」

15. 一些學術期刊包括：Journal of Finance，Financial Management Journal，Journal of Financial Economics，Journal of Financial and Quantitative Analysis，以及Review of Financial Studies。

16. 學術界之外，技術分析的研究也很重視客觀方法，但相關結論經常沒有經過嚴格統計方法的驗證。

17. 請參考F.D. Arditti的「分析師是否能夠區別真正的價格走勢與隨機產生的價格資料？」（"Can Analysts Distinguish Between Real and Randomly Generated Stock Prices?" Financial Analysis Journal 34, no. 6, November/December 1978, p. 70）。

18. 請參考J.J. Siegel的《長期股票》（Stocks for the Long Run, 2nd ed. New york: McGraw-Hill, 1998），第243頁。

19. 請參考G.R. Jensen，R.R. Johnson與J.M. Mercer的「策略性資產配置與商品期貨：改善績效的辦法」（"Tactical Asset Allocation and Commodity Futures: Ways to Improve Performance" 刊載於Journal of Portfolio Management 28, no. 4, Summer 2002）。

20. 請參考C.R. Lighter的「管理性期貨的根據」（"A Rationale for Managed Futures" 刊載於Technical Analysis of Stocks & Commodities 2003）。請注意，這雖然不屬於專業期刊，但還是一篇很有根據的文章，其見解符合先前提到的幾篇專業論文。

21. 請參考P.-H. Hsu與C.-M. Kuan的「重新探討資料偵測之技術分析的獲利能力」（"Reexamining the Profitability of Technical Analysis with Data Snooping Checks" 刊載於Journal of Financial Economics 3, no. 4, 2005, 606-628）。

22. 請參考R. Gency的「簡單技術分析法則的證券報酬預測性」（"The Predictability of Security Returns with Simple Technical Trading Rules" 刊載於Journal of Empirical Finance 5, 1998, 347-349）。

23. 請參考N. Jegadeesh的「證券報酬可預測行為的證據」（"Evidence of Predictable Behavior of Security Returns" 刊載於Journal of Finance 45, 1990, 881-898）。

24. 請參考N. Jegadeesh與S. Titman的「買贏家-賣輸家的報酬：股票市場效率意涵」（"Returns to Buying Winners and Selling Losers: Implications for Stock Market Efficiency" 刊載於Journal of Finance 48, 1993, 65-91）。

25. T.J. George與C.-Y. Hwang的「52週高價與動能投資」（"The 52-Week High and Momentum Investing" 刊載於Journal of Finance 59, no. 5, October 2004, 2145-2184）。

26. B.R. Marshall與R. Hodges的「52週高價動能策略在美國之外市場是否具備獲利性？」（"Is the 52-Week High Momentum Strategy Profitable Outside the U.S.?" 準備刊載於Applied Financial Economics）。

27. C.L. Osler的「辨識雜訊交易者：美國股票的頭肩型態」（"Identifying Noise Traders: The Head and Shoulders Pattern in U.S. Equities" 刊載於Staff Reports, Federal Reserve Bank of New York 42, July 1998, 39 pages）。

28. L. Blume與D. Easley的「市場統計學與技術分析：成交量的功能」（"Market Statistics and Technical Analysis: The Role of Volume" 刊載於Journal of Finance 49, no. 1, March 1994, 153-182）。

29. 請參考V. Signal的《隨機漫步之外：股票市場異常現象與低風險投資引導》（Beyond the Random Walk: A Guide of Stock Market Anomalies and Low-Risk Investing, New York: Oxford University Press, 2004）。這些結果請參考本書第4章的「短期價格漂移」。該章還列舉這個主題之相關討論的參考資料。

30. 請參考A.M. Safer的「預測股票市場異常報酬的兩種資料探勘技巧之比較」（"A Comparison of Two Data Mining Techniques to Predict Abnormal Stock Market Returns" 刊載於Intelligent Data Analysis 7, no. 1, 2003, 3-14）；G. Armano，A. Murru與F. Roli的「遺傳神經專家的股票市場預測」（"Stock Market Prediction by a Mixture of Genetic-Neural Experts" 刊載於International Journal of Pattern Recognition & Artificial Intelligence 16, no. 5, August 2002, 501-528）；G. Armano，A. Murru與F. Roli的「股票指數預測的混合遺傳神經工程」（"A Hybrid Genetic-Neural Architecture for Stock Indexes Forecasting" 刊載於Information Sciences 170, no. 1, February 2005, 3-33）；T. Chenoweth，Z.O. Sauchi與S. Lee 「神經網路交易系統的嵌入技術分析」（"Embedding Technical Analysis into Neural Network Based Trading Systems" 刊載於Applied Artificial Intelligence 10, no. 6, December 1996, 523-542）；S. Thawornwong，D. Enke與C. Dagli的「神經網路做為股票交易的決策工具：技術分析處理方法」（"Neural-Networks as a Decision Maker for Stock Trading: A Technical Analysis Approach" 刊載於International Journal of Smart Engineering System Design 5, no. 4 October/December 2003, 313-325）；A.M. Safer的「神經網路運用內線交易資料預測股票異常報酬」（"The Application of Neural-Networks to Predict Abnormal Stock Returns Using Insider Trading Data" 刊載於Applied Stochastic Models in Business & Industry 18, no. 4, October 2002, 380-390）；J. Yao，C.L. Tan與H.-L. Pho的「技術分析神經網路：KLCI研究案例」（"Neural Networks for Technical Analysis: A Study on KLCI" 刊載於International Journal of Theoretical & Applied Finance 2, no. 2, April 1999, 221-242）；J. Korczak與P. Gogers的「運用遺傳運算預測股票交易時效」（"Stock Timing Using Genetic Algorithms" 刊載於Applied Stochastic Models in

Business & Industry 18, no. 2, April 2002, 121-135）；Z. Xu-Shen與M. Dong的
「模糊邏輯是否能夠讓技術分析具備預測能力？」（"Can Fuzzy Logic Make
Technical Analysis 20/20?" 刊載於Financial Analysts Journal 60, no. 4,
July/August 2004, 54-75）；J.M. Gorriz，C.G. Puntonet，M. Salemeron與J.J. De
la Rosa的「運用輻射類型函數與外生資料的時間序列預測新模型」（"A New
Model for Time-Series Forecasting Using Radial Basis Functions and Exogenous
Data" 刊載於Neural Computing & Applications 13, no. 2, 2004, 100-111）。

31. 該公司於2000年9月被高盛（Goldman Sachs）購併。

第6章　資料探勘偏頗：傻瓜追求的客觀技術分析

1. 請參考H. White的「資料探索的現實檢視」（"A Reality Check for Data Snooping"
刊載於Econometrica 68, no. 5, September 2000, 1102, Proposition 2.1。）

2. 請參考 R.N. Kahn的「資料探勘變得容易：關於積極管理的七像計量見解：第5部分」
（"Data Mining Made Easy: Seven Quantitative Insights into Active Management: Part
5"，網址：www.barra.com/Newsletter/NL165/SevIns5NL165.asp）。

3. 聖經密碼學者宣稱，預測以色列首相拉賓遇刺的預測，是在事件發生之前。他們又
表示，雖然曾經試圖警告拉賓，但沒有受到重視。我沒有辦法驗證這些說法。

4. 密碼專家沒有預先定義何謂重要的型態。這可以是任何一群彼此相當接近的字，而
且與預測事件有關。這些專家們可以隨意界定何謂「相當接近」。

5. 請參考Barry Simon教授的 "The Case Against the Codes"，
網址：www.wopr.com/biblecodes/。

6. 同上。

7. 請參考R.N. Kahn的「資料探勘變得容易：關於積極管理的七像計量見解：第5部
分」。

8. 此處所謂的「預測」，未必是針對未來事件而言，雖然技術分析研究的最終目的是
預測未來。所謂「預測」是指尚未觀察的事件，不論該事件是否發生在未來。請注
意，這些事件必須還沒有被觀察，因為先前觀察的事件永遠可以由事後角度被無數
假說或法則解釋。如果想要判斷假說是否正確，唯一的辦法就是利用新觀察事件來
驗證假說的預測。此處所謂的新觀察事件，可以是指新設定法則的歷史測試（關於
這個論點的更詳細說明，請參考本書第3章）。

9. 「樣本外資料」是指沒有運用於歷史測試的資料。

10. 請參考R. Pardo的《交易系統的設計、檢定與最佳化》（Design, Testing and
Optimization of Trading Systems, New York: John Wiley & Sons, 1992）。

11. 請參考A.W. Lo的「適應性市場假設：演化觀點的市場效率」（"The Adaptive Markets Hypothesis: Market Efficiency from an Evolutionary Perspective"刊載於 Journal of Portfolio Management 30, 2004, 15-29；A. Timmermann的「結構毀壞：不完整資訊與股票價格」（"Structural Breaks: Incomplete Information, and Stock Prices"刊載於Journal of Business & Economic Statistics 19, no. 3, 2001, 299-314。）

12. 請參考W.V. Kidd與W.B. Borsen的「技術分析的報酬為何會減少？」（"Why Have Returns to Technical Analysis Decreased?"刊載於Journal of Economics and Business 56, no. 3, May/June 2004, 159-176。）這篇文章探討技術系統績效運用於樣本外資料的績效為何會下降的理由。所以，這與資料探勘偏頗無關。

13. 請參考D. Meyers的「最佳化：虛幻世界」（"Optimization: The World of Illusion"刊載於Active Trader, March 2004, 第52頁）；D. Meyers的「最佳化陷阱」（"The Optimization Trap"刊載於Active Trader, November 2001, 第68頁）；D. Meyers 的「最佳化交易系統警訊」（"The Siren Call of Optimized Trading Systems, 1996 年，網址：www.MeyersAnalytics.com）。

14. 請參考T. Hastie、R. Tibshirani與J. Friedman的《統計學習原理：資料探勘、推估與預測》（The Elements of Statistical Learning: Data Mining, Inference and Prediction, Springer Series in Statistics, New York: Springer, 2001）。

15. 請參考S.H. Weiss與N. Indurkhya的《預測資料探勘：實務指南》（Predictive Data Mining: A Practical Guide, San Francisco: Morgan Kaufmann, 1998）。

16. 請參考I.H. Witten與E. Frank的《資料探勘：實務機械學習工具與技術》（Data Mining: Practical Machine Learning Tools and Techniques, 2nd ed., San Francisco: Morgan Kaufmann, 2005）。

17. 請參考D.D. Jensen與P.R. Cohen的「歸納運算的多重比較」（"Multiple Comparisons in Induction Algorithms"刊載於Machine Learning 38, no. 3, March 2000, 309-338）。

18. 關於潰瘍指數，請參考P.G. Martin與B.B. McCann的《富達基金投資人指南》（The Investor's Guide to Fidelity Funds, New York: John Wiley & Sons, 1989）。另一個類似的觀念，是根據淨值折返的平均幅度衡量風險，請參考J.D. Schwager《史瓦格期貨技術分析》（Schwager on Futures—Technical Analysis, New York: John Wiley & Sons, 1984），第471～472頁。

19. 請參考R. Pardo的《交易系統的設計、檢定與最佳化》（Design, Testing and Optimization of Trading Systems, New York: John Wiley & Sons, 1992）。

20. 請參考J.O. Katz與D.L. McCormick的《交易策略百科全書》（The Encyclopedia of Trading Strategies, New York: McGraw-Hill, 2000）。

21. 請參考P.J. Kaufman的《新交易系統與方法》（New Trading Systems and Methods, 4th ed., Hoboken, NJ: John Wiley & Sons, 2005）。

22. 回歸均值法則的基本觀念如下：當資料序列最近數值呈現極大或極小的讀數，就很可能會朝均值折返。

23. 背離法則的基本構想如下：假定兩組資料數列通常都同時上升，同時下降；這種情況下，如果發現兩者彼此背離，則代表重要訊號。換言之，根據背離法則，當資料數列呈現異常型態時，代表交易訊號。

24. 請參考T. Hastie、R. Tibshirani與J. Friedman的《統計學習原理》。

25. White的「現實檢視」的命題2.1證明。

26. 這個圖形只顯示概念，並不試圖呈現任何科學法則或技術分析法則的精確預測功能。

27. 請參考Jensen與Cohen的「歸納運算的多重比較」。

28. 請參考White的「現實檢視」。

29. 請參考Jensen與Cohen的「歸納運算的多重比較」。

30. 這雖然不是資料探勘的例子，不過是採用多重比較程序尋找問題最佳解例子。

31. 事實上，隨機性質也有正面的運用，某些涉及複雜綜合法則的最強資料探勘運算，設計上運用了隨機性質，例如柏克萊加州大學的已故統計學教授Leo Brieman設計的Random Forests。

32. 請參考E. Peters的《碎形市場分析：運用混沌理論於投資與經濟學》（Fractal Market Analysis: Applying Chaos Theory to Investment and Economics, New York: John Wiley & Son., 1994），第21-38頁。

33. 技術法則因為在探勘資料上的優異表現而被挑選。

34. 這個圖形的構想取自Lawrence Lapin的《現代商業決策統計學》（Statistics for Modern Business Decision, 2nd ed., New York: Harcourt Brace Jovanovich, 1978），圖6-10，第186頁。

35. 請參考R. Pardo的《交易系統的設計、檢定與最佳化》（Design, Testing and Optimization of Trading Systems, New York: John Wiley & Sons, 1992），第108頁。

36. 請參考M. De La Maza的「歷史測試」（Backtesting），《電腦化交易：當日沖銷與隔夜部位獲利最大化》（Computerized Trading: Maximizing Day Trading and Overnight Profit, M. Jurik編輯，Paramus, NJ: Prentice-Hall, 1999），第8章。

37. 請參考J.O. Katz與D.L. McCormick的《交易策略百科全書》（The Encyclopedia of Trading Strategies, New York: McGraw-Hill, 2000）。

38. 請參考P.J. Kaufman的《新交易系統與方法》（New Trading Systems and Methods, 4th ed., Hoboken, NJ: John Wiley & Sons, 2005）。

39. 請參考P.-H. Hsu與C.-M. Kuan的「重新探討技術分析資料探勘的獲利能力」（"Rexamining the Profitability of Technical Analysis with Data Snooping Checks" 刊載於Journal of Financial Econometrics 3, no. 4, 2005, 606-628）。

40. 請參考H.M. Markowitz與G.L. Xu的「資料探勘修正：簡單可行」（"Data Mining Corrections: Simple and Pluasible" 刊載於Journal of Portfolio Management, Fall 1994, 60-69）。

41. 請參考M. De La Maza的「歷史測試」（Backtesting）。

42. 請參考B. Efron的「靴環方法」（"Bootstrap Methods: Another Look at the Jackknife" 刊載於Annals of Statistics 7, 1979, 1-26）；B. Efron與G. Gong的「靴環方法概觀」（"A Leisurly Look at the Bootstrap, the Jacknife and Cross-Validation" 刊載於American Statistican 37, February 1984, 36-48。

43. Quantmetrics, 2214 El Amigo Road, Del Mar, CA 92014；請聯絡Professor Halbert White。

44. 請注意，把每天報酬減掉每天報酬平均數，這個步驟可以在靴環程序之前進行。目前這個例子，屬於事後處理。

45. 請參考P.R. Hansen的「資料探勘現實檢視」（"The Reality Check for Data Snooping: A Comment on White"，Brown University Department of Economics）；P.R. Hansen的「優異預測能力的檢定」（"A Test for Superior Predictive Ability" 刊載於Journal of Business and Economic Statistics 23, 2005, 365-380）。

46. 請參考J.P. Romano與M. Wolf的「分段多重檢定作為正式的資料探勘」（"Stepwise Multiple Testing as Formalized Data Snooping" 刊載於Econometrica 73, no. 4, July 2005, 1237-1282）。請注意，這篇與很多其他論文都採用「data snooping」表示我所謂的「資料探勘」。

第7章　非隨機價格變動的理論

1. 請參考C.R. Lightner的「管理性期貨的存在理由」（"A Rationale for Managed Futures" 看載於Technical Analysis of Stocks & Commodities, March, 1999）。

2. 克卜勒實際上提出三個定律。

3. 請參考R.D. Edwards 與J. Magee 的《股價趨勢技術分析》(Technical Analysis of Stock Trends, 4th ed., Springfield, MA: John Magee, 1958)。

4. 請參考J.J. Murphy的《金融市場技術分析：交易方法與運用的一般指引》(Technical Analysis of the Financial Markets: A Comprehensive Guide to Trading Methods and Applications, New York: New York Institute of Finance, 1999)。

5. 請參考E. Fama的「效率資本市場：理論與實務研究評論」("Efficient Capital Markets: A Review of Theory and Empirical Work"刊載於Journal of Finance 25, 1970, 383-417。)

6. 請參考R.J. Shiller的《不理性的渲染》(Irrational Exuberance, Princeton, NJ: Princeton University Press, 2000)，135。

7. 同上。

8. 本章「效率市場的非隨機價格走勢」一節，談到允許價格可預測性質的EMH，換言之，隨機漫步並不是EMH的必然蘊含。

9. 透過機率上正確的方法更新信念，是指新資訊會根據貝氏定理影響先前的信念，而先前信念會根據新資訊預測的價值做改變。

10. 正確的價格能夠確保適當的資源配置。舉例來說，如果玉米的價格太高，則玉米的產量將超過必要程度，經濟體系將存在過多的玉米，並因此犧牲其他產品，譬如：小麥。結果：市場上有太多的玉米片，麥片則太少。

11. 請參考P. Samuelson的「證明：適當預期價格呈隨機波動」("Proof That Properly Anticipated Prices Fluctuate Randomly"刊載於Industrial Management Review 6, 1965, 41-49)。

12. 請參考B.G. Malkiel,《漫步華爾街》(A Random Walk Down Wall Street, New York: W.W. Norton & Company, 2003)。

13. 請參考E. Fama的「效率資本市場：理論與實務研究評論」("Efficient Capital Markets: A Review of Theory and Empirical Work"看載於Journal of Finance 25, 1970, 383-417)，A. Shleifer引用於《缺乏效率市場：行為金融學介紹》(Inefficient Markets: An Introduction to Behavioral Finance, Oxford, UK: Oxford University Press, 2000)，第1頁。

14. 請參考A. Shleifer的《缺乏效率市場：行為金融學介紹》(Inefficient Markets: An Introduction to Behavioral Finance, Oxford, UK: Oxford University Press, 2000)，第1頁。

15. 請參考Nassim Nicholas Taleb的《被隨機性質愚弄：市場與生活中隱藏的機運》(Fooled by Randomness: The Hidden Role of Chance in the Markets and in Life,

New York: Texere, 2001）。

16. 一位基金經理人完全沒有技巧可言，任何特定期間內（譬如：年），也有0.5的機率可以擊敗市場。在這個實驗中，塔拉布考慮的基金經理人，任何一年內，都有0.5的機率擊敗市場。

17. 效率市場假說（EMH）實際上有三種不同的形式：強式、半強式與弱式。強式EMH認為，不論運用任何資訊（包括內線消息在內）都不能在風險調整後的基礎上擊敗市場。這種形式的EMH沒有辦法進行檢定，因為我們不確定哪些人知道什麼、什麼時候知道的。那些藉由內線消息進行交易的人，他們的證詞顯然不可靠。

18. 請參考E. Fama、M. Jensen與R. Roll的「股票價格移向新資訊的調整」（The Adjustment of Stock Prices to New Information"刊載於International Economic Review 10, 1969, 1-21）。

19. 這些結果不符合行為金融學方面的後續研究，後者發現市場並不能適當地反應意外的盈餘消息。我認為，法馬的研究沒有考慮企業公布盈餘與市場預期之間的差異程度。V. Bernard的後續研究顯示，如果公布數據與市場預期之間的差異很大，盈餘消息工不知後，股票價格確實會呈現趨勢。請參考V. Bernard的「股票價格對於盈餘公布的反應」（"Stock Price Reactions to Earnings Announcements"收錄在R. Thaler主編的《行為金融學進展》Advances in Behavioral Finance, New York: Russell Sage Foundation, 1992）；V. Bernard與J.K. Thomas的「盈餘公布後的價格漂移：延後的價格反應或風險溢價？」（"Post-Earnings Announcement Drift: Delayed Price Response or Risk Premium"刊載於Journal of Accounting Research, Supplement 27, 1989, 1-36）；V. Bernard與J.K. Thomas的「股價沒有充分反映目前盈餘對於未來盈餘的含意：證據」（"Evidence That Stock Prices Do Not Fully Reflect the Implications of current Earnings for Future Earnings"刊載於Journal of Accounting and Economics 13, 1990, 305-341）。

20. 沒有資訊意義的事件，是指其內涵不會影響資產的未來現金流量或證券的未來報酬。

21. 資本資產訂價模型是由William F. Sharpe提出，請參考「資本資產價格：風險條件下的市場均衡理論」（"Capital Asset Prices: A Theory of Market Equilibrium under Conditions of Risk"刊載於Journal of Finance 19, 1964, 425-442）。

22. 套利訂價理論最初是由S. Ross提出，請參考他的「資本資產訂價的套利理論」（"The Arbitrage Theory of Capital Asset Pricing"刊載於Journal of Economic Theory, December 1976）。套利訂價理論透過線性模型，把股票報酬表示為許多

因素的關係，這種關係之所以存在，是因為套利者追求無風險、零投資的賺錢機
會。所謂許多因素，包括：通貨膨脹率、高級與低級債券的碼差、殖利率曲線斜
率、…等。

23. 換言之，目前價格變動與先前價格變動（換言之，1個期間的時間落後）之間存
在關係，然後又與更先前的價格變動（換言之，2個期間的時間落後）之間存在
關係，其他依此類推。每個時間落後都分別計算相關係數。正常情況下，在隨機
資料數列內，相關程度會隨著時間落後而快速下降。可是，如果價格變動的時間
數列是線性非隨機的，某些自身相關係數在型態上就會顯著不同於隨機數列的自
身相關。

24. 請參考E. Fama的「股票價格行為」（"The Behavior of Stock Market Prices"刊載
於Journal of Business 38, 1965, 34-106）。

25. 請參考E. Peters的《資本市場的混沌和秩序：循環、價格與市場波動率的新觀點》
（Chaos and Order in the Capital Markets: A New View of Cycles, Prices and
Market Volatility, New York: John Willey & Sons, 1991）；E. Peters的《碎形市場
分析：運用混沌理論於投資與經濟學》（Fractal Market Analysis: Applying Chaos
Theory to Investment and Economics, New York: John Wiley & Son., 1994）。

26. 請參考A.W. Lo與A.C. MacKinlay的《非隨機漫步華爾街》（A Non-Random Walk
Down Wall Street, Princeton, NJ: Princeton University Press, 1999）。

27. 請參考S.J. Grossman與J.E. Stiglitz的「論資訊效率市場的不可能」（"On the
Impossibility of Informationally Efficient Markets"刊載於American Economic
Review 70, no. 3 (1980), 393-408。）

28. 請參考A. Shleifer的《缺乏效率市場：行為金融學介紹》（Inefficient Markets: An
Introduction to Behavioral Finance, Oxford, UK: Oxford University Press, 2000），
第2頁。

29. 請參考V. Singal的《超越隨機漫步：股票市場異常現象與低風險投資指引》
（Beyond the Random Walk: A Guide to Stock Market Anomalies and Low Risk
Investing, New York: Oxford University Press, 2004）第5頁。

30. 請參考F. Black的「雜訊」（"Noise"刊載於Journal of Finance 41, 1986, 529-
543）。

31. 請參考A. Shleifer的《缺乏效率市場》，第10頁。

32. 請參考D. Kahneman and A. Tversky的「展望理論：風險狀況下的決策分析」
（"Prospect Theory: An Analysis of Decision Making under Risk"刊載於
Econometrica 47, 1979），263-291。

33. 請參考R. Shiller的「股票價格與社會動態」（"Stock Price and Social Dynamics" 刊載於Brooking Papers on Economic Activity 2, 1984, 457-498）。

34. 引用於A. Shleifer的《缺乏效率市場》；請參考J.B. De Long、A. Shleifer、L. Summers與R. Waldmann的「金融市場的雜訊交易者風險」（"Noise Trader Risk in Financial Markets" 刊載於Journal of Political Economy 98, 1990, 703-738）。

35. 請參考R. Merton與P. Samuelson的「最佳化投資組合多重期間決策的對數常態約估謬誤」（"Fallacy of the Log-Normal Approximation to Optimal Portfolio Decision-Making over Many Periods" 刊載於Journal of Financial Economics 1, 1974, 67-94）。

36. 賭局的期望值等於（贏的機率×贏取金額）—（輸的機率×輸的金額）。所以，對於每下注＄1，賭局期望值為50美分。如果採用投資術語，獲利因子為2.0。很少投資策略具備如此優異的勝算。

37. 請參考R. Shiller的「股價走勢是否太過份而不能由隨後的股利變動解釋？」（"Do Stock Prices Move Too Much to Be Justified by Subsequent Changes in Dividends?刊載於American Economic Review 71, 1981, 421-436）。

38. A. Shleifer引用於《缺乏效率市場：行為金融學介紹》（Inefficient Markets），第20頁；D. Cutler、J. Poterba與L. Summers的「投機動態」（"Speculative Dynamics" 刊載於Review of Economic Studies 58, 1991, 529-546）。

39. A. Shleifer引用於《缺乏效率市場：行為金融學介紹》（Inefficient Markets）；R. Roll的「橙汁與氣候」（"Orange Juice and Weather" 刊載於American Economic Review 74, 1984, 861-880）；R. Roll的「R平方」（"R-sauared" 刊載於Journal of Finance 43, 1988, 541-566）。

40. 請參考V. Signal的《隨機漫步之外：股票市場異常現象與低風險投資引導》（Beyond the Random Walk），第ix頁。

41. 「相對績效」是指相對於一般股票或基準指數的表現。相對績效也就是超額報酬。

42. 股票可以根據多重指標的預測模型來排列順序，這些指標稱為因子。

43. 如果採用多重期間，則獨立觀察的數量也會減少，所以通常都採用單月份的期間。

44. 強式EMH認為，甚至內線消息也不能創造超額報酬，但這個版本沒有辦法進行檢定。

45. 請參考R. Banz的「普通股市場報酬與市場價值之間的關係」（"The Relation between Market Return and Market Value for Common Stocks" 刊載於Journal of

Financial Economics 9, 1981, 3-18）。

46. 請參考E. Fama與K. French的「股票期望報酬橫剖面」（"The Cross-Section of Expected Stock Returns" 刊載於Journal of Finance 47, 1992, 427-465）。

47. Shiller引用於《不理性的渲染》；S. Basu的「普通股相對於本益筆的投資績效：效率市場檢定」（"The Investment Performance of Common Stocks Relative to Their Price-Earnings Ratios: A Test of the Efficient Markets" 刊載於Journal of Finance 32, no. 3, 1977, 663-682）。

48. Shiller引用於《不理性的渲染》；E. Fama與K. French的「股票期望報酬橫剖面」（"The Cross-Section of Expected Stock Returns" 刊載於Journal of Finance 47, 1992, 427-466）。

49. 請參考V. Signal的《隨機漫步之外：股票市場異常現象與低風險投資引導》（Beyond the Random Walk）。

50. 弱式EMH通常只提到歷史價格與歷史價格變動，但我相信另外還應該包含技術分析所採用的任何資料，這些因素應該都不具備預測功能。

51. 請參考N. Jegadeesh與S. Titman的「買贏家-賣輸家的報酬：股票市場效率意涵」（"Returns to Buying Winners and Selling Losers: Implications for Stock Market Efficiency" 刊載於Journal of Finance 48, 1993, 65-91）。

52. 請參考E. Fama的「效率資本市場II」（"Efficient Capital Markets II" 刊載於Journal of Finance 46, 1991, 1575-1617。）

53. 請參考W. De Bondt與R. H. Thaler的「股票市場是否過度反應？」（"Does the Stokc Market Overreact? 刊載於Journal of Finance 40, no. 3, 1985, 793-805）。

54. 這種情況下，根據CAPM，風險定義為相對於市場的價格波動率。

55. 請參考T.J. George與C.-Y. Hwang的「52週高價與動能投資」（"The 52-Week High and Momentum Investing" 刊載於Journal of Finance 59, no. 5, October 2004，第2145頁。

56. 請參考C.M.C. Lee與B. Swaminathan的「價格動能與成交量」（"Price Momentum and Trading Volume, 刊載於Journal of Finance 55, no. 5, October 2000, 2017-2067）；S.E. Stickel與R.E. Verecchia的「成交量支持股票價格變動的證據」（"Evidence That Trading Volume Sustains Stock Price Changes" 刊載於Financial Analysis Journal 50, no. 6, November-December 1994, 57-67）。請注意，如果展望期間為3～12個月，大成交量能夠增進價格動能的效應。可是，如果展望3年之後的報酬，成交量低的高動能股票，上檔持續性較強，成交量高的負數動能股票，下檔持續性較強。

57. 請參考E. Fama與K. French的「債券與股票報酬的1996個普通風險因子」（"1996 Common Risk Factors in the Returns on Bonds and Stocks"刊載於Journal of Financial Economics 33, 1993, 3-56）；E. Fama與K. French的「資產訂價異常現象的多重因子解釋」（"Multifactor Explanations of Asset Pricing Anomalies"刊載於Journal of Finance 51, 1996, 55-84）。

58. 請參考William F. Sharpe的「資本資產價格：風險條件下的市場均衡理論」（"Capital Asset Prices: A Theory of Market Equilibrium under Conditions of Risk"刊載於Journal of Finance 19, 1964 435-442）；另外也參考J. Lintner的「風險資產價值評估，以及股票投資組合與資本預算的風險投資選擇」（"The Valuation of Risk Assets and the Selection of Risky Investments in Stock Portfolios and Capital Budgets"刊載於Review of Economics and Statistics 47, 1965, 13-37）。

59. 請參考A. Shleifer的《缺乏效率市場：行為金融學介紹》（Inefficient Markets）。

60. 請參考L. Lakonishok、A. Shleifer與R. Vishny的「反向投資、向外插補語風險」（"Contrarian Investments, Extrapolation, and Risk"刊載於Journal of Finance 49, 1994, 1541-1578）。

61. 請參考A. Shleifer的《缺乏效率市場：行為金融學介紹》（Inefficient Markets）。

62. 同上。

63. 同上。

64. 請參考E. Edwards的「人類資訊處理的保守傾向」（"Conservatism in Human Information Processing"收錄在B. Kleinmutz主編的Formal Representation of Human Judgment, New York: John Wiley & Sons, 1968, 17-52）。

65. 請參考D.G. Myers的《直覺之力量與危險》（Intuition, Its Powers and Perils, New Havern: Yale University Press, 2004, 157）。

66. 請參考D. Kahneman、P. Slovic與A. Tversky的《不確定狀況下的判斷：啓發方法與偏頗》（Judgment under Uncertainty: Heuristics and Biases, Cambridge, UK: Cambridge University Press, 1982），第14頁。

67. 請參考T.J. George與C.-Y. Hwang的「52週高價與動能投資」。

68. 請參考Shiller的《不理性的渲染》，第138頁。

69. 同上，第139頁。

70. 請參考E. Shafir、I. Simonson與A. Tversky的「理性為根據的選擇」（"Reason-Based Choice"刊載於Cognition 49, 1993, 11-36）。

71. 展現真實趨勢的系統性程序，其連續發生事件的存續期間，將超過隨機程序的對應現象，或者是展現真實回歸均值的行為，其連續發生事件的存續期間（換言

之，正、負交替結果出現得更頻繁），將短於真正的隨機漫步。不論是真正的趨勢程序，或是真正的回歸均值程序，先前的觀察都包含可供預測的資訊。可是，對於真正的隨機漫步來說，先前觀察則不包含可供預測的資訊。

72. 請參考Shiller的《不理性的渲染》，第148～169頁。

73. 請參考A. Asch的、《社會心理學》（Social Psychology, Englewood Cliffs, NJ: Prentice-Hall, 1952, 450-501）。

74. 請參考M. Deutsch與H.B. Gerard的「個案研究：社會基準與資訊對於個人判斷之影響」（"A Study of Normative and Informational Social Influence upon Individual Judgment" 刊載於Journal of Abnormal and Social Psychology 51, 1955, 629-636）。

75. 請參考Shiller的《不理性的渲染》，第148～169頁。

76. R.J. Shiller引用D.D. Bikhchandani、D. Hirshleifer與I. Welch的「流行、社會習慣與文化變動的理論」（"A Theory of Fashion, Social Custom and Cultural Change" 刊載於Journal of Political Economy 81, 1992, 637-654）；A.V. Nanerjee的「簡單的群居行為模型」（"A Simple Model of Herd Behavior" 刊載於Quarterly Journal of Economics 107, no. 3, 1993, 797-817）。

77. 請參考Shiller的《不理性的渲染》，第152頁。

78. 同上，第164頁。

79. 同上，第165頁。

80. 同上，第166頁。

81. 參考Carl Anderson的「回饋與字生組織的註解」（"Notes on Feedback and Self-Organizaiton" 下載網址：www.duke.edu/~carl/pattern/characteristic_student_notes.htm）。

82. 請參考Shiller的《不理性的渲染》，第67頁。

83. 請參考N. Barberis、A. Shleifer與R. Vishny的「投資人氣模型」（"A Model of Investor Sentiment" 刊載於Journal of Financial Economics 49, 1998, 307-343）。

84. 這個假設符合研究資料顯示的證據：人們很難區分隨機行為與系統性行為之間的差別，後者包括：回歸均值與趨勢行為。基於這個緣故，運動迷就把「發燙的手」視為非隨機現象；另外，如同本書第2章提到的，圖形分析者通常也很難辨別真實與虛構的隨機走勢圖。

85. 請參考Shiller的《不理性的渲染》，第144頁。

86. 請參考R. Shiller引用N. Barberis、A. Shleifer與R. Vishny的「投資人氣模型」，以及N. Barberis、M. Huang與T. Santos的「展望理論與資產價格」（"Prospect

Theory and Asset Prices" 刊載於Quarterly Journal of Economics 116, no. 1, February 2001, 1-53）；K. Daniel、 D. Hirshleifer與A. Subrahmanyam的「投資人心理與證券市場過度和不及反應」（"Investor Psycholgy and Security Market Over and Underreaction" 刊載於Journal of Finance 53, no. 6, 1998, 1839-1886）；H. Hong與J. Stein的「資產市場部及反應、動能交易與過度反應的統合理論」（"A Unified Theory of Underreaction, Momentum Trading, and Overreaction in Asset Markets" 刊載於Journal of Finance 54, no. 6, December 1999, 2143-2184）。

87. 請參考K. Daniel、 D. Hirshleifer與A. Subrahmanyam的「投資人心理與證券市場過度和不及反應」，以及K. Daniel、D. Hirshleifer與A.Subrahmanyam的「過份自信、套利與均衡資產訂價」（"Overconfidence，Arbitrage and Equilibrium Asset Pricing" 刊載於Journal of Finance 56, 2001, 921-965）。

88. 請參考N. Barberis的「行為金融學概論」（"A Survey of Behavioral Finance" 收錄於《金融經濟學手冊》Handbook of the Economics of Finance, Volume 1B, G.M. Constantinides, M. Harris, and R. Stulz Eds., New York: Elsevier Science, B.V., 2003）。

89. 請參考N. Chopra與R. Lakonishok的「衡量異常績效：股票是否會過度反應？」（"Measuring Abnormalo Performance: Do Stocks Overreact?" 刊載於Journal of Financial Economics 31, 1992, 235-268）；R. La Porta、R. Lakonishok、A. Shleifer與R. Vishny的「價值型股票的利多消息：市場效率的進一層證據」（"Good News for Value Stocks: Further Evidence on Market Efficiency" 刊載於Journal of Finance 49, 1997, 1541-1578）。

90. 請參考J.B. De Long、A. Shleifer、L. Summers與R. Waldmann的「正性回饋投資策略與造成不穩定的理性投機」（"Positive Feedback Investment Strategies and Destabilizing Rational Speculation" 刊載於Journal of Finance 45, no. 2, 1990, 379-395）；N. Barberis與A. Shleifer的「風格投資」（"Style Investing" 刊載於Journal of Financial Economics 68, 2003, 161-199）。

91. 請參考H. Hong與J. Stein的「資產市場部及反應、動能交易與過度反應的統合理論」。

92. 請參考S.F. LeRoy的「風險嫌惡與股票報酬的平賭性質」（"Risk Aversion and the Martingale Property of Stock Returns" 刊載於International Economic Review 14, 1973, 436-446）；R.E. Lucas的「交換經濟內的資產價格」（"Asset Prices in an Exchange Economy" 刊載於Econometrica 46, 1978, 1429-1446）。

93. 請參考A.W. Lo與A.C. MacKinlay的《非隨機漫步華爾街》（A Non-Random Walk Down Wall Street, Princeton University Press, 1999），第5頁。

94. 同上。

95. 請參考S. Grossman的「交易者擁有分歧資訊之競爭性股票市場的效率」（"On the Efficiency of Competitive Stock Markets Where Traders Have Diverse Information"刊載於Journal of Finance 31, 1976, 573-585）；S.J. Grossman與 J.E. Stiglitz的「論資訊效率市場的不可能」（"On the Impossibility of Informationally Efficient Markets"刊載於American Economic Review 70, no. 3 ,1980, 393-408。）

96. 請參考 L. Jaeger的《替代投資策略的風險管理：成功投資避險基金與管理性期貨 基金》（Managing Risk in Alternative Investment Strategies: Successful Investing in Hedge Funds and Managed Futures, London: Financial Times-Prentice Hall, 2002），第27頁。

97. 對於真正的無效率現象，其獲利並不是免費午餐，因為尋找到這類機會必須花費 成本，但其報酬未必需要承擔額外的價格波動風險。所以，真正缺乏效率的機 會，可以創造相對優異的投資績效（相對偏高的夏普率）。

98. 請參考H.D. Platt的《違背直覺的投資：藉由利空消息獲利》（Counterintuitive Investing: Profiting from Bad News on Wall Street, Mason, OH: Thomson Higher Education, 2005）。

99. 股票市場與債券市場的流動性很高，投資人很容易出脫證券給其他投資人。由於 具備流動性，所以很多投資人偏愛股票與債券，也使得企業界容易透過這兩個管 道籌募資金。

100. 作物包括：玉米、黃豆、黃豆餅、黃豆油與小麥；金融商品包括：5年期公債、 10年期公債與長期公債；外匯包括：澳洲元、英鎊、加拿大元、德國馬克、瑞 士法郎與日圓；能源包括：熱燃油、天然瓦斯、原油與無鉛汽油；活牛；金屬包 括：黃金、銅、白銀；軟性／熱帶商品：咖啡、棉花與糖。

101. 請參考G.R. Jensen、R.R. Johnson與J.M. Mercer的「戰術性資產配置與商品期 貨」（"Tactical Asset Allocation and Commodity Futures"刊載於Journal of Portfolio Management 28, no. 4, Summer, 2002）。

102. 資產類別基準是透過沒有特殊管理技巧之方法，投資特定資產類別之報酬與風 險。

103. 請參考Lars Kestner的《計量交易策略：運用計量技巧創造致勝交易程式》 （Quantitative Trading Strategies: Harnessing the Power of Quantitative

Techniques to Create a Winning Trading Program, New York: McGraw-Hill, 2003, 129-180）。

104. 接受測試的8個市場部門為：外匯、利率、股票指數、能源、金屬、穀物、肉類與軟性商品。

105. 接受測試的9個產業為：能源、基本物料、消費者非必需品、消費者必需品、醫療保健、金融、資訊科技與電訊。三個股價指數分別為：S＆P 500、NASDAQ 100與Russell 2000。

106. 五個順勢操作系統分別為：通道突破、兩條移動平均穿越系統、兩種動能指標，以及MACD與其訊號線系統。更詳細的說明，請參考Lars Kestner的《計量交易策略》。

107. 請參考M. Cooper的「根據個別證券過度反應的價格／成交量過濾法則」（"Filter Rules Based on Price and Volume in Individual Security Overreaction" 刊載於 Review of Financial Studies 12, no. 4, Special 1999, 901-935）。

第8章 S＆P 500資料探勘法則案例研究

1. 請參考J.P. Romano與M. Wolf的「分段多重檢定做為正式的資料窺探」（"Stepwise Multiple Testing as Formalized Data Snooping" 刊載於Econometrica 73, no. 4, July 2005, 1237-1282）。

2. 請參考J.J. Murphy的《市場互動技術分析：全球股票、債券商品與外匯市場的交易策略》（Intermarket Technical Analysis: Trading Strategies for the Global Stock, Bond, Commodity and Currency Markets, New York: John Wiley & Sons, 1991）。關於如何運用不同市場之間的關係做為指標，最初是在1979年受教於Advance Market Technologies(AMTEDC)公司的Michael Hammond與Norman Craig。AMTEC是第一家運用人工智慧方法預測市場行情的企業。AMTEC採用的模型方法，是建立在Roger Baron的適應學習網路，也就是現在所謂的多項式網路。我在Raden Research Group經常引用市場互動指標幫客戶作分析，包括Cyber-Tech Partner(1983)、Tudor Investment Corporation (1987)與Manufacture's Hanover Trust (1988)。

3. 請參考P-H Hsu與C-M Kuan的「重新檢視資料窺視技術分析的獲利能力」（"Reexaming the Profitability of Technical Analysis with Data Snooping Checks," 刊載於 Journal of Financial Economics 3, no. 4, 2005, 606-628）。

4. 許多自動化方法，請參考T. Hastie、R. Tibshirani與J. Friedman的《統計學基本學習：資料探勘、推論與預測》（The Elements of Statistical Learning: Data Mining,

Inference and Prediction, New York: Springer, 2001）。

5. 技術法則的獲利能力可以維持到未來特定期間，其長度足以補償尋找法則的代價，但並不是無限期的。

6. 請參考H. White的「資料探索的現實檢視」（"A Reality Check for Data Snooping"刊載於Econometrica 68, no. 5, September 2000）。請注意，該書作者所謂的Data Snooping也就是本書所謂的資料探勘偏頗。

7. 數學運算因子包括：加、減、乘、除、開根號…等

8. 邏輯運算因子包括：與（and）、或（or）、大於（greater-than）、小於（less-than）、如果…則（if, then）、否則（else）…等。

9. 時間序列運算因子包括：移動平均、移動通道常態化（隨機指標）、通道突破、移動斜率…等。

10. P. K. Kaufman，第249頁。

11. 同上，第200頁。

12. 同上，第202頁。Kaufman提到，由Dunn & Hargitt Financial Services在1970年進行的一項研究顯示，針對7個商品市場的16年資料進行測試，在很多常用系統之中，4週通道突破（又稱為董詮4週法則，Donchian's four-week rule）的績效最好。另外，Kaufman也利用歐洲美元的10年期資料（1985～1994）測試通道突破法則與其他4種順勢操作方法（指數平滑、線性迴歸斜率、擺動突破與圈叉圖）的表現。結果顯示通道突破方法的風險調整後報酬最高。

13. 簡單移動平均是把平均值擺在回顧期間的中點。如果回顧期間為N期，則任何時點計算的平均值，是擺在該時點為準的回顧期間中點，時間落後程度為(N－1) / 2。

14. 請參考J.F. Ehlers的《交易者使用的太空科學：數位訊號處理運用》（Rocket Science for Traders: Digital Signal Processing Applications, New York: John Wiley & Sons, 2001）；J.F. Ehlers的《股票與期貨的神經機械分析：運用最先進的DSP技術提升你的交易績效》（Cybernetic Analysis for Stocks and Futures: Cutting-Edge DSP Technology to Improve Your Trading, New York: John Wiley & Sons, 2004）。

15. Kaufman,第256頁。

16. 請參考J.F. Ehlers的《交易者使用的太空科學》，第27頁。

17. 請參考W.A. Heiby的《運用動態合成方法在股票市場獲利》（Stock Market Profits through Dynamic Synthesis, Chicago: Institute of Dynamic Synthesis, 1965）。

18. 雖然所有相關資料都把這種時間序列的發展，歸功於喬治‧雷恩博士（Dr.

George Lane），很少人提到海比（Heiby）。所以，我希望藉此機會，把這部分貢獻歸功給海比。當然，海比的研究可能參考前人的成果。

19. 關於歷史測試軟體平台的資料，請參考：TradeStation www.TradeStation World.com；MetaStock www.equis.com；AIQ Expert Design Studio；Wealth-Lab www.wealth-l;ab.com；eSignal www.esignal.com； Neuroshell Trader www.neuroshell.com；AmiBroker www.amibroker.com；Neoticker www.tickquest.com；Trading$olutions www.tradingsolutions.com；Financial Data Calculator www.mathinvestdecision.com。

20. Ultra Financial Systems, PO Box 3939, Breckenridge, CO 90424；電話970-453-4956；網址：www.ultrafs.com。

21. Market Timing Reports, PO Box 225, Tucson, AZ 85072；電話 520-795-9552；網址：www.mktimingrpt.com。

22. 關於成交量能夠提供有用資訊的研究，請參考：L. Blume與」M. Easley O'Hara的「市場統計與技術分析」（"Market Statistics and Technical Analysis: The Role of Volume"刊載於Journal of Finance 49, issue 1, March 1994, 153-181）；M. Cooper的「關於個別證券過度反應的價格、成交量過濾法則」（"Fileter Rules Based on Price and Volume in Individual Security Overreaction"刊載於Review of Financial Studies 12, 1999, 901-935）；C.M.C. Lee 與 B. Swaminathan的「價格動能與成交量」（"Price Momentum and Trading Volume"刊載於Journal of Finance 55, no. 5, October 2000, 2017-2069）；S.E. Stickel與R.E. Verecchia的「成交量支撐價格變動的證據」（"Evidence That Trading Volume Sustains Stock Price Changes"刊載於Financial Analysts Journal 50, November-December 1994, 57-67）。

23. 請參考J.E. Granville的《葛蘭威爾短線交易新策略》（Granville's New Strategy of Daily Stock Market Timing for Maximum Profit, Englewood Cliffs, NJ: Prentice-Hall, 1976）。關於Woods與Vignolia的貢獻，可以在市場技術分析師協會（Market Technicians Association）網站的之知識部門查閱。

24. 這個OBV公式取自《技術指標參考手冊》（Technical Indicators Reference Manual），這是AIQ Trading Expert Pro軟體的使用手冊。AIQ Systems, PO Box 7530, Incline Village, NV 89452。

25. 市場技術分析師協會網站的技術指標基本知識（Body of Knowledge on Technical Indicators）把承接-出貨指標歸功於Marc Chaiken，R.W. Colby的《市場技術指標百科全書》（The Encyclopedia of Technical Market Indicators, 2nd ed., New York:

McGraw-Hill, 2003）也是如此。沒有參考任何特殊的出版品。Chaiken的承接-出貨指標，結構很類似Larry Williams設計的指標，請參考其《馬上大賺得選股秘訣》（The Secrets of Selecting Stocks for Immediate and Substantial Gains, Carmel Valley, CA: Conceptual management, 1971；隨後在1986年由Windsor Books出版）。Williams指標比較開盤價與收盤價做為區間因子的分子。Chaiken比較收盤價與每日價格區間的中點。

26. 請參考《技術指標參考手冊》（Technical Indicators Reference Manual），這是AIQ Trading Expert Pro軟體的使用手冊。AIQ Systems, PO Box 7530, Incline Village, NV 89452。

27. 同上。

28. 關於Norman Fosback對於NVI的貢獻，請參考市場技術分析師協會網站的技術指標基本知識（Body of Knowledge on Technical Indicators），以及S. B. Achelis的《技術分析介紹》（Technical Analysis from A to Z, New York: McGraw-Hill, 2001, 214）。

29. 根據C.V. Harlow的《股票市場寬度衡量的預測價值分析》（An Analysis of the Predictive Value of Stock Market "Breadth" Measurements, Larchmont, NY: Investors Intelligence, 1968），正數與負數成交量指標應該歸功於Paul Dysart。

30. 根據Fosback的研究，在1941年到1975年之間，NVI辨識主要趨勢多頭階段的機率為0.96，相同期間的多頭趨勢基本機率為0.70。

31. 請參考N.G. Fosback的《股票市場邏輯：華爾街的精密獲利方法》（Stock Market Logic: A Sophisticated Approach to Profits on Wall Street, Dearborn, MI: Dearborn Financial Publishing, 1993, 120）。

32. 同上。

33. 請參考Harlow的《股票市場寬度衡量的預測價值分析》。

34. 請參考R.W. Colby的《市場技術指標百科全書》（The Encyclopedia of Technical Market Indicators, 2nd ed., New York: McGraw-Hill, 2003）。

35. 請參考N.G. Fosback的《股票市場邏輯》，76-80。

36. 這部分有關CNHL的資料，請參考（Technical Indicators Reference Manual），這是AIQ Trading Expert Pro軟體的使用手冊。

37. 請參考C.R. Nelson的《投資人經濟指標解讀》（The Investor's Guide ot Eocnomic Indicators, New York: John Wiley & Sons, 1987），第129頁。作者指出，正數碼差（長期利率高於短期利率）經常是股價未來變動的多頭指標，尤其是沒有經過通貨膨脹調整的股價指數。

38. 穆迪（Moody's Investors Service）是公司債務工具之信用評等、研究與風險分析的最常用資料來源。

39. Aaa代表信用等級最高的公司債。這種等級的證券，其投資風險非常小。本金安全無虞，利息受到健全的保障。各種保障因素雖然可能產生劇烈變動，但這方面的變動很容易察覺。Aaa評等意味著相關證券的健全條件非常不可能出現重大變動。定義請參考：

www.econoday.com/clientdemos/demoweekly/2004/Resource_Center/about-bondmkt/morefixed.html。

40. Baa債券屬於中間等級的債務工具，其保障並不特別健全，但也不置於不良。利率與本金清償，目前看起來還算安全，但可能欠缺某些保障因子。經過一段長時間之後，這類證券可能變得不可靠。這些債券缺乏傑出的投資條件，比較適合投機之用。定義請參考：www.econoday.com/clientdemos/demoweekly/2004/Resource_Center/aboutbondmkt/morefixed.html。

41. 關於其他趨勢分析方法與其技術法則，完整的討論請參考Kaufman的著述，第5章～第8章。

42. 請參考J. Hussman的「市場效率的時間變動」（"Time-Variation in Market Efficiency: A Mixture-of-Distributions Approach"取自www.hussman.net/pdf/mixdist.pdf）。

43. 請參考M.J. Pring的《技術分析精論》（Technical Analysis Explained, 4th ed., New York: McGraw-Hill, 2002）。

44. 請參考Kaufman，第394-401。

45. 請參考請參考W.A. Heiby的《運用動態合成方法在股票市場獲利》。

46. 請參考C. Alexander的《市場模型：金融資料分析指南》（Market Models: A Guide to Financial Data Analysis, New York: John Wiley & Sons, 2001），第12章。

47. 請參考R.F. Engle與C.W.J. Granger的「共積與錯誤修正：表述、估計與檢定」（"Co-integration and Error-Correction: Representation, Estimation and Testing"刊載於Econometrica 55, 1987, 251-276）。

48. 請參考C. Alexander的《市場模型》，第324-328，353-361頁。用以建立穩定時間序列的一種測試方法，稱為unit-root檢定。

49. 這種指標代表兩種時間序列之間線性關係的誤差（殘差）。

50. 請參考N.G. Fosback的《股票市場邏輯》。

51. 1983年，當作者還在Raden Research Group時，曾經發展一種稱為YY的時間序列運算因子，其觀念很類似共積分析，但YY數直式根據迴歸的標準誤差做常態

化，而且沒有明白做殘差穩定性的檢定。YY的設計，基本概念是引用Arthur Merrill的文章 "DFE: Deviation from Expected (Relative Strength Corrected for Beta)" 刊載於Market Technician Journal, August 1982, 21-28。YY指標用做為很多預算模型計畫的輸入因子。案例之一是用已代表公債投資顧問的人氣指標。投資顧問的看法經由YY轉換之後，預測功能顯著改善。

第9章 案例研究結果與技術分析未來展望

1. 這是物極而反的法則，第12種，所根據的輸入數列為＃28（上漲／下跌家數成交量比率的10天移動平均），門檻位移為10（上限＝60，下限＝40）通道常態化回顧期間為30天。第12種是持有空頭部位，雖然指標讀數超過上限，其他時候則持有多頭部位。

2. 補償偏頗之後的p值讀數如此之糟（還不如p＝0.5），一方面是因為6,402個法則之中有半數屬於反向法則。所以，除了報酬剛好等於0，否則就有半數法則的報酬為負數，根本算不上是真的競爭者。事實上，此處列舉的法則數量，是真正競爭者的兩倍。這使得相關的統計檢定太過於保守。換言之，第I類型錯誤（錯誤地拒絕虛無假設）的機會小於0.10。這也意味著檢定的效用（正確拒絕虛無假設的能力）將小於不包含反向法則的情況。可是，如同本書第1章解釋的，我們把反向法則考慮在內，主要是因為不清楚技術分析的傳統解釋是否正確。

3. 請參考J.P. Romano與M. Wolf的「分段多重檢定作為正式的資料探勘」（"Stepwise Multiple Testing as Formalized Data Snooping"刊載於Econometrica 73, no. 4, July 2005, 1237-1282）。

4. 請參考H. White的「資料探索的現實檢視」（"A Reality Check for Data Snooping"刊載於Econometrica 68, no. 5, September 2000, 1102, Proposition 2.1。）

5. 請參考W.R. Ashby的《神經機械學導論》（Introduction to Cybernetics, New York: John Wiley & Sons, 1963）。事實上，作者所指的是系統控制，不是系統預測，但此兩者之間存在顯著的類似。

6. 請參考P.-H. Hsu與C.-M. Kuan的「重新探討資料偵測之技術分析的獲利能力」（"Reexamining the Profitability of Technical Analysis with Data Snooping Checks"刊載於Journal of Financial Economics 3, no. 4, 2005, 606-628）。請注意，兩位作者所謂的資料窺視，也就是本書的資料探勘。他們倆人採用懷德的現實檢視版本調整資料探勘偏頗，但沒有採用Wolf與Romeno建議的提升方法（參考本書第6章）。

7. 同上。

8. 請參考Eui Jung Chang、Eduardo Jose Araujo Lima與Benjamin Miranda Tabak的

「新興股票市場的預測能力檢定」（"Testing for Predictability in Emerging Equity Markets"刊載於Emerging Markets Review 5, issue 3, September 2004, 295-316）；Malay K. Dey的「全球股票市場成交量與報酬」（"Trunover and Return in Global Stock Markets"刊載於Emerging Markets Review 6, issue 1, April 2005, 45-67）；Wing-Keung Wong、Meher Manzur與Boon-Kiat Chew「技術分析者的報酬有多高？新加坡股票市場的證據」（"How Rewarding Is Technical Analysts? Evidence from Singapore Stock Market"刊載於Applied Financdial Economics 13, issue 7, July 2003, 543）；Kalok Chan與Allaudeen Hamood的「國際股票市場的動能策略獲利能力」（"Profitability of Mementum Strategies in the International Equity Markets"刊載於Journal of Financial & Quantitative Analysis 35, issue 2, June 2000, 153）。

9. 請參考C. Alexander的《市場模型：金融資料分析指南》（Market Models: A Guide to Financial Data Analysis, New York: John Wiley & Sons, 2001），第347～387頁。

10. 請參考J.F. Ehlers的《股票與期貨的神經機械分析：運用最先進的DSP技術提升你的交易績效》（Cybernetic Analysis for Stocks and Futures: Cutting-Edge DSP Technology to Improve Your Trading, New York: John Wiley & Sons, 2004），第1～10頁。

11. 請參考P.-H. Hsu與C.-M. Kuan的「重新探討資料偵測之技術分析的獲利能力」。

12. 請參考T. Hastie、R. Tibshirani與J. Friedman的《統計學習原理：資料探勘、推估與預測》（The Elements of Statistical Learning: Data Mining, Inference and Prediction, Springer Series in Statistics, New York: Springer, 2001），第347～370頁。

13. 同上，第283～290頁。

14. 請參考J.R. Wolberg的《專家交易系統：運用核心迴歸建立金融市場模型》（Expert Trading Systems: Modeling Financial Markets with Kernel Regression, New York: John Wiley & Sons, 2000）。

15. 請參考J.F. Elder IV與D.e. Brown的「多項式網路入門」（"Induction and Polynomial Networks"收錄在M.D. Fraser主編的NetWork Models for Control and Processing, Bristol, UK: Intellect Ltd. 2000）。

16. 請參考W. Banzhaf、p. Nordin、R.E. Keller與F.W. Francone的《基因規劃：導論；關於電腦程式自動化演進與其運用》（Genetic Programming: An Introduction; On the Automatic Evolution of Computer Programs and Its Applications, San Francisco: Morgan Daufmann, 1998）。

17. 請參考N. Christianini與J. Taylor-Shawe的《導論：支援向量的機械》（An Introduction to Support Vector Machines, New York: Cambridge University Press, 2000）。

18. 在資料探勘中，複雜程度往往有不同的解釋。對於技術分析法則的資料探勘，複雜程度是指不同參數的數量，以及用以界定技術法則的條件陳述數量。複雜程度愈高的法則，參數與條件也就愈多。此處的條件是：如果短期移動平均 > 長期移動平均，則持有多頭部位，否則持有空頭部位。兩個參數分別為短期與長期移動平均的回顧期間。

19. 請參考N. Gershenfeld的《數學模型建構的性質》（The Nature of Mathematical Modeling, New York: Cambridge University Press, 1999, 147）。

20. 如果短期移動平均 > 長期移動平均，則持有多頭部位，否則持有空頭部位。

21. 除了測試每個可能的組合之外，還有其他更明智、更有效率的搜尋方法，譬如：基因運算搜尋（genetic algorithm searching）、模擬鍛鍊（simulated annealing）、根據逐漸下降（guided searching based on gradient descent）的搜尋，以及其他。關於這個問題，有兩篇文章值得參考，Katz and McCormick，以及Pardo（請參考先前的附註）。

22. 對於這個例子，兩條移動平均穿越系統是另一個更複雜法則的子集合。

23. 請參考W.A. Sherden的《算命師：預測買賣的行業》（The Fortune Sellers: The Bigt Business of Buying and Selling Predictions, New York: John Wiley & Sons, 1998）。

24. 請參考J.S. Armstrong的「預言傻瓜理論：預言專家的價值」（"The Seer-Sucker Theory: The Value of Experts in Forecasting" 刊載於Technology Review, June / July 1980, 16-24）。

25. 請參考A. Cowles的「股票市場預測家是否能夠預測？」（"Can Stock Market Forecasters Forecast?" 刊載於Econometrica 1, 1933, 309-324）。

26. 2005年2月，花旗銀行結束其技術分析部門。同年稍後，保德信證券解散技術研究部門。

27. 請參考N.G. Fosback的《股票市場邏輯：華爾街的精密獲利方法》（Stock Market Logic: A Sophisticated Approach to Profits on Wall Street, Dearborn, MI: Dearborn Financial Publishing, 1993），第80頁。

28. B.I. Jacobs與K.N. Levy的《股票管理：選股計量分析》（Equity Management: Quantitative Analysis for Stock Selection, New York: McGraw-Hill, 2000），第27-37頁。

29. 報酬反轉效應類似於共積分析的殘餘反轉效應（residual reversal effect）。

30. 請參考J. Felsen的《神經機械學方式的股票市場分析vs.效率市場理論》（Cybernetic Approach to Stock Market Analysis versus Efficient Market Theory, New York: Exposition Press, 1975）；J. Felsen的《不確定狀況下的決策：人工智慧處理方法》（Decision Making under Uncertainty: An Artificial Intelligence Approach, New York: CDS Publishing Company, 1976）。

31. 1970年代末期，我接觸的兩家公司，它們運用統計型態辨識與適應學習網路。這兩家公司分別是麻省波士頓的Braxton Corporation，以及猶他Ogden的AMTEC Inc.。我在1982年加入Raden Research Group Inc.。

32. 請參考A.M. Safer的「比較兩種預測股票市場異常報酬的資料探勘技巧」（"A Comparison fo Two Data Mining Techniques to Predict Abnormal Stock Market Returns"刊載於Intelligent Data Analysis 7, no. 1, 2003, 3-14）；G. Armano、A. Murru與E. Roli的「基因-神經網路專家的股票市場預測」（"Stock Marekt Prediction by a Mixture of Genetic-Neural Experts"刊載於International Journal of Pattern Recognition & Artificial Intelligence 16, no. 5, August 2002, 501-528）；G. Armano、M. Marchesi與A. Murru的「基因-神經網路結構混合方法的股票指數預測」（"A Hybrid Genetic-Neural Architecture for Stock Indexes Forecasting"刊載於Information Sciences 170, no. 1, February 2005, 3-33）；T. Chenoweth、Z.O. Sauchi與S. Lee的「把技術分析嵌入交易系統為基礎的神經網路」（"Embedding Technical Analysis into Neural Network Based Trading Systems"刊載於Applied Artificial Intelligence 10, no. 6, December 1996, 523-542）；S. Thawornwong、D. Enke與C. Dagli的「把神經網路是為股票交易的決策者：一種技術分析方法」（"Neural Networks as a Decision Maker for Stock Trading: A Technical Analysis Approach"刊載於International Journal of Smart Engineering System Design 5, no. 4, October/December 2003, 313-325）；A. M. Safer的「運用內線交易資料與神經網路預測股票市場異常報酬」（"The Application of Neural-Networks to Predict Abnormal Stock Returns Using Insider Trading Data"刊載於Applied Stochastic Models in business & Industry 18, no. 4, October 2002, 380-390）；J. Yao、C.L. Tan與H-L Pho的「神經網路技術分析：馬來西亞KLCI指數個案研究」（"Neural Networks for Technical Analysis: A Study on KLCI"刊載於International Journal of Theoretical & Applied Finance 2, no. 2, April 1999, 221-242）；J. Korczak與P. Rogers的「運用基因運算拿捏股票市場時效」（"Stock Timing Using Genetic Algorithms"刊載於Applied Stochastic Models in Business

& Industry 18, no. 2, April 2002, 121-135）；Z. Xu-Shen與M. Dong的「是否可以運用模糊邏輯於技術分析預測？」（"Can Fuzzy Logic Make Technical Analysis 20/20?"刊載於Financial Analysts Journal 60, no. 4, July/August 2004, 54-75）；J.M. Gorriz、C.G. Puntonet、M. Salmeron與J.J. De la Rosa的「運用徑向基函數與外生資料預測時間序列的新模型」（"A New Model for Time-Series Forecasting Using Radial Basis Funcitons and Exogenous Data"刊載於Neural Computing & Applications 13, no. 2, 2004, 100-111）。

33. 請參考 P. E. Meehl 的《臨床診斷與統計預測： 理論分析與證據評估》（Clinicla versus Statistical Prediction: A Theoretical Analysis and a Review of the Evidence, Minneapolis: University of Minnesota Press, 1954）。

34. 請參考R. Hastie與R.M.Dawes的《不確定世界的理性抉擇：判斷與決策的心理學》（Rational Choice in an Uncertain World: The Psychology of Judgment and Decision Making, Thousand Oaks, CA: Sage Publication, 2001,）第55頁。

35. 請參考J. Sawyer的「衡量與預測，臨床診斷與統計」（"Measurement and Prediction, Clinical and Statistical"刊載於Psychological Bulletin 66, 1966, 178-200）。

36. 請參考R. Hastie與R.M.Dawes的《不確定世界的理性抉擇》，第55頁。

37. 請參考C. Camerer的「靴環模型有效的一般條件」（"General Conditions for the Success of Bootstrapping Models"刊載於Organizational Behavior and Human Performance 27, 1981, 411-422）。

38. 請參考J.E. Russo與P.J.H. Schoemaker的《決策陷阱：明智決策的十種障礙，如何克服這些障礙？》（Decision Traps: The Ten Barriers to Brilliant Decision-Making and How to Overcome Them, New York: Doubleday, 1989）。

39. 請參考L. Goldberg的「簡單模型或簡單程序：診斷的一些研究」（"Simple Models or Simple Processes? Some Research on Clinical Judgments"刊載於American Psychologist 23, 1968, 483-496）。

40. 請參考R.M. Dawes的「運用或不運用統計預測法則涉及的倫理」（"The Ethics of Using or Not Using Statistical Prediction Rules"屬於Carnegie Mellon University 的未出版論文）。

41. 請參考P.E. Meehl的「我的一本小書的因與果」（"Causes and Effects of My Disturbing Little Book"刊載於Journal of Personality Assessment 50, 1986, 370-375）。

42. 請參考W.M. Grove與P.E. Meehl的「非正式（主觀、印象的）與正式（機械、運

算的）預測程序比較：臨床診斷-統計之間的爭議」（"Comparative Efficiency of Informal (Subjective, Impressionistic) and Formal (Mechanical, Algorithmic) Prediction Procedures: The Clinicla-Statistical Controversy" 刊載於Psychology, Public Policy and Law 2, 1996, 293-323。

43. 請參考R.M. Dawes的「運用或不運用統計預測法則涉及的倫理」。

44. 請參考R. Hastie與R.M.Dawes的《不確定世界的理性抉擇》，第54頁。

45. 請參考C.F. Camerer與E.J. Johnson的「專家判斷的程序表現矛盾：專家知道這麼多，但所做的預測為什麼如此之差？」（"The Process-Perfomance Paradox in Expert Judgment: How Can Experts Know So Much and Predict So Badly?" 收錄在W.M. Goldstein與R.M. Hogarth主編的Research on Judgment and Decision Making: Currents, Connections and Controversies第10章，Cambridge Series on Judgment and Decision Making, Cambridge, UK: Cambridge University Press, 1997）。

46. 請參考P.E. Tetlock的《專家的政治判斷：有多好？我們怎麼能夠知道？》（Expert Political Judgment: How Good Is It? How Can We Know? Princeton, NJ: Princeton University Press, 2005）。

47. 同上，第77頁。

48. 請參考G.F. Loewenstein、E.U. Web、C.K. Hsee與N. Welch的「風險如同感覺」（"Risk as Feelings" 刊載於Psychological Bulletin 127, no. 2, 2001, 267-287）。

49. 請參考J.R. Nofsinger的「社會氣氛與金融經濟學」（"Social Mood and Financial Economics" 刊載於Journal of Behavioral Finance 6, no. 3, 2005, 144-160）。

50. 同上，第151頁。

51. 請參考P. Slovic、M. Finucane、E. Peters與D. MacGregor的「干擾啟發」（"The Affect Heuristic" 收錄在T. Gilovich、D. Griffin與D. Kahneman主編的Heuristics and Biases: The Psychology of Intuitive Judgement, Cambridge, UK: Cambridge University Press, 2002, 397-420）。

52. 同上，第416頁。

53. 請參考J.P. Forgas的「氣氛與判斷：干擾介入模型（AIM）」（"Mood and Judgment: The Affect Infusion Model (AIM)" 刊載於Psychological Bulletin 117, no. 1, 1995, 39-66）。

54. 請參考J.R. Nofsinger的「社會氣氛與金融經濟學」，第152頁。

55. 探討技術指標一般議題的書籍包括：S.B. Achelis的《技術分析簡介》（Technical Analysis from A to Z, 2nd ed. New York: McGraw-Hill, 2001）；E.M. Azoff的《金

融市場神經網路時間序列預測》（Newral Network Time Series Forecasting of Financial Markets, New York: John Wiley & Sons, 1994）；R.W. Coby的《市場技術指標百科全書》（The Encyclopedial of Technical Market Indicators, 2nd ed., New York: McGraw-Hill, 2003）；P.J. Kaufman的《新交易系統與方法》（New Trading Systems and Methods, 4th ed. Hoboken, NJ: John Wiley & Sons, 2005）；J.F. Ehlers的《股票與期貨的神經機械分析：運用最先進的DSP技術提升你的交易績效》（Cybernetic Analysis for Stocks and Futures: Cutting-Edge DSP Technology to Improve Your Trading, New York: John Wiley & Sons, 2004）。

56. 請參考D. Pyle的《資料探勘的資料前置處理》（Data Preparation for Data Mining, San Francisco: Morgan Kaufmann, 1999）；T. Masters的《時間序列預測的神經、新＆混合運算》（Neural, Novel & Hybrid Algorithms for Time Series Prediction, New York: John Wiley & Sons, 1995）；T. Masters的《C++語言的實用神經網路秘訣》（Practical Neural Net Recipes in C++, New York: Academic Press, 1993）；I. H. Witten與E. Frank的《資料探勘：實用機械學習工具與技巧》（Data Mining: Practical Machine Learning Tools and Techniques, 2nd ed., San Francisco: Morgan Kaufmann, 2005）；E.M. Azoff的《金融市場的神經網路時間序列預測》（Neural Netwrok Time Series Forecasting of Financial Markets, New York: John Wiley & Sons, 1994）。

57. 請參考T. Masters的《時間序列預測的神經、新＆混合運算》。

58. 請參考Pyle的《資料探勘的資料前置處理》。

59. 請參考S.M. Weiss與N. Indurkhya的《預測性資料探勘：實用指南》（Predictive Data Mining—a Practical Guide, San Francisco: Morgan Kaufmann, 1998）。

60. 請參考Pyle的《資料探勘的資料前置處理》，第xviii頁。

61. 請參考T. Masters的《時間序列預測的神經、新＆混合運算》，第2頁。

62. 請參考S.M. Weiss與N. Indurkhya的《預測性資料探勘：實用指南》，第21頁與第57頁。

63. 請參考R. Kurzwil的《特性即將出現：當人類超越生物》（The Singularity Is Near: When Humans Transcend Biology, New York: Penguin Group, 2005）。

寰宇圖書分類

技　術　分　析

分類號	書　名	書號	定價	分類號	書　名	書號	定價
1	波浪理論與動量分析	F003	320	38	線形玄機	F227	360
2	亞當理論	F009	180	39	墨菲論市場互動分析	F229	460
3	股票K線戰法	F058	600	40	主控戰略波浪理論	F233	360
4	市場互動技術分析	F060	500	41	股價趨勢技術分析——典藏版（上）	F243	600
5	陰線陽線	F061	600	42	股價趨勢技術分析——典藏版（下）	F244	600
6	股票成交當量分析	F070	300	43	量價進化論	F254	350
7	操作生涯不是夢	F090	420	44	技術分析首部曲	F257	420
8	動能指標	F091	450	45	股票短線OX戰術（第3版）	F261	480
9	技術分析&選擇權策略	F097	380	46	統計套利	F263	480
10	史瓦格期貨技術分析（上）	F105	580	47	探金實戰・波浪理論（系列1）	F266	400
11	史瓦格期貨技術分析（下）	F106	400	48	主控技術分析使用手冊	F271	500
12	甘氏理論：型態-價格-時間	F118	420	49	費波納奇法則	F273	400
13	市場韻律與時效分析	F119	480	50	點睛技術分析一心法篇	F283	500
14	完全技術分析手冊	F137	460	51	散戶革命	F286	350
15	技術分析初步	F151	380	52	J線正字圖・線圖大革命	F291	450
16	金融市場技術分析（上）	F155	420	53	強力陰陽線（完整版）	F300	650
17	金融市場技術分析（下）	F156	420	54	買進訊號	F305	380
18	網路當沖交易	F160	300	55	賣出訊號	F306	380
19	股價型態總覽（上）	F162	500	56	K線理論	F310	480
20	股價型態總覽（下）	F163	500	57	機械化交易新解：技術指標進化論	F313	480
21	包寧傑帶狀操作法	F179	330	58	技術分析精論（上）	F314	450
22	陰陽線詳解	F187	280	59	技術分析精論（下）	F315	450
23	技術分析選股絕活	F188	240	60	趨勢交易	F323	420
24	主控戰略K線	F190	350	61	艾略特波浪理論新創見	F332	420
25	精準獲利K線戰技	F193	470	62	量價關係操作要訣	F333	550
26	主控戰略開盤法	F194	380	63	精準獲利K線戰技(第二版)	F334	550
27	狙擊手操作法	F199	380	64	短線投機養成教育	F337	550
28	反向操作致富	F204	260	65	XQ洩天機	F342	450
29	掌握台股大趨勢	F206	300	66	當沖交易大全(第二版)	F343	400
30	主控戰略移動平均線	F207	350	67	擊敗控盤者	F348	420
31	主控戰略成交量	F213	450	68	圖解B-Band指標	F351	480
32	盤勢判讀技巧	F215	450	69	多空操作秘笈	F353	460
33	巨波投資法	F216	480	70	主控戰略型態學	F361	480
34	20招成功交易策略	F218	360	71	買在起漲點	F362	450
35	主控戰略即時盤態	F221	420	72	賣在起跌點	F363	450
36	技術分析・靈活一點	F224	280	73	酒田戰法—圖解80招台股實證	F366	380
37	多空對沖交易策略	F225	450	74	跨市交易思維—墨菲市場互動分析新論	F367	550

智 慧 投 資

分類號	書　名	書號	定價	分類號	書　名	書號	定價
1	股市大亨	F013	280	30	歐尼爾投資的24堂課	F268	300
2	新股市大亨	F014	280	31	探金實戰・李佛摩投機技巧（系列2）	F274	320
3	金融怪傑（上）	F015	300	32	金融風暴求勝術	F278	400
4	金融怪傑（下）	F016	300	33	交易・創造自己的聖盃（第二版）	F282	600
5	新金融怪傑（上）	F022	280	34	索羅斯傳奇	F290	450
6	新金融怪傑（下）	F023	280	35	華爾街怪傑巴魯克傳	F292	500
7	金融煉金術	F032	600	36	交易者的101堂心理訓練課	F294	500
8	智慧型股票投資人	F046	500	37	兩岸股市大探索（上）	F301	450
9	瘋狂、恐慌與崩盤	F056	450	38	兩岸股市大探索（下）	F302	350
10	股票作手回憶錄	F062	450	39	專業投機原理 I	F303	480
11	超級強勢股	F076	420	40	專業投機原理 II	F304	400
12	非常潛力股	F099	360	41	探金實戰・李佛摩手稿解密（系列3）	F308	480
13	約翰・奈夫談設資	F144	400	42	證券分析第六增訂版（上冊）	F316	700
14	與操盤贏家共舞	F174	300	43	證券分析第六增訂版（下冊）	F317	700
15	掌握股票群眾心理	F184	350	44	探金實戰・李佛摩資金情緒管理（系列4）	F319	350
16	掌握巴菲特選股絕技	F189	390	45	期俠股義	F321	380
17	高勝算操盤（上）	F196	320	46	探金實戰・李佛摩18堂課（系列5）	F325	250
18	高勝算操盤（下）	F197	270	47	交易贏家的21週全紀錄	F330	460
19	透視避險基金	F209	440	48	量子盤感	F339	480
20	股票作手回憶錄（完整版）	F222	650	49	探金實戰・作手談股市內幕（系列6）	F345	380
21	倪德厚夫的投機術（上）	F239	300	50	柏格頭投資指南	F346	500
22	倪德厚夫的投機術（下）	F240	300	51	股票作手回憶錄-註解版（上冊）	F349	600
23	交易・創造自己的聖盃	F241	500	52	股票作手回憶錄-註解版（下冊）	F350	600
24	圖風勢——股票交易心法	F242	300	53	探金實戰・作手從錯中學習	F354	380
25	從躺椅上操作：交易心理學	F247	550	54	趨勢誡律	F355	420
26	華爾街傳奇：我的生存之道	F248	280	55	投資悍客	F356	400
27	金融投資理論史	F252	600	56	王力群談股市心理學	F358	420
28	華爾街一九〇一	F264	300	57	新世紀金融怪傑（上冊）	F359	450
29	費雪・布萊克回憶錄	F265	480	58	新世紀金融怪傑（下冊）	F360	450

共 同 基 金

分類號	書　名	書號	定價	分類號	書　名	書號	定價
1	柏格談共同基金	F178	420	4	理財贏家16問	F318	280
2	基金趨勢戰略	F272	300	5	共同基金必勝法則-十年典藏版（上）	F326	420
3	定期定值投資策略	F279	350	6	共同基金必勝法則-十年典藏版（下）	F327	380

投 資 策 略

分類號	書　　名	書號	定價	分類號	書　　名	書號	定價
1	股市心理戰	F010	200	23	看準市場脈動投機術	F211	420
2	經濟指標圖解	F025	300	24	巨波投資法	F216	480
3	經濟指標精論	F069	420	25	股海奇兵	F219	350
4	股票作手傑西‧李佛摩操盤術	F080	180	26	混沌操作法 II	F220	450
5	投資幻象	F089	320	27	傑西‧李佛摩股市操盤術 (完整版)	F235	380
6	史瓦格期貨基本分析（上）	F103	480	28	股市獲利倍增術 (增訂版)	F236	430
7	史瓦格期貨基本分析（下）	F104	480	29	資產配置投資策略	F245	450
8	操作心經：全球頂尖交易員提供的操作建議	F139	360	30	智慧型資產配置	F250	350
9	攻守四大戰技	F140	360	31	SRI 社會責任投資	F251	450
10	股票期貨操盤技巧指南	F167	250	32	混沌操作法新解	F270	400
11	金融特殊投資策略	F177	500	33	在家投資致富術	F289	420
12	回歸基本面	F180	450	34	看經濟大環境決定投資	F293	380
13	華爾街財神	F181	370	35	高勝算交易策略	F296	450
14	股票成交量操作戰術	F182	420	36	散戶升級的必修課	F297	400
15	股票長短線致富術	F183	350	37	他們如何超越歐尼爾	F329	500
16	交易，簡單最好！	F192	320	38	交易，趨勢雲	F335	380
17	股價走勢圖精論	F198	250	39	沒人教你的基本面投資術	F338	420
18	價值投資五大關鍵	F200	360	40	隨波逐流～台灣50平衡比例投資法	F341	380
19	計量技術操盤策略（上）	F201	300	41	李佛摩操盤術詳解	F344	400
20	計量技術操盤策略（下）	F202	270	42	用賭場思維交易就對了	F347	460
21	震盪盤操作策略	F205	490	43	企業評價與選股秘訣	F352	520
22	透視避險基金	F209	440				

程 式 交 易

分類號	書　　名	書號	定價	分類號	書　　名	書號	定價
1	高勝算操盤（上）	F196	320	9	交易策略評估與最佳化（第二版）	F299	500
2	高勝算操盤（下）	F197	270	10	全民貨幣戰爭首部曲	F307	450
3	狙擊手操作法	F199	380	11	HSP計量操盤策略	F309	400
4	計量技術操盤策略（上）	F201	300	12	MultiCharts快易通	F312	280
5	計量技術操盤策略（下）	F202	270	13	計量交易	F322	380
6	《交易大師》操盤密碼	F208	380	14	策略大師談程式密碼	F336	450
7	TS程式交易全攻略	F275	430	15	分析師關鍵報告2-張林忠教你程式交易	F364	580
8	PowerLanguage 程式交易語法大全	F298	480				

期　　　　　　　貨

分類號	書　名	書號	定價	分類號	書　名	書號	定價
1	期貨交易策略	F012	260	6	期貨賽局（下）	F232	520
2	股價指數期貨及選擇權	F050	350	7	雷達導航期股技術（期貨篇）	F267	420
3	高績效期貨操作	F141	580	8	期指格鬥法	F295	350
4	征服日經225期貨及選擇權	F230	450	9	分析師關鍵報告（期貨交易篇）	F328	450
5	期貨賽局（上）	F231	460				

選　　　擇　　　權

分類號	書　名	書號	定價	分類號	書　名	書號	定價
1	股價指數期貨及選擇權	F050	350	6	征服日經225期貨及選擇權	F230	450
2	技術分析＆選擇權策略	F097	380	7	活用數學‧交易選擇權	F246	600
3	認購權證操作實務	F102	360	8	選擇權交易總覽（第二版）	F320	480
4	交易，選擇權	F210	480	9	選擇權安心賺	F340	420
5	選擇權策略王	F217	330	10	選擇權36計	F357	360

債　券　貨　幣

分類號	書　名	書號	定價	分類號	書　名	書號	定價
1	貨幣市場＆債券市場的運算	F101	520	3	外匯交易精論	F281	300
2	賺遍全球：貨幣投資全攻略	F260	300	4	外匯套利①	F311	480

財　　務　　教　　育

分類號	書名	書號	定價	分類號	書名	書號	定價
1	點時成金	F237	260	6	就是要好運	F288	350
2	蘇黎士投機定律	F280	250	7	黑風暗潮	F324	450
3	投資心理學（漫畫版）	F284	200	8	財報編製與財報分析	F331	320
4	歐尼爾成長型股票投資課（漫畫版）	F285	200	9	交易駭客任務	F365	600
5	貴族‧騙子‧華爾街	F287	250				

財　　務　　工　　程

分類號	書名	書號	定價	分類號	書名	書號	定價
1	固定收益商品	F226	850	3	可轉換套利交易策略	F238	520
2	信用性衍生性&結構性商品	F234	520	4	我如何成為華爾街計量金融家	F259	500

金　　融　　證　　照

分類號	書名	書號	定價	分類號	書名	書號	定價
1	FRM 金融風險管理（第四版）	F269	1500				

國家圖書館出版品預行編目資料

讓證據說話的技術分析 / 大衛・艾隆森（David Aronson）著；
　黃嘉斌譯. 初版. ― 台北市：寰宇, 2008. 07（民97）
　冊；公分（寰宇技術分析；256）

　譯自：Evidence based technical analysis:applying the scientific
　　　　method and statistical inference to tradingsignals

　ISBN 978-957-0477-82-5（下冊：平裝）

　1.投資技術 2.投資分析

563.5　　　　　　　　　　　　　　　　　　97012807

寰宇技術分析 256

讓證據說話的技術分析（下冊）

作　　者	David Aronson
譯　　者	黃嘉斌
主　　編	柴慧玲
美術設計	黃雲華
出 版 者	寰宇出版股份有限公司
	臺北市仁愛路四段109號13樓
	TEL: (02) 2721-8138 FAX: (02)2711-3270
	E-mail: service@ipci.com.tw
	http://www.ipci.com.tw
	劃撥帳號　1146743-9
登 記 證	局版台省字第3917號
定　　價	350元
出　　版	2008年7月初版一刷
	2015年3月初版二刷

ISBN 978-957-0477-82-5（平裝）

※ 本書如有缺頁、破損、裝訂錯誤，請寄回本公司更換。